DU MÊME AUTEUR

CHEZ LE MÊME ÉDITEUR

S.A.S. A ISTANBUL
S.A.S. CONTRE C.I.A.
SAMBA POUR S.A.S.
S.A.S. OPERATION APOCALYPSE
S.A.S. RENDEZ-VOUS A SAN FRANCISCO
S.A.S. DOSSIER KENNEDY
S.A.S. BROIE DU NOIR
S.A.S. CARAIBES
S.A.S. A L'OUEST DE JERUSALEM
S.A.S. L'OR DE LA RIVIERE KWAI
S.A.S. MAGIE NOIRE A NEW YORK
S.A.S. LES TROIS VEUVES DE HONG-KONG
S.A.S. L'ABOMINABLE SIRENE
S.A.S. LES PENDUS DE BAGDAD
S.A.S. LA PANTHERE D'HOLLYWOOD
S.A.S. ESCALE A PAGO-PAGO
S.A.S. AMOK A BALI
S.A.S. QUE VIVA GUEVARA
S.A.S. CYCLONE A L'ONU
S.A.S. MISSION A SAIGON
S.A.S. LE BAL DE LA COMTESSE ADLER
S.A.S. LES PARIAS DE CEYLAN
S.A.S. MASSACRE A AMMAN
S.A.S. REQUIEM POUR TONTONS MACOUTES
S.A.S. L'HOMME DE KABUL
S.A.S. MORT A BEYROUTH
S.A.S. SAFARI A LA PAZ
S.A.S. L'HEROINE DE VIENTIANE
S.A.S. BERLIN CHECK POINT CHARLIE
S.A.S. MOURIR POUR ZANZIBAR
S.A.S. L'ANGE DE MONTEVIDEO
S.A.S. MURDER INC. LAS VEGAS
S.A.S. RENDEZ-VOUS A BORIS GLEB
S.A.S. KILL HENRY KISSINGER !
S.A.S. ROULETTE CAMBODGIENNE

S.A.S. FURIE A BELFAST
S.A.S. GUEPIER EN ANGOLA
S.A.S. LES OTAGES DE TOKYO
S.A.S. L'ORDRE REGNE A SANTIAGO
S.A.S. LES SORCIERS DU TAGE
S.A.S. EMBARGO
S.A.S. LE DISPARU DE SINGAPOUR
S.A.S. COMPTE A REBOURS EN RHODESIE
S.A.S. MEURTRE A ATHENES
S.A.S. LE TRESOR DU NEGUS
S.A.S. PROTECTION POUR TEDDY BEAR
S.A.S. MISSION IMPOSSIBLE EN SOMALIE
S.A.S. MARATHON A SPANISH HARLEM
S.A.S. NAUFRAGE AUX SEYCHELLES
S.A.S. LE PRINTEMPS DE VARSOVIE
S.A.S. LE GARDIEN D'ISRAEL
S.A.S. PANIQUE AU ZAIRE
S.A.S. CROISADE A MANAGUA

L'IRRÉSISTIBLE ASCENSION DE MOHAMMAD REZA, SHAH D'IRAN

AUX PRESSES DE LA CITE

LES SOUCIS DE SI-SIOU
PAPILLON EPINGLE
LES DOSSIERS SECRETS DE LA BRIGADE MONDAINE
LA MORT AUX CHATS
LES DOSSIERS ROSES DE LA BRIGADE MONDAINE

GÉRARD DE VILLIERS

S. A. S.

VOIR MALTE ET MOURIR

PLON

Conseiller technique :

Gérard P. Alloncle

P.D.G. de Raymond Gérand S.A.

ISBN : 2 - 259 - 00472 - 5

CHAPITRE PREMIER

– Dernier appel pour le vol à destination de Londres. Mr. Godfrey Borg est prié de se présenter au comptoir d'enregistrement... Mr. Godfrey Borg, s'il vous plaît. Vous êtes prié de vous présenter au comptoir d'enregistrement...

La voix caverneuse du haut-parleur résonnait sur les murs nus de la petite aérogare. Une longue file de passagers faisait sagement la queue, à droite, pour passer à la police et à la douane. Seuls, trois ou quatre retardataires s'enregistraient fébrilement auprès de la brune replète tenant le comptoir d'Air Malta. John Fitzpatrick consulta sa montre pour la vingtième fois. Lui s'était déjà enregistré. Le vol allait fermer d'une minute à l'autre et Godfrey Borg n'était toujours pas là... La voix métallique du haut-parleur recommença sa litanie. Comme si le retardataire avait pu surgir du dallage. John Fitzpatrick, les mains dans les poches de son vieil imperméable, sortit sur le trottoir de l'aérogare pour voir si un taxi arrivait. Rien en vue. Quand il rentra, il n'y avait plus personne devant le comptoir d'Air Malta. Le vol était fermé et Godfrey Borg avait raté son avion.

John Fitzpatrick passa nerveusement une main dans sa tignasse rousse. Qu'est-ce que cela signifiait? Il balaya des yeux le hall vide et son attention fut soudain attirée par trois hommes de type arabe, accoudés au comptoir des Libyan Airlines. Ils semblaient attendre, bien qu'il n'y ait aucun vol de la compagnie arabe. Soudain, il se sentit tiré par la manche, baissa les yeux, vit un gamin noiraud, aux cheveux frisés.

– *You, Sir Fitzpatrick?*

Avec ses cheveux roux, on ne pouvait pas le rater. Le Britannique hocha la tête affirmativement.

– *Yes, it's me.*

– *For you.*

Le gamin lui tendit une enveloppe blanche, s'éloigna en courant et sortit de l'aérogare. John Fitzpatrick ouvrit l'enveloppe qui contenait une carte blanche avec quelques mots : « Je vous attends au *Casino Maltais,* à La Valette. Godfrey Borg. » Il froissa le bristol et l'enfonça dans sa poche. Instantanément tendu et sur ses gardes. Ce n'était pas un retard accidentel. Godfrey Borg n'avait pas voulu prendre cet avion, alors qu'il tenait tant à quitter Malte. Ce ne pouvait être que pour une raison grave. Heureusement que John Fitzpatrick n'avait pas enregistré de valise... Il prit son sac de cuir fatigué et se dirigea vers la file de taxis. Avec quand même un petit pincement au cœur. Il se faisait déjà une joie de passer la soirée à son club « Les Ambassadeurs », à Londres. Mais le service passait avant tout. Soudain le ciel d'un bleu immaculé lui parut hostile. Alors qu'il roulait vers La Valette, un grondement fit trembler les glaces du vieux taxi. Le vol de Londres décollait.

*
* *

Godfrey Borg s'était assis au fond de la plus grande des trois salles poussiéreuses garnies de meubles disparates et branlants, constituant l'essentiel du club le plus select de Malte. Le cuir des fauteuils était fendillé, les garçons semblaient dormir avec leurs vestes blanches tant elles étaient sales et froissées et l'ambiance crépusculaire était encore plus sinistre que celle d'un authentique club britannique. Cela tenait en partie aux boiseries d'acajou noircies par le temps qui ne reflétaient même pas la faible lumière des rares lampes. John Fitzpatrick n'avait pas touché à son thé, ne perdant pas une syllabe du récit de Godfrey Borg. Cachant son découragement sous une indifférence de façade. Il fallait presque tout reprendre à zéro. Il observa la cigarette de Borg. Elle tremblait très légèrement. Il avait peur. Se sentant observé, Godfrey Borg l'écrasa dans le cendrier.

– Je vais vous quitter maintenant, dit-il.

– Laissez-moi vous accompagner, suggéra John Fitzpatrick. C'est plus sûr.

Godfrey Borg secoua légèrement la tête.

– Non, merci. Je vais sortir par la porte qui donne dans Strait Street. D'habitude, elle est fermée, je ne pense pas qu'on me surveille de ce côté-là. (Il eut un sourire contraint.) Je suis désolé pour ce contretemps. Je me mettrai en contact avec vous d'ici quelques jours. D'ici là, j'espère que...

– Sûrement, coupa John Fitzpatrick. Sûrement.

Godfrey Borg se leva, lui serra la main et se dirigea vers le fond de la salle d'un pas lent. John Fitzpatrick le vit disparaître, le cœur serré. Le *Casino Maltais*, le plus ancien club de Malte, se trouvait au cœur de La Valette, en face de Queen's Square et du Grand Master's Palace, ancien siège de l'Ordre de Malte, devenu Présidence de la République. Lourde bâtisse noirâtre aux fenêtres grillagées s'étalant sur tout un bloc, de Republic Street à Merchant Street.

John Fitzpatrick attendit quelques secondes devant son thé intact. Songeant à ce qu'il venait d'apprendre. Bien que Malte respire un calme tout britannique dû à ses 183 ans d'occupation anglaise, une lutte féroce et souterraine était engagée pour le contrôle de ses quelques centaines de kilomètres carrés, à 100 kilomètres de la Sicile et 350 de Tripoli, capitale de la Libye. En voyant partir John Fitzpatrick, le concierge qui se tenait dans la petite guérite vitrée juste à droite de la porte lança un sonore :

– *Have a good day, Sir* (1) !

A Malte, indépendante depuis 1955, l'anglais est toujours la langue dominante, le maltais, pot-pourri d'arabe, d'espagnol, d'italien, de français et d'anglais, se révélant rigoureusement hermétique à toute oreille non maltaise...

– *Thank you,* répondit distraitement John Fitzpatrick.

Il sortit et s'immobilisa sur le trottoir, face à la hideuse statue de la reine Victoria, au milieu du brouhaha de Republic Street. La Valette était un mélange de Naples et de San Francisco, avec ses rues étroites, en pente ou en escalier, grouillantes, bordées d'immeubles en pierres de taille rosâtres, pleines d'excroissances bizarres et de balcons tarabiscotés.

Le tumulte, en cette fin de matinée, était assourdissant. Une foule compacte débordait des trottoirs sur la chaussée en sens unique. John Fitzpatrick se dit qu'il risquait de trouver un taxi en face du Grand Master's Palace, et se lança dans la cohue, son sac à bout de bras.

Il n'avait pas parcouru dix mètres qu'un passant le bouscula si violemment qu'il pivota sur lui-même. Au même moment, il éprouva une sensation de brûlure au mollet gauche, comme si un gros taon l'avait piqué.

Grommelant un juron, il leva les yeux et aperçut un visage souriant barré d'une grosse moustache noire.

– *Excuse me, Sir !*

L'homme qui l'avait heurté était engoncé dans un gros pardessus, en dépit de la chaleur relative de ce mois de décembre. Les yeux sombres, les cheveux noirs et épais, la peau mate, tout indiquait un Arabe. Un

(1) Bonne journée, Monsieur !

autre l'accompagnait, dans la même tenue, un parapluie accroché au bras. Peut-être un Libyen, un des nouveaux « colonisateurs », vomis de la population maltaise. Il faut dire que la dernière occupation arabe remontait à l'an mille... John Fitzpatrick esquissa un vague sourire poli et entreprit de traverser l'étroite Republic Street.

Aucun taxi en vue, même pas dans le parking en face du Grand Master's Palace, dominant le quartier de ses majestueuses fenêtres aux grilles noires.

Il s'immobilisa en face de la boîte aux lettres rouge de Queen's Square, la petite place en face du *Casino Maltais*. Puis décida de rejoindre Merchant Street en longeant le Palace.

En descendant du trottoir, il fit un faux pas et le mouvement brusque qu'il eut pour retrouver son équilibre déclencha aussitôt une violente douleur dans son mollet, là où il avait ressenti la piqûre, quelques instants plus tôt. Comme une crampe.

Il fit quelques pas, forçant sur son muscle, mais la douleur ne disparut pas et même s'accentua. Soudain, John Fitzpatrick sentit sa jambe se dérober sous lui. Avec un juron, il tomba en avant et, lâchant son sac de cuir, dut se recevoir sur les mains. Aussitôt, il sentit deux bras robustes le prendre sous les aisselles et le remettre sur ses pieds. Devant lui, la façade noirâtre du Grand Master's Palace se gondolait comme dans un cauchemar. La tête lui tournait et sa jambe était devenue brûlante, comme si on l'avait plongée dans l'eau bouillante.

Cette chaleur se propageait à toute vitesse vers le haut de son corps. Il entendit une voix pleine de sollicitude dire avec un accent rocailleux :

— *You're not feeling well, Sir. Let me help you* (1).

John Fitzpatrick bredouilla :

— *I'm all right. Thank you.*

(1) Vous ne vous sentez pas bien, Monsieur. Laissez-moi vous aider.

Mais son vertige s'accentuait. Il éprouva une brusque nausée et sa vue se brouilla. Il distinguait vaguement deux silhouettes à ses côtés, deux hommes qui l'aidaient à rester debout. L'un d'eux avait ramassé le sac de cuir qui lui avait échappé. Les deux hommes lui firent retraverser Republic Street. Il aperçut au bout de la rue étroite le ciel bleu au-dessus du port, des bateaux, flous, comme s'il rêvait.

L'étrange chaleur montait toujours, atteignant son estomac. Ce n'était pas une sensation désagréable. Un peu comme une piqûre anesthésiante. Mais ses jambes lui refusaient tout service. Sans le soutien de son escorte, il serait tombé. Ses pieds traînaient sur le sol. Devant lui les voitures du parking ressemblaient à de grosses bêtes multicolores. Il réalisa qu'on le lui faisait traverser en diagonale, en direction du bâtiment à colonnes qui abritait le Centre Culturel Libyen. Tournant la tête, John Fitzpatrick aperçut des policiers de garde devant le palais présidentiel l'observer avec curiosité. Deux d'entre eux se détachèrent et vinrent vers lui. Comme les policiers anglais, ils étaient vêtus de bleu, mais eux portaient un pistolet.

Ceux qui le soutenaient s'étaient arrêtés. John Fitzpatrick leva les yeux et vit le drapeau vert et blanc qui flottait sur le bâtiment en face de lui. En une fraction de seconde, il comprit la raison de l'empressement fraternel des deux hommes qui l'escortaient. Il voulut se dégager, courir vers les deux policiers qui s'approchaient, mais son cerveau eut beau transmettre l'ordre à ses membres, rien ne se passa... Tous ses muscles étaient paralysés. Heureusement, les deux policiers les avaient rejoints. L'un d'eux salua.

– *Can we help you, Sir?*

Un de ceux qui soutenaient John Fitzpatrick sourit de ses dents éclatantes.

– *No, thank you. Our friend is sick* (1).

(1) Non, merci. Notre ami ne se sent pas bien.

John Fitzpatrick ouvrit la bouche pour dire qu'il n'était pas leur ami, qu'on était en train de le kidnapper, en plein cœur de La Valette, lui un agent du MI 5 (1), mais aucun son ne sortit de sa bouche. La vague de chaleur atteignait sa tête maintenant, aggravant ses vertiges. Les deux policiers ne pouvaient se rendre compte de son état. Il était seulement très pâle, comme quelqu'un atteint d'une crise cardiaque.

– Voulez-vous appeler une ambulance? demanda un des policiers, ce gentleman semble sérieusement malade.

– C'est ce que nous allons faire, assura un de ceux qui soutenaient le Britannique. Nous avons un très bon docteur au Centre Culturel. *Thank you, thank you very much.*

Ils reprirent leur marche, observés quelques secondes par les policiers. Puis ceux-ci se détournèrent et repartirent vers le Grand Master's Palace, rassurés. Malte était une petite île paisible où la violence était pratiquement inconnue. Un des policiers se dirigea vers un marchand des quatre-saisons qui s'était installé tout près de la présidence. Lorsqu'il revint à son poste, John Fitzpatrick et ses « amis » avaient disparu dans le Centre Culturel Libyen.

*
* *

Le major Abu Dhofar posa un regard furieux sur son numéro deux, Mohammed Djalloud, puis explosa :

– Chien stupide, s'il meurt, qu'est-ce que nous allons faire ?

John Fitzpatrick reposait sur un étroit lit de camp, nu jusqu'à la taille, les narines pincées, le visage cyanosé, respirant par à-coups. Le médecin du Centre Culturel Libyen secoua la tête :

– Il faudrait le mettre en réanimation, dit-il. Il n'y

(1) Services spéciaux britanniques.

a rien d'autre à faire. Si la dose n'est pas mortelle, la paralysie respiratoire disparaîtra peu à peu. L'aile droite du Centre était sous le contrôle des services spéciaux libyens, dirigés à Malte par le major Abu Dhofar. Mohammed Djalloud baissa la tête, confus.

– Borg a filé, il ne restait plus que celui-ci à intercepter, bredouilla-t-il.

– Vous l'avez presque tué, fit sèchement le major. Devant deux cents personnes. Et c'est un Anglais, pas un Maltais. Tu comprends cela? Nous ne faisons pas la guerre aux Anglais. Et s'il meurt maintenant, sans avoir rien dit?

– Je crois qu'il va s'en tirer, avança timidement Mahmoud Faradj, le troisième Libyen. Lui n'avait rien fait et se sentait plus à l'aise en face du major. Celui-ci terrorisait ses hommes en dépit de sa petite taille – presque un nain. Les cheveux très courts, il était toujours habillé en civil, de costumes très bien coupés et portait des talonnettes de dix centimètres... Musulman de stricte obédience, il ne touchait jamais à un verre d'alcool, suivait à la lettre tous les préceptes du Coran et idolâtrait son maître, le colonel Khadafi.

Le major Dhofar foudroya ses subordonnés du regard. Puis il reporta son attention sur John Fitzpatrick. Partagé entre deux sentiments. Il était encore temps de faire machine arrière. D'attendre que l'agent du MI 5 reprenne connaissance et de se contenter de jouer les bons Samaritains. Le Britannique ne connaîtrait jamais la cause de son malaise et devrait se contenter de soupçons. Seulement, dans ce cas, le major Dhofar repartait de zéro dans la mission que lui avait confiée son supérieur direct, patron des services libyens, le major Abd El Muneïm El Huni.

L'autre voie était plus risquée. L'affrontement direct avec un grand service occidental. Mais si le major Dhofar réussissait rapidement, le jeu en valait la chandelle. D'autant que le Lion britannique avait perdu beaucoup de ses crocs... Il se tourna soudain vers les deux officiers, la tête rejetée en arrière, et ordonna d'une voix calme :

– Mahmoud, file à Saint Andrews. Va dans mon bureau, demande à Djihad de t'ouvrir mon armoire métallique. Il y a des perruques. Tu prends celle qui se rapproche le plus de la couleur de ses cheveux. Ensuite, tu vas chercher Nasser. Il doit être en cours de transmissions à cette heure-ci. Tu le ramènes. Tu l'habilles avec ses vêtements et tu le fais sortir du Centre, que tout le monde le voie. Qu'il ne s'approche pas trop des flics quand même. Ensuite, il prend un taxi et se fait conduire au *Phœnicia*. Il va dans les chiottes, se change et repart à pied. Compris ?

– Compris, major, fit Mahmoud Faradj.

Le major Dhofar pivota sur ses talonnettes et pointa son index sur Mohammed Djalloud.

– Enveloppe-le dans un tapis et amène-le à la porte de derrière. Prends le fourgon vert.

– Je l'emmène à l'Institut technique ?

– Oui. Au caisson. Tu sais où c'est ?

– Oui.

Depuis un an, les Libyens s'étaient installés dans les bâtiments de l'ancienne école d'instituteurs de Malte et en avaient fait un Institut technique, couverture parfaite pour les « Services ». Situés à la pointe d'un promontoire rocheux dominant la baie de Saint-Georges, les bâtiments ocre desservis par une route privée offraient des conditions de sécurité excellentes. Le major Dhofar avait annexé celui qui se trouvait le plus à l'écart, vers la mer.

– Je vous rejoindrai dans une heure. Je vais d'abord à Tower Road.

L'ambassade libyenne se trouvait sur le front de mer, à Sliema, l'agglomération résidentielle, à mi-chemin entre La Valette et Saint-Georges.

Au moment de sortir, le major se retourna, menaçant.

– Soignez-le bien. S'il meurt avant d'avoir parlé, je vous fais passer devant le tribunal du Peuple.

La porte claqua sur lui. Les deux Libyens restèrent silencieux quelques instants, puis Mahmoud Faradj se tourna vers le corps inanimé de John Fitzpatrick.

– Fils de chienne engrossée par un porc, murmura-t-il.

Mohammed Djalloud qui avait moins de sens poétique s'approcha du corps et lui prit prosaïquement le poignet.

– Ça va, dit-il, le pouls, il est meilleur.

*
* *

La Bentley grise de l'ambassade de Grande-Bretagne s'arrêta silencieusement sur la plage de ciment à quelques centimètres au-dessus du niveau de l'eau, à côté des barques de pêche. La Méditerranée, dans St. Pauls Bay, était d'un bleu cobalt, sans une ride. La côte rocheuse et nue avait des contours nets, purs, où les maisons blanchies à la chaux s'intégraient parfaitement. Un mélange de Grèce et de Brighton avec des cactus. Seule l'énorme tour de forage ancrée à quelques centaines de mètres du rivage choquait.

Philip Ashley, le consul général de Grande-Bretagne, descendit de la Bentley, accompagné d'un haut fonctionnaire du CID (1) maltais, qui avait l'air aussi britannique que lui.

Les deux hommes se dirigèrent vers une Rover bleue qui arborait sur ses flancs, en grandes lettres blanches : *Pulizja* (2). Plusieurs policiers entouraient un corps étendu sur le ciment, tout près du bord. On avait jeté une toile dessus. Philip Ashley jeta un coup d'œil mélancolique à la bâtisse blanche qui se dressait sur la

(1) Criminal Investigation Department.
(2) Police, en maltais.

berge à sa droite. Le restaurant *Gilliéru*, un des meilleurs de Malte. C'eût été de mauvais goût d'aller y déjeuner aujourd'hui.

Un des policiers s'avança et salua.

– Nous avons positivement identifié le corps, Sir, annonça-t-il au fonctionnaire du CID. Il s'agit bien de John Fitzpatrick, citoyen britannique, qui séjournait à l'hôtel *Phœnicia*, à La Valette. Il avait ses papiers sur lui.

– Comment l'a-t-on retrouvé? demanda Philip Ashley.

Le policier hocha la tête.

– Un miracle, Sir, un vrai miracle. Il gisait au fond de la baie, lesté de plusieurs ceintures de plomb. C'est un pêcheur de langoustes qui... Voici les papiers.

Philip Ashley prit d'un air pincé le sachet de plastique transparent et reporta son regard sur la forme allongée. Un long rapport en perspective. Le matin même, il avait reçu du MI 5 de Londres une demande de renseignements. Ce qu'il trouvait profondément injuste. John Fitzpatrick était venu à Malte en franc-tireur, sans même se présenter au consulat. Le diplomate ressentait un certain agacement devant ce manquement aux règles. Évidemment, John Fitzpatrick avait été assassiné. Cela excusait bien des choses. Il revint à la réalité.

– Comment est-il mort?

– Vous voulez voir le corps? s'enquit aussitôt le policier.

Sans attendre la réponse du Britannique, il fit signe à un de ses hommes, qui fit glisser la bâche. Philip Ashley s'avança et se força à regarder. Le cadavre n'avait pas dû séjourner longtemps dans l'eau. Les traits étaient à peine déformés. Pourtant, les yeux semblaient prêts à jaillir de leurs orbites, comme si on les avait aspirés de l'extérieur, la bouche était très enflée et deux traînées grisâtres prolongeaient les narines. Le policier se gratta la gorge et annonça d'une voix mal assurée :

– Sir, c'est assez horrible à dire, mais on dirait qu'il a été soumis à une pression très basse. Regardez, son cerveau lui coule par le nez.

Philip Ashley fixa la moisissure grisâtre qui sortait des narines du mort, sentit une nausée irrépressible l'envahir, se détourna et répandit sur le ciment de Saint Pauls Bay le breakfast pris deux heures plus tôt.

CHAPITRE 2

Burt Holiday avait le regard fuyant et l'air accablé. Malko lui trouvait une apparence étrange avec sa frange de cheveux noirs coupant nettement le front, ses petites lunettes à monture de fer et ses rondeurs de porcelet bien engraissé boudinées dans un gilet rayé. Sa démarche était bizarre, aussi. Il avançait en balançant la tête d'avant en arrière, comme un jouet détraqué. Traînant les pieds. Visiblement, la CIA n'avait pas choisi le plus brillant de ses éléments pour en faire son chef de station à Malte...

– John Fitzpatrick « sous-traitait » pour vous, si je comprends bien? demanda Malko.

L'Américain posa sur lui un regard bovin :

– Oui. Nous disposons de très peu de personnel ici. Les Britanniques sont beaucoup mieux implantés que nous. Il y a un accord. Je crois que tout avait été arrangé à Londres, dans ce cas précis. D'ailleurs, l'opération devait se dénouer en Grande-Bretagne. Je n'avais même pas rencontré Mr. Fitzpatrick, avant...

Il s'arrêta, tira sur les pointes de son gilet et réprima un hoquet.

– Excusez-moi, la nourriture d'ici m'a complètement démoli l'estomac.

– Il n'y a pas eu d'enquête sur la mort de John Fitzpatrick? demanda Malko.

Les yeux de veau s'animèrent légèrement.

– Si, si. Le CID a ouvert un dossier et a interrogé plusieurs personnes. Sans grand résultat. Il a découvert que Fitzpatrick avait eu un malaise en pleine rue, la veille du jour où on l'a retrouvé, et que des Libyens l'avaient transporté dans leur Centre Culturel, à La Valette. On l'a vu en ressortir, retourner à son hôtel. Ensuite on perd sa trace... D'après l'autopsie, il semble qu'il ait été soumis à de très basses pressions. Comme celles qu'on recrée artificiellement dans des caissons servant aux explorations sous-marines. On n'a pas très bien déterminé la cause de sa mort. Le gouvernement d'ici ne tient pas à faire beaucoup de vagues autour de cette mort... Les Britanniques ont été très discrets, eux aussi. Vous comprenez pourquoi...

– Je comprends, dit Malko, changeant de position sur le canapé qui semblait rembourré de noyaux de pêches. Le bureau du chef de station de la CIA à Malte était d'une austérité monacale. La seule décoration étant une grande carte de la région épinglée au mur avec des punaises et un portrait du président Carter.

En arrivant à Malte, Malko savait qu'il venait continuer une opération commencée avec le MI 5 britannique. Mais il en ignorait les détails. Comme la mort violente et désagréable de celui qui l'avait précédé...

Toujours la touchante discrétion de ses employeurs. Quant à Burt Holiday, il semblait tellement débordé par sa tâche officielle de conseiller politique à l'ambassade que la CIA passait presque au second plan. Comme croisé de l'Occident, c'était plutôt mou... Malko chercha à se remonter le moral en fixant le bleu du ciel à travers la fenêtre. Quelques heures plus tôt, il avait quitté le froid et la neige. On grelottait à Vienne et Krisantem avait failli envoyer dix fois la Rolls dans le fossé à cause du verglas en le conduisant à l'aéroport. Il régnait au château de Liezen une température qui, pour être tonique, n'en était pas moins glaciale.

Du coup, Alexandra, la fiancée capricieuse de Malko, avait pris ses quartiers d'hiver à Vienne, chez une tante lointaine et hongroise, ce qui lui permettait de mener une vie de bâton de chaise, loin des yeux de Malko. Elle ne revenait à Liezen que pour de rares week-ends pendant lesquels ils se saoulaient de vodka et de caviar pour ensuite faire l'amour comme des bêtes, sans un mot. Le mot de « Malte » avait fait tilt, lorsque la station de la CIA de Vienne avait contacté Malko. Bien que Chevalier de l'Ordre de Malte, il n'avait jamais visité l'île minuscule, qui, pendant des siècles, avait servi de refuge à l'Ordre. C'était l'occasion rêvée.

Il avait été un peu déçu en arrivant dans l'aéroport coquet, mais de style arabe. On se serait déjà cru en Afrique du Nord, à cause des cactus, de l'absence totale de végétation, des petites agglomérations frileusement entourées de murs de pierres sèches. Mais derrière les murs il y avait des cottages du plus pur style anglais et les routes étroites étaient encombrées de lilliputiennes Morris datant du « Blitz » qui se traînaient à 30 à l'heure. La Valette, capitale de l'île, celle que les Chevaliers de l'Ordre avaient surnommée « La plus Humble », était un chef-d'œuvre de l'art baroque et ressemblait à un quartier de Naples cerné de fortifications massives et désuètes, dominant la Méditerranée comme la proue d'un navire.

A côté, Floriana, où se trouvait l'ambassade américaine, séparée de La Valette par une longue avenue rectiligne, St. Anne Street évoquait la province italienne avec ses vieux immeubles à la peinture ocre un peu passée, bordés d'arcades sombres. Modestement, l'ambassade n'occupait que le troisième étage d'un vieil immeuble, non loin du Quartier Général de la police maltaise.

Burt Holiday tira de nouveau sur les pointes de son gilet.

– Il faudrait que je vous mette au courant, suggéra-t-il d'une voix éteinte. Ensuite, je dois préparer la « valise » avec l'ambassadeur.

Autrement dit, « Je n'ai pas beaucoup de temps à consacrer à cette affaire ». Malko balaya sa rêverie. Au travail. D'abord, situer l'environnement.

– Vous êtes bien vus, ici?

Burt Holiday prit l'air encore plus accablé.

– Pas très, avoua-t-il. Le gouvernement Mintoff fait dans le « non-alignement ». La VIe Flotte n'a même pas le droit d'escale à La Valette. Le State Department nous a recommandé de garder un « low profile ». Nous n'avons pas de très grands intérêts ici. D'ailleurs, à Langley, on sait tout juste où se trouve Malte. Et encore moins ce qui s'y passe.

Depuis ce qui était arrivé en Iran, Malko pouvait tout croire...

– Pourtant, objecta Malko, John Fitzpatrick semblait remplir une mission importante.

– L'opération a été montée par le desk « Europe », corrigea Burt Holiday. Plus précisément par la station de Londres. A l'initiative de nos « cousins » de Queen Anne Street. Eux sont un peu plus au courant. Mais encore plus désorganisés que nous. Ils n'avaient personne pour remplacer Fitzpatrick. Avant qu'on parle tous arabe.

– Si je comprends bien, dit Malko, c'est pour cela qu'on a fait appel à moi...

– *Right,* approuva l'Américain. J'espère que vous aurez plus de chance.

C'était dit sans aucun humour.

– Ce ne sera pas difficile, remarqua Malko. John Fitzpatrick est mort... Et apparemment, dans des circonstances désagréables. A propos, vous ne m'avez pas encore dit qui l'a tué. Et pourquoi?

Ses yeux dorés cherchaient avec innocence le regard

bovin de son vis-à-vis. Burt Holiday laissa sa frange branler quelques instants avant de lâcher d'une voix précautionneuse :

– C'est une longue histoire. La Libye essaie de prendre le contrôle de Malte. Peu à peu, ils s'infiltrent dans tous les domaines : coopération militaire, formation technique, commerce, investissements. Malte est un des trois verrous de la Méditerranée, avec Suez et Gibraltar, à 300 km des côtes libyennes. En plus, les Libyens voudraient installer des radars à longue portée pour surveiller Israël... Mintoff le chef du gouvernement actuel, les voit d'un très bon œil, il est pratiquement en train de leur livrer le pays. Aussi bien pour des raisons idéologiques qu'économiques.

– Et que fait l'Europe pour empêcher cela? demanda Malko.

– Rien. Personne ne veut aider Malte financièrement. Ni la Grande-Bretagne, ni la France, ni l'Italie. Ni l'Allemagne. Jusqu'ici le plus gros des ressources de l'île venait d'une base de l'OTAN tenue par les Anglais. Ils s'en vont au mois de mars. Cela fait perdre 19 millions de livres (1) par an au Trésor maltais. Pour ici, c'est beaucoup.

» Alors, les Libyens sont arrivés, la bouche en cœur, avec des valises pleines de dollars. Mintoff leur ouvre les bras. Il a été lui-même en Libye expliquer au peuple libyen à quel point il avait besoin d'argent. En séance solennelle, l'Assemblée de la Révolution a décidé d'accorder une aide à Malte sur cinq ans, pour compenser le manque à gagner de la base anglaise. Moyennant quoi on enterre le petit différend entre la Libye et Malte concernant le pétrole. Ce qui fait d'une pierre deux coups.

– Expliquez-vous, demanda Malko, un peu perdu.

Burt Holiday se leva et posa son index boudiné sur la carte murale.

(1) Environ 19 milliards de centimes.

– Vous voyez Malte? Juste en face de Tripoli. Toute la zone sous-marine entre l'île et la Libye est bourrée de pétrole. Le prolongement des gisements libyens. Il y a des recherches. Texaco, Elf, Royal Dutch. (Il revint à son bureau, exhiba une feuille couverte de chiffres.) Voilà les résultats.

– Intéressants?

– Le fond de la mer autour de Malte est une éponge gorgée de pétrole, fit sobrement Holiday. Il n'y a qu'à faire des trous pour que Malte devienne aussi riche que le Koweït.

– Pourquoi ne font-ils pas ces trous, alors? Au lieu d'emprunter.

– C'est une bonne question, une très bonne question, Mr. Linge, fit Burt Holiday avec une sombre jubilation. Nous revenons à ce pauvre John Fitzpatrick.

» Il existe un petit différend entre les Maltais et les Libyens au sujet du partage de la zone pétrolifère située entre Malte et la côte libyenne, encore inexploitée. Malte voudrait partager 50-50. Les Libyens veulent en garder 75 % et donner 25 % à Malte. Ils ont même menacé, si Malte entamait l'exploitation, de détruire les stations de pompage avec leur marine de guerre.

» Alors, les palabres durent depuis des années, sans que le gouvernement Mintoff cherche vraiment à faire valoir ses droits de façon énergique. Pendant ce temps, la Libye continue à pomper « son » pétrole. Et prête de l'argent à Malte, la pauvresse.

Malko écoutait, stupéfait.

– Vous voulez dire que le gouvernement maltais renonce à exploiter son pétrole pour ne pas contrarier les Libyens?

– Pas officiellement, dit Burt Holiday. Mais certains membres du gouvernement ont une attitude étrange. D'autant qu'il suffirait que Malte prenne les Libyens au mot et accepte ses 25 % pour subvenir aux besoins de l'île. Après tout, il n'y a que 350 000 Maltais. A 15 ou 16 dollars le baril, ça va vite.

Malko écoutait, songeur. Cela n'expliquait toujours pas la mort brutale de John Fitzpatrick, agent du MI 5, coopérant avec la CIA.

– Cette histoire de pétrole a un lien avec la mort de Fitzpatrick? demanda-t-il.

– Étroit, laissa tomber Burt Holiday. Suivez-moi bien. Il y a deux partis politiques à Malte : les nationalistes et le labour. Ce dernier a le pouvoir, avec une faible majorité : 35 sièges contre 31. C'est le parti de Mintoff. L'ami des Libyens. Mintoff, bien que de gauche, n'a jamais été officiellement communiste. Sa femme est anglaise. Pourtant, son gouvernement prône le rapprochement avec la Libye musulmane et « socialiste ».

» Cela a intrigué nos « cousins » de Londres. Ici, ils sont assez bien placés. Après 180 ans d'occupation britannique. Ils ont gardé de bons réseaux. Ils savent tout, même les numéros de série des hélicoptères libyens. En fouillant un peu, ils sont tombés sur ce qui pourrait être une information explosive. Un banquier maltais en possession de documents prouvant que certains membres du gouvernement actuel auraient été grassement achetés par la Libye...

– Je vois, dit Malko.

– Attendez, continua Burt Holiday. Nous ne savons pas si c'était spontané ou si les « cousins » ont un peu aidé. En tout cas, John Fitzpatrick était venu à Malte pour entrer en contact avec celui qui détient ces documents, un certain Godfrey Borg, et prendre avec lui l'avion pour Londres. C'est là-bas que devait se faire l'échange. Les documents contre une certaine somme d'argent. Fournie par nous, les British n'ont pas de budget. Ensuite, il ne restait plus qu'à « réinjecter » lesdits documents dans le circuit politique maltais, via le parti nationaliste.

– Un beau rêve qui a capoté, remarqua Malko.

– Eh oui, avoua piteusement l'Américain. Il y a eu des fuites. Les services libyens sont mieux informés que nous ne le pensions. Ils ont eu vent de l'histoire. Quand Borg a voulu partir, des tueurs l'attendaient à l'aéroport. Ils avaient ordre de le liquider et de causer ensuite. Il a fait demi-tour.

» John Fitzpatrick était avec lui. Ils se sont parlé. Et depuis Godfrey Borg a disparu et John Fitzpatrick est mort...

– Comment, il a disparu?

– Personne ne l'a revu depuis le jour de son présumé départ. Il se planque, ou les Libyens sont arrivés à le liquider discrètement. Personne ne sait ce que Fitzpatrick a pu apprendre aux Libyens.

– Parce que vous êtes sûr que ce sont eux qui l'ont torturé et tué?

– Vous voyez quelqu'un d'autre? Ce n'est pas le CID maltais. Ils ne feraient pas de mal à une mouche. En revanche, mon homologue israélien m'a donné la liste de certains Libyens en poste ici. Des dangereux.

– Si ce Godfrey Borg est vivant, vous êtes certain qu'il se trouve toujours à Malte?

Burt Holiday lissa sa frange.

– Pratiquement. Il y a peu de vols au départ de Luqa Airport. Les Libyens ont une antenne là-bas et ils surveillent tout. Pas d'avions privés, ni d'hélicoptères. Quant à la mer, le gouvernement Mintoff, sous prétexte d'aide, a laissé la surveillance des côtes aux Libyens. Ils disposent de deux Super-Frelon, de trois Alouette et de vedettes rapides, avec des équipages mixtes. Si vraiment ils veulent Borg – ce qu'ils ont fait semble le prouver – ils peuvent le coincer à la sortie. Comme la saison touristique n'est pas commencée, l'île est relativement facile à surveiller.

– Quand même, objecta Malko, si la « Company » voulait s'en donner la peine...

Burt Holiday sembla se fermer comme une huître.

– Nous ne pouvons pas intervenir ouvertement dans les affaires intérieures de Malte, affirma-t-il vertueusement. Ce genre d'opérations n'a plus cours.

Un ange passa, le visage recouvert d'un masque noir. La CIA avait parfois de ces pudeurs... Bien entendu, c'était à un agent « noir » comme Malko, sans existence officielle, qu'on demandait de plonger la main dans ce bouillon nauséabond.

– Je suppose, dit celui-ci, que je dois retrouver ce Borg pour lui soutirer ces documents. Ensuite qu'est-ce que je fais?

– Des photocopies, fit sobrement l'Américain... Vous...

La porte s'ouvrit sur un quinquagénaire rubicond et jovial qui claironna :

– Je vais chercher les sandwiches. Deux comme d'habitude?

– Deux, confirma Holiday, avec résignation.

La porte se referma.

– C'est comme ça que je me nourris depuis des mois, soupira, lugubre, le chef de station.

Malko trouvait qu'il y avait encore quelques trous dans son ordre de mission...

– Avez-vous une idée de l'endroit où ce Godfrey Borg peut se cacher?

Burt Holiday secoua la tête.

– Pas la moindre, avoua-t-il. Et ce n'est pas mon boulot. Les « cousins » s'en occupent. J'ai un contact pour vous. Un avocat de La Valette. Passez à son bureau. Me Fenek, 17 Britannia Street. De la part de Lester. C'est lui qui est en contact avec ceux qui aident Godfrey Borg. Vous suivrez ses instructions.

– Et l'argent? s'inquiéta Malko. Je croyais que ce Borg en demandait pour livrer ce qu'il a.

– Quand vous l'aurez retrouvé, nous en parlerons, dit froidement le chef de station. Londres m'a débloqué des crédits. Ils sont à votre disposition. Mais il faudra négocier. A propos, vous avez une couverture?

– En or massif, dit Malko en souriant. Je suis Chevalier de l'Ordre de Malte, comme un certain nombre de membres de ma famille en remontant dans le temps. Je suis venu à Malte effectuer quelques recherches historiques.

– Ah bon, vous faites partie de ce truc, fit Burt, pas impressionné. Ouais, ça paraît bien. Enfin...

Il eut un geste évasif, signifiant qu'au fond ce n'était pas son problème.

– De toute façon, ajouta-t-il, on va savoir très vite si ça tient. Les Libyens sont des gens brutaux et sans nuances.

C'était le moins qu'on puisse dire. Burt Holiday trottina jusqu'à son bureau, sortit des photos d'un dossier et les étala.

– Il faut que je vous briefe un peu, dit-il. Voici les plus dangereux du service libyen. Major Abu Dhofar. Officiellement membre de la mission d'assistance militaire à Malte. Patron de l'antenne « action » libyenne. Basé à l'Institut technique libyen. Je vous expliquerai après où ça se trouve. 1,50 m, mais dangereux comme une teigne. Musulman pur et dur, mêlé déjà à plusieurs assassinats politiques. C'est sous son commandement qu'a eu lieu l'attaque des ministres de l'OPEP à Vienne.

Burt Holiday prit une autre photo.

– Mahmoud Faradj, annonça-t-il. Celui-là n'est pas aussi pur. Pédé comme un phoque et méchant. Il a failli être expulsé à la suite d'une bagarre. Spécialiste de la grenade quadrillée. Ancien garde du corps du colonel Khadafi qui l'a viré à cause de son vice.

Malko examina avec soin la photo. Un visage boutonneux, tout en longueur, mangé par une énorme chevelure afro. Des yeux petits et enfoncés.

L'index de l'Américain se pointa sur la troisième photo.

– Mohammed Djalloud. Spécialiste du rasoir et de la canne empoisonnée. On pense que c'est lui qui a provoqué le « malaise » de John Fitzpatrick en le piquant avec une pointe imbibée de ricinine.

– Qu'est-ce que c'est?

Burt Holiday eut un sourire en coin.

– On appelle ça le parapluie bulgare. C'est un alcaloïde deux fois plus nocif que le venin de cobra.

Celui-là avait une bonne tête avec sa grosse moustache et ses joues rebondies.

– Tous les trois sont basés à l'Institut technique de St. George Bay, mais ont des points de chute à La Valette, au Centre Culturel Libyen et aussi au magazine *Al Jamarva Times*, dans le building de l'Alitalia. Il y en a d'autres mais nous n'avons pas de photos.

– Vous en avez une de ce Borg?

– Non, malheureusement.

– Savez-vous en quoi consistent les documents qu'il a?

Burt Holiday secoua ses bajoues.

– Oui. Des bordereaux de virements bancaires. Sur des banques suisses. Prouvant que des comptes approvisionnés par les Libyens ont effectué de gros paiements à certains membres du gouvernement actuel. Par centaines de milliers de dollars.

Malko regardait les photos des trois tueurs.

– Aucune chance que ce soit une intox?

– De qui?

– Des opposants politiques de Mintoff.

L'Américain sembla profondément choqué.

– Je ne crois pas qu'ils auraient été jusqu'à liquider un agent du MI 5 pour établir une intox.

Il regarda sa montre.

– Il faut que je m'occupe de la valise.

– Très bien, dit Malko. Je vais aller me reposer un peu et voir votre avocat.

Il avait fait un voyage abominable à bord d'un avion britannique.

Avant il avait dû disputer un vrai marathon dans les interminables couloirs glaciaux reliant les différents bâtiments de Heathrow, l'aéroport de Londres. Traînant sa valise, les bagagistes étant en grève.

Sa seule détente pendant ce voyage de cauchemar avait été le stop à Roissy-Charles de Gaulle, seul aéroport d'Europe vraiment fonctionnel avec ses escaliers roulants, ses services groupés et pratiques. Sa première idée avait été de s'offrir une courte escale à Paris afin de revenir les bras chargés de cadeaux destinés à l'inconstante Alexandra. Le nombre et la variété des boutiques de Roissy étaient tels qu'il n'avait plus eu envie d'aller à Paris. Après avoir dépensé une petite fortune dans tout ce qui pouvait faire plaisir à une femme, il était resté un long moment à rêver devant l'énorme tableau d'affichage. De Roissy, on pouvait partir pour les quatre coins du monde, de l'Australie à l'Amérique du Sud. Il suffisait de choisir son satellite et de se laisser glisser sur l'escalier roulant. Une chose l'avait surpris, chez les Français habituellement chauvinistes : tout le monde semblait parler anglais à Roissy.

Son ultime contact avec la civilisation avait été le court trajet Paris-Londres dans le 727 d'Air France. Le foie gras était parfait et le bordeaux, du 71, une grande année. Ensuite cela avait été la plongée dans le monde hostile et désorganisé de Heathrow.

– Vous avez l'air crevé, fit Burt Holiday.

L'Américain le raccompagna jusqu'à l'ascenseur, branlant la tête comme un vieux mandarin. Il lui tendit sa carte.

– J'habite à Ta'xbiex, dit-il. Ça se prononce *Tachbech,* en chuintant. En face de l'ambassade de France et de la marina des yachts. Il faudra que vous veniez dîner.

– Personne d'autre pour m'aider? demanda Malko.

– Personne,, reconnut l'Américain. C'est un dossier « financier » qui n'est pas supposé réclamer du « muscle ».

La grille de l'ascenseur se referma sur Malko avec un bruit qui lui parut sinistre. Il était seul pour sa croisade. Quelques centaines d'années après son ancêtre, il partait à la lutte contre les infidèles. Sous une forme un peu différente.

Mais cet aspect de sa mission ne lui déplaisait pas. Malte avait beau parler une langue bizarre et ressembler plus avec son sol pelé à l'Afrique du Nord qu'à la Suède, c'était quand même l'Europe.

Sa Ford Granada, louée dès son arrivée chez Avis, était presque trop chaude sous le soleil matinal. Au loin, il apercevait le monument marquant la limite de Floriana et de La Valette.

Là où commençait sa mission.

*
* *

Le numéro 17 de « Triq » Britannia était une toute petite maison de poupée avec un balcon plein de fleurs et des murs blanchis à la chaux. Tous les noms de rue étaient en deux langues, maltais et anglais. Triq signifiant rue en maltais. La rue était une des transversales étroites, sombres et animées de La Valette, la seconde, après le palais majestueux qui abritait les services du Premier ministre. Malko s'engagea dans l'escalier incroyablement étroit. Ce dernier aboutissait directement dans un minuscule salon d'attente où se trouvaient déjà plusieurs personnes. Un huissier pauvrement vêtu, sans cravate, s'approcha de Malko.

– Me Fenek?

– Il va venir, dit le Maltais. Asseyez-vous.

Il désignait à Malko la dernière chaise libre. Puis se rassit sans plus s'occuper de lui. Malko obtempéra.

Personne ne parlait, ni ne regardait ses voisins. Les bruits de Britannia Street montaient par la fenêtre ouverte... C'était calme, provincial, rassurant. On ne se serait jamais cru dans l'antre d'une barbouze... Une demi-heure s'écoula. Quarante-cinq minutes. L'huissier était descendu et ne reparaissait pas.

Pour tromper son attente, Malko se plongea dans un dépliant posé sur la table. « Air France Vacances ». Cela lui donna brutalement envie de partir. De s'évader de ce petit bureau et de sa vie pleine de contraintes et de dangers. Il parcourut le document. Aux prix proposés par Air France, il pouvait même emmener Krisantem. 2 000 frs pour les Antilles, 990 frs pour Athènes, 1 100 frs pour Istanbul, tout cela au départ de Paris-Roissy. C'était un moyen élégant de remercier le Turc de ses bons et loyaux services, sans le forcer à prendre un charter à la fiabilité douteuse. Il acheva de lire le dépliant, stupéfait. A son retour de Malte, il pourrait aller faire un saut à New York en repassant par Paris, pour 1 960 frs ! Moins de 400 dollars. C'était incroyable de pouvoir offrir de tels prix alors que tout augmentait partout. Un bruit de pas dans l'escalier l'arracha à sa rêverie. Il referma la brochure « Air France Vacances » et la mit dans sa poche.

Ce n'était que l'huissier qui revenait. Il reprit son attente, n'ayant plus rien à lire.

Au moment où Malko allait se décider à partir, un petit vieillard apparut en haut de l'escalier, essoufflé, traînant une serviette de cuir aussi grosse que lui. Le regard dissimulé derrière d'énormes lunettes d'écaille. Il adressa un sourire collectif aux gens qui attendaient et s'engouffra dans le bureau, dont il referma la porte. Quelques instants plus tard, il repassa la tête et dit quelque chose en maltais.

Un homme dégingandé et digne se leva et s'engouffra dans le bureau.

Malko recommença à ronger son frein... réalisant qu'il était le dernier.

Il lui fallut encore une heure et demie de patience ! Il bouillait de fureur lorsque Me Fenek le fit enfin pénétrer dans son bureau aux murs blancs. Des piles de dossiers gisaient partout, des livres, un classeur ouvert. L'avocat adressa à Malko un sourire engageant et demanda en anglais :

– Sir, que puis-je faire pour vous?

– Je viens de la part de Lester, annonça Malko.

– Ah.

Me Fenek le fixait derrière ses verres épais, aussi expressif qu'une chaufferette. Il joua avec un crayon pendant d'interminables secondes avant de se décider à demander :

– Que voulez-vous?

– Entrer en contact avec Godfrey Borg.

– Ah.

Le vocabulaire de Me Fenek était limité. Cette fois, il demeura silencieux encore plus longtemps. Puis il eut un geste de la main qui signifiait « attendez » et décrocha son téléphone. Malko ne comprit pas un traître mot de la conversation en maltais. Lorsque l'avocat raccrocha, il sembla plus détendu.

– Vous connaissez le *Casino Dragonara*?

– Non, dit Malko, mais je trouverai.

– Bien. Vous êtes à quel hôtel?

– Au *Hilton.*

– Ah. C'est tout à côté. Allez-y ce soir. Dînez au casino. Ce n'est pas mauvais. Ensuite, promenez-vous dans la salle de jeux. Quelqu'un vous contactera.

– Qui?

– Je ne peux pas vous le dire. Mais j'ai donné votre signalement. Ne craignez rien.

Il se leva, signifiant la fin de l'entretien. La salle d'attente était vide. Il serra la main de Malko en face de l'escalier.

– A propos? demanda-t-il. Vous aimez le poisson?

Pendant une fraction de seconde, Malko se demanda s'il s'agissait d'un code. Mais déjà l'avocat continuait :

– Au *Dragonara,* demandez du « Lampucki pie ». C'est un excellent plat de poisson. Au revoir et bonne chance.

Il pivota sur lui-même, repartit vers son bureau. Malko se retrouva dans Britannia Street, plutôt perplexe.

Cela lui causait un trouble étrange de se retrouver dans la capitale des Chevaliers de l'Ordre de Malte, construite quatre cents ans plus tôt pour être une forteresse imprenable... Les trois kilomètres de fortifications massives terminées par le fort Saint-Elme étaient toujours là, dominant le port. Les « auberges » aussi, demeures des principaux Chevaliers, devenues des musées ou des administrations.

Il tourna dans Republic Street. Toutes les rues se coupaient à angle droit. La plupart étaient en pente très raide ou se transformaient en escalier. Les Chevaliers, à l'époque, n'avaient pas eu le temps de niveler le dos d'âne descendant jusqu'à la mer... Tout tenait dans un quadrilatère de 1 000 mètres sur 800. Une toute petite ville où il y avait une église pour chaque jour de l'année. Heureusement, les bombardements de la dernière guerre n'étaient pas venus à bout de tout. Malko émergea par la porte Saint George, sur l'esplanade jadis destinée à donner un bon champ de tir aux canons de la forteresse...

Sa voiture était au petit parking de City Gate, en face de la Fontaine de Tritons. Il reprit St. Anne Street, l'avenue traversant Floriana, pour retrouver ce que les Maltais appelaient pompeusement « Sliema Regional Road », la mini-autoroute menant à Saint Andrews et à Saint George.

La signalisation était pratiquement inexistante dans le fouillis de petites routes coupées tous les deux kilomètres par un rond-point. Quelques panneaux microscopiques annonçaient à la dernière minute la direction approximative à prendre.

A la sortie de Floriana, il tomba sur un embranchement. Pas balisé, bien entendu. Furieux, Malko hésita quelques secondes, puis obliqua dans la route de gauche. Il avait déjà parcouru dix mètres lorsqu'il aperçut sur sa droite un panneau bleu minuscule annonçant « Sliema »...

D'un violent coup de volant, il obliqua, regagnant la bonne direction, jurant entre ses dents. Derrière lui, il y eut un furieux coup de frein. Sa manœuvre terminée, il jeta un coup d'œil dans son rétroviseur. Une Cortina bleue avait failli l'emboutir lors de sa fausse manœuvre.

Elle aussi avait obliqué et se trouvait derrière lui, maintenant.

Un picotement désagréable parcourut le dessus des mains de Malko, signe d'angoisse.

Derrière le pare-brise de la Cortina, il y avait un visage basané coupé d'une grosse moustache. Il ne pouvait pas l'affirmer, mais ses traits ressemblaient étrangement à une des photos qu'il venait de voir dans le bureau de Burt Holiday. Celles des agents libyens.

CHAPITRE 3

Le double tunnel de la mini-autoroute de Sliema ressemblait à deux gros yeux noirs qui observaient Malko. Celui-ci accéléra. Derrière lui, la Cortina en fit autant et ils abordèrent ensemble la montée juste avant le tunnel. Le cœur de Malko s'était mis à battre plus vite. Son premier réflexe fut de semer ses suiveurs, mais il se domina. Autant essayer de leur faire croire qu'il ne les avait pas repérés. Il leva le pied de l'accélérateur. A perte de vue, la seule végétation émergeant des collines descendant jusqu'à la mer était la forêt des antennes de télévision.

Il n'avait rien à faire jusqu'à son rendez-vous du soir au *Casino Dragonara,* et l'ambiance incitait à la détente. Malte paraissait si calme. Les Maltais qu'il avait côtoyés paraissaient paisibles, nonchalants et inoffensifs. Murés dans leur étrange langage aux sonorités gutturales.

Il arriva au sommet de la côte et ralentit pour sortir de l'autoroute à droite par St. George Road. Un panneau indiquait *Libyan Technological Institute.* Il n'était pas loin de ses adversaires. Cent mètres plus tard, il tourna à gauche, dans Ross Street, la petite rue qui menait au *Hilton.* L'hôtel était bâti face à la mer, tout en longueur, un peu à l'écart de St. George, sur une sorte d'esplanade dominant la baie.

Derrière lui, la Cortina vira à gauche et disparut. Malgré tout, Malko se sentit soulagé.

Il n'avait aucune arme, même pas son pistolet extra-plat. Ordre de la station de Vienne. A Malte, il fallait garder un « low profile ». C'est-à-dire jouer au pigeon d'argile.

Le hall du *Hilton* ressemblait à une pension de famille anglaise, avec un pianiste nonchalant essayant de distraire quelques familles prenant le thé dans les grands canapés du hall. Sinistre. Malko tourna à droite dans la petite galerie marchande et acheta le *Malta Times* dont il parcourut la première page. Une photo accrocha son regard. Contrastant avec l'austérité du reste, une fille superbe, dans une robe du soir à volants, défilant sur un podium. La légende annonçait que le *Hilton* avait organisé un défilé de mode italienne pour la première fois à Malte.

Malko parcourut le reste des nouvelles tout en traversant le hall. Sa chambre était au second. Il enfonça la clef dans la serrure. Ou plutôt, il essaya, sans succès. Intrigué, il redescendit et alla au desk.

– Ma clef ne fonctionne plus, annonça-t-il.

L'employé, noiraud et futé, la prit, vérifia le numéro et se fendit aussitôt d'un large sourire.

– Oh ! Sir, pardon, j'ai oublié de vous prévenir, nous vous avons changé de chambre. La nouvelle a vue sur la mer, c'est plus agréable. Ceci est la clef de votre nouvelle chambre. Le 44. Vos affaires ont été transférées.

Malko n'avait plus qu'à donner un billet de cinq livres maltaises à ce bienfaiteur de l'humanité. Il faut encourager les vocations...

Effectivement, sa nouvelle chambre donnait sur le jardin et la mer, au lieu du parking. Avec une charmante petite terrasse.

Malko ouvrit la porte-fenêtre et sortit. Il faisait frais, mais la mer, à quelques centaines de mètres, n'avait pas une ride. Quelques touristes jouaient au mini-golf dans le jardin. Un grincement métallique lui fit tourner la tête. Cela venait de la terrasse voisine.

La porte qui correspondait à la sienne s'ouvrit sur une silhouette somptueuse. Une femme drapée dans une robe de chambre transparente, chaussée de hautes mules dorées. Une énorme cascade de cheveux noir de jais dégoulinaient presque jusqu'à une chute de reins à damner un ayatollah. Le tissu transparent ne laissait rien ignorer d'une lourde poitrine en poire. L'inconnue, de profil, se pencha vers le jardin, puis tourna la tête vers Malko.

Son « oh » arrondit une épaisse bouche sensuelle. Elle était très maquillée avec d'immenses cils noirs. Le rouge de la bouche semblait phosphorescent, tant il était violent. Une image passa devant les yeux de Malko : la photo du *Malta Times* ! L'apparition se protégea aussitôt la poitrine du bras droit replié, dans la plus pure tradition des nymphes surprises, mais sans replonger dans sa chambre. Malko sourit.

– Vous vous appelez Tamra, je crois?

Une lueur surprise passa dans les grands yeux noirs.

– Comment le savez-vous? dit la jeune femme en anglais, avec un charmant accent. Vous me connaissez?

– J'ai vu votre photo dans le *Malta Times*, avoua Malko. Je dois dire que vous êtes encore plus éblouissante au naturel...

Tamra secoua sa crinière et ronronna en se déhanchant. Oscar de la vulgarité, mais le genre de femelle que le moins phallocrate des hommes mourrait d'envie de basculer au premier regard sur un coin de table ou de n'importe quoi... Les lèvres épaisses s'ouvrirent sur des dents nacrées et régulières.

– Oh ! ce que vous êtes gentil...

Aussitôt, elle frissonna et éternua.

– Vous allez prendre froid, remarqua Malko. Si vous voulez, nous pouvons continuer notre conversation à l'intérieur. Je crois qu'il y a une porte de communication.

– D'accord, dit-elle. A tout de suite.

Il rentra, passablement émoustillé, se rua sur le verrou de la porte de communication. Tamra attendait de l'autre côté, souriante. C'est elle qui pénétra dans la chambre de Malko et alla droit s'asseoir sur le divan. Sa peau était très blanche, ses cheveux et ses yeux très noirs, et elle était vraiment splendide; une taille étroite sur des hanches d'amphore, des longues jambes et ce visage animal éclairé par les yeux immenses. De nouveau, elle éternua.

– Voulez-vous un peu de champagne pour vous réchauffer? proposa Malko, déjà en train d'ouvrir le mini-bar.

– Oh ! oui !

Elle battait presque des mains. Malko prit une bouteille de Moët et Chandon, l'ouvrit, remplit deux coupes.

– Vous vous appelez Tamra, dit-il, vous êtes libanaise et vous faites ici un défilé de mode.

Tamra but d'un coup sa coupe et inclina la tête, une lueur triste dans ses grands yeux noirs.

– C'est vrai. J'habitais Beyrouth et je travaillais beaucoup là-bas. Mais avec les événements... Mon appartement a été détruit, ma famille dispersée, mon boy-friend tué, et maintenant j'habite l'hôtel à Rome.

Elle tendit vers Malko une main aux ongles rouges longs comme des pelles.

– Et vous?

Sa quasi-nudité ne semblait pas la gêner.

– Moi, dit Malko, je suis en vacances. Je viens faire des recherches sur les Chevaliers de Malte. Pour écrire un livre.

– Ah !

Elle le contemplait avec un respect tout neuf. Il lui reversa du champagne, et elle soupira d'aise.

– C'est bon ! C'est agréable de bavarder avec quelqu'un. On s'ennuie à mourir ici.

Soudain, elle se leva.

– J'ai froid, dit-elle, vous permettez que j'aille m'habiller? Je reviens.

Malko laissa à sa tension le temps de redescendre avant de se mettre à réfléchir. Cette rencontre était inespérée, ou inquiétante. Il ne croyait pas aux coïncidences dans son métier. Et Tamra venait de Beyrouth... Enfin. Un homme prévenu en vaut deux. Et une créature avec un tel magnétisme valait bien quelques risques...

Il mit la radio et tira les rideaux. La nuit était tombée très rapidement.

*
* *

Lorsqu'elle ouvrit la porte de communication, Malko eut l'impression qu'on le plongeait brutalement dans un bain brûlant. La chevelure noire émergeait cette fois d'une robe en simili-panthère moulante comme un gant, des épaules aux jambes, découpée d'un vertigineux décolleté plongeant. Tamra avait encore accentué son maquillage et semblait avoir insufflé le contenu d'une bonbonne d'air comprimé dans sa poitrine.

– Bonsoir, dit-elle. J'ai amené une amie, Doris, elle fait le défilé avec moi.

Malko retrouva assez de salive pour dire « bonsoir ».

Doris était aussi grande que la Libanaise, mais aussi anglaise que possible, avec ses courts cheveux blonds, son nez retroussé et ses yeux très bleus. Un pantalon de latex doré moulait une chute de reins un peu lourde mais attrayante, tandis que le chemisier transparent laissait deviner les pointes de deux petits seins. Elle tendit une main molle et douce à Malko.

– *Good evening.*

Les deux s'étaient trempées dans un bain de parfum... Le même. Quelque chose de lourd et d'entêtant. La sagesse avec laquelle elles s'assirent sur le canapé contrastait avec la lueur trouble dans leurs regards.

En tout cas, il fallait faire face à cette pulpeuse invasion.

– On continue au Moët et Chandon? proposa Malko.

– Moi, je prendrais bien un cognac, dit timidement Doris.

Sans se faire prier, Malko sortit du mini-bar une bouteille de Gaston de Lagrange.

– Votre amie Doris est toute seule aussi? demanda-t-il.

– Oh ! oui, dit Tamra en riant. Elle sort d'un gros chagrin d'amour.

Vu la façon dont elle était habillée, elle n'allait pas tarder à se consoler.

Ils burent tous les trois. Tamra, très gaie, commença à esquisser un pas de danse au son de la musique de la radio, sorte de béguine sensuelle et lente, puis s'arrêta.

– J'adore danser !

Sa peau de panthère, moulante comme un gant, accentuait encore la provocation muette de son corps. Un peu plus tard, Malko ouvrit discrètement une seconde bouteille de Moët. Doris continuait à faire un sort au Gaston de Lagrange. Visiblement amatrice de cognac... Les yeux de ses deux visiteuses brillaient de plus en plus.

– Vous ne travaillez pas ce soir? demanda Malko.

– Non, pas aujourd'hui, fit Doris.

Malko consulta discrètement sa Seiko-quartz. Sept heures. Il avait le temps. Sa tête commençait à être légère, légère. Ils continuèrent à boire et à bavarder encore une bonne heure. Puis Doris regarda sa montre.

– Je vais me reposer un peu, dit-elle avec son accent charmant.

Elle disparut dans un éclair d'or.

Tamra acheva de vider sa coupe de champagne et s'étira.

– J'ai trop bu, soupira-t-elle, je commence à avoir faim...

C'était un appel du pied non déguisé. Malko pesa rapidement le pour et le contre. Si la somptueuse Libanaise avait un lien avec ses adversaires, la meilleure façon d'endormir leur méfiance était de l'emmener à son rendez-vous. Quitte à se débrouiller pour le contact.

– Voulez-vous dîner avec moi? proposa-t-il. Je pensais aller au casino. Ce n'est pas trop loin.

Tamra lui adressa un regard langoureux.

– C'est gentil ! Mais il faut que je me repose un peu avant. J'ai la tête lourde. Voulez-vous frapper à ma porte vers neuf heures? Je vais faire une petite sieste, ajouta-t-elle avec un sourire mutin...

Resté seul, Malko s'allongea, tentant de s'intéresser aux programmes ineptes de la télé italienne... Finalement, il se replongea dans le dépliant « Air France Vacances ».

*
* *

Neuf heures dix ! Malko se dressa d'un coup. Il s'était endormi. La porte était toujours fermée. Il s'en approcha et frappa un coup léger. Rien. Il récidiva, un peu plus fort, sans plus de résultat. Tamra devait dormir à poings fermés.

Il tourna le loquet et la porte s'ouvrit aussitôt. La pièce était plongée dans une semi-obscurité. Tamra dormait, allongée sur le flanc comme une vraie panthère, sur un des lits jumeaux, dans une position qui faisait saillir sa croupe d'une façon involontairement provocante. Malko retint son souffle, un geyser de feu dans l'estomac. Avançant un peu, il découvrit un détail supplémentaire. Probablement pour se maquiller, la Libanaise avait décroché une glace du mur pour la poser en équilibre sur un fauteuil, à côté du lit. Malko pouvait y voir ses seins se soulever régulièrement et ses yeux fermés.

Il s'approcha du lit, et posa une main sur la hanche ronde pour réveiller la Libanaise.

– Tamra...

Au lieu de se réveiller, la Libanaise bougea, envoya sa main à la rencontre de celle de Malko, la prit et l'attira contre sa poitrine en murmurant des mots incompréhensibles. Déséquilibré, Malko dut mettre un genou sur le lit pour ne pas s'effondrer sur la dormeuse. Le devant de ses cuisses entra en contact avec la peau de la panthère. Aussitôt, les reins de la Libanaise se cambrèrent d'un mouvement automatique, resserrant le contact. Malko sentit ses sages intentions fondre comme neige au soleil.

Doucement, sans dégager sa main toujours serrée par celle de Tamra, il s'allongea le long d'elle, le visage dans la cascade de ses cheveux noirs. Aussitôt, la Libanaise s'emboîta contre lui, poussant sa croupe dure et cambrée contre son ventre.

En une fraction de seconde, il fut dans un état à faire honte à un chimpanzé en rut. La peau de panthère était délicieusement soyeuse, élastique comme une seconde peau. Malko, dans un ultime réflexe de civilisation, demeura immobile, observant le visage de Tamra dans la glace. Elle n'avait pas ouvert les yeux. Malko passa la main le long de la hanche, puis le long de la cuisse, suivant la peau de panthère jusqu'à ce qu'il arrive au mollet. Là, il glissa les doigts dessous et commença à remonter.

Très doucement, retenant son souffle.

Les yeux obstinément fermés, Tamra murmura dans son sommeil :

– Umberto...

Probablement, le nom de son amant. Honteux, mais déchaîné, Malko atteignit le haut de la cuisse, repoussant le tissu tacheté sur la croupe. Comme il l'avait prévu, Tamra ne portait aucun dessous.

Prestement, il dégagea son sexe tendu à éclater. Lorsque l'extrémité, après quelques tâtonnements réduits au minimum, écarta la peau tachetée, Tamra eut un frémissement de tout son corps. Ses yeux s'ouvrirent, elle poussa un « ho » étranglé. Malko venait de s'engloutir en elle jusqu'à la garde.

Sous le choc, la Libanaise lâcha sa main et se releva, à quatre pattes, la peau de panthère enroulée autour de ses hanches. Elle ouvrit les yeux, tourna la tête et s'exclama :

– Mais vous n'êtes pas Umberto, laissez-moi !

Malko ne se donna même pas la peine de répondre. Maintenant, il la chevauchait sans mesure, s'enfonçant à grands coups dans les reins cambrés.

Il avait vraiment l'impression de faire l'amour avec une panthère. Tamra feulait comme un animal, secouant sa crinière sans vraiment chercher à se débarrasser de lui. Reprenant son souffle, profondément ancré en elle, il surprit dans la glace le regard trouble de ses yeux noirs. Leurs yeux se trouvèrent. Il recommença son va-et-vient plus lentement. Tamra roula un peu sur le côté et murmura d'une voix rauque :

– Regarde-toi entrer dans moi, regarde-toi...

Cette injonction eut le don de le déchaîner à nouveau. Il en oubliait de fixer son reflet dans la glace. Soudain, la Libanaise se mit à râler spasmodiquement, comme si elle étouffait.

Malko lui saisit les hanches à deux mains, s'enfonçant violemment, et explosa en elle. Tamra lança un cri sauvage, prolongé, la bouche grande ouverte, les jambes et les fesses raidies sous lui, les bras en croix, la croupe surélevée.

Il n'avait pas encore repris son souffle qu'il entendit un bruit derrière lui. La porte venait de s'ouvrir. Instantanément, il pensa aux Libyens, tourna la tête, tétanisé. Doris venait d'entrer et contemplait le spectacle, indifférente. Abandonnant Tamra effondrée sur le ventre, Malko se retourna, observant la jeune Anglaise.

– *Oh, I am sorry!* dit-elle.

Malko pensa qu'elle allait repartir. Mais elle s'approcha très calmement du lit et s'arrêta près de lui. Une lueur trouble obscurcissait ses yeux bleus. Tranquillement, une de ses mains glissa vers le corps nu de Malko, l'effleura et prit ses parties viriles comme on soupèse un fruit.

– *You fucked her well* (1), murmura-t-elle.

Avec le même calme angélique, elle s'accroupit à côté du lit, ses doigts se nouèrent autour de Malko. Sa bouche se pencha et elle le prit dans sa bouche d'un geste parfaitement naturel. Tamra souleva la tête, observant la scène.

– Baise-la aussi, dit-elle de la même voix rauque, elle en a besoin.

Malko était en train de recouvrer tous ses moyens. Doris avait troqué son pantalon doré pour une large jupe noire. Il l'écarta, trouva les cuisses nues, remonta encore jusqu'au ventre prêt à l'accueillir, brûlant et ouvert.

Malko écarta la tête de la jeune Anglaise, se redressa et la renversa sur le lit voisin. Tamra observait, appuyée sur les coudes, les cheveux dans les yeux.

– Vas-y, dit-elle. Donne-lui ce qu'elle veut.

Doris attendait sur le dos, l'air toujours aussi angélique, les genoux relevés; la jupe avait glissé sur ses cuisses très blanches, un peu lourdes.

Malko s'écrasa sur elle, la pénétra d'une violente poussée.

La jeune Anglaise grogna, ses pieds chaussés d'escarpins noirs se dressèrent vers le plafond, ses bras se nouèrent autour du torse nu de Malko. Celui-ci n'eut pas la patience d'attendre et explosa rapidement.

Doris poussa une sorte de couinement, ses pieds retombèrent et ses talons-aiguille frappèrent violemment les reins de Malko. Comme pour se venger d'avoir été négligée.

Il se dégagea, un peu étourdi par cet intermède inat-

(1) Tu l'as bien baisée.

tendu. Doris, sans perdre son expression angélique, les jambes ouvertes, les yeux fermés, avait commencé à se caresser frénétiquement. Il l'observa quelques secondes, puis se sentit poussé par Tamra qui lui dit doucement :

– Laisse-la, maintenant. Elle est très longue, ce n'est pas de ta faute. A tout à l'heure.

Malko ramassa ses vêtements. Lorsqu'il se retourna pour fermer la porte de communication, il aperçut Tamra s'agenouillant sur le lit au-dessus de son amie.

*
* *

Malko venait tout juste de se rhabiller après avoir pris sa douche et s'être parfumé de son eau de toilette Jacques Bogart lorsqu'il y eut un grattement à la porte.

Tamra portait toujours sa peau de panthère, mais s'était remaquillée et sa lourde bouche rouge luisait comme un phare. Ses talons devaient bien mesurer quinze centimètres.

– Tu as beaucoup d'audace ! minauda-t-elle, quand tu es venu tout à l'heure, j'ai cru que c'était mon amant romain...

Encore une candidate à la Médaille d'Or de l'hypocrisie... Malko rit, pas dupe. Elle s'approcha et l'embrassa. Avec une technique étonnante, jouant du bout de sa langue comme d'un instrument acéré.

Puis, elle s'écarta aussitôt.

– J'ai faim.

– Doris ne vient pas dîner? demanda Malko qui avait la reconnaissance du ventre.

Tamra secoua sa crinière noire.

– Non, elle est fatiguée et elle ne veut pas grossir. Pourquoi, tu as encore envie de la baiser?

Elle le fixait, avec une provocation amusée. Malko ne répondit pas, plutôt rassuré. Tamra n'avait pas le « profil » d'une barbouze. Il était seulement tombé sur deux ravissantes nymphomanes. Cela arrive parfois dans la vie des honnêtes hommes très méritants.

*
* *

Le portier du *Hilton* eut visiblement du mal à ne pas se laisser aller à un geste obscène en ouvrant la porte à Tamra. Les yeux lui sortaient de la tête. Malko vit sa main balancer, hésitant à se poser sur la croupe de la Libanaise. Puis, le Maltais réussit à se contrôler et s'effaça.

Tamra en rajoutait, rendant sa démarche encore plus ondulante. Le pianiste fit quelques très belles fausses notes et un monsieur respectable renversa son thé. Le décolleté de Tamra découvrait les deux tiers de ses seins somptueux.

Dehors, il soufflait un vent glacé. Plusieurs taxis attendaient devant le *Hilton,* ainsi qu'un fiacre. Un moustachu, sanglé dans un blouson de cuir, avec des épaules de catcheur, jaillit d'une Mercedes noire et leur ouvrit d'autorité la portière. Mais Tamra était tombée en arrêt devant un « Karozzu », un fiacre enluminé à la mode maltaise.

– Oh ! je veux prendre ça, dit-elle.

Malko ne pouvait lui refuser cette petite joie après les satisfactions qu'elle lui avait apportées.

Le catcheur rentra dans sa Mercedes comme un diable dans sa boîte et ils s'ébranlèrent lentement et majestueusement vers le *Dragonara.*

*
* *

Une blonde diaphane dans une robe longue de tulle vert algue soufflait à se faire péter les poumons dans un trombone à coulisse en face de l'orchestre, balançant son instrument de cuivre comme un étendard doré. Sérieuse comme un pape. Il n'y avait que dans une ex-colonie britannique qu'on pouvait admirer un spectacle pareil.

Le restaurant du *Casino Dragonara* était tendu de

velours rouge comme une boîte. C'était bien tout ce qu'il y avait d'agréable. La nourriture était carrément infecte et le spectacle indigent. Le numéro de trombone terminé, l'orchestre se mit à jouer un slow. Malko dansa un peu avec sa panthère, ce qui fit monter la température.

Malko avait parcouru la salle du regard sans voir aucun signe du « contact » promis par Me Fenek. Il paya l'addition. Tamra attendait, les yeux brillants.

– On va jouer ? demanda-t-elle.

Ils se retrouvèrent dans la galerie extérieure, violemment éclairée au néon vert, qui courait tout autour du casino, semée de hautes colonnades qui faisaient ressembler le *Dragonara* à un temple grec isolé sur un promontoire.

Tamra s'avança majestueusement dans l'unique salle grouillante de gens agglutinés autour des tables de black-jack et de roulette. Malko fourra une poignée de livres maltaises dans les griffes rouges de sa panthère. Sa croupe callipyge frôlait effrontément les joueurs, déchaînant des torrents de mauvaises pensées. Un grand moustachu qui ne risquait que quelques pennies vint se coller derrière la Libanaise, extatique. Moqueusement, Tamra se cambra un peu plus, enfonçant ses deux sphères de marbre dans le ventre du voyeur qui dut éjaculer immédiatement. Il s'écarta et se perdit dans la foule, hagard.

La blonde au trombone surgit à la même table de roulette que Malko, jouant de petites mises. A travers la table, elle lui sourit. Cherchant son regard sans équivoque. Pendant quelques secondes, il crut à une bonne fortune, mais le regard des yeux un peu globuleux était trop insistant, trop intense.

Il sentit une petite crispation d'excitation. C'était elle, le contact !

La présence de Tamra avait dû l'empêcher de lui parler.

La Libanaise pendait à son bras comme une pieuvre

parfumée. Frottant un sein lourd contre lui, roucoulant à chaque coup heureux. Comment s'en débarrasser?

Malko reporta son attention sur la table, remarquant que la blonde tromboniste jouait systématiquement les mêmes numéros que lui. Pendant un moment, il observa son manège. Leurs doigts se frôlèrent à plusieurs reprises. Elle mettait ses jetons en même temps que Malko. A un moment, son regard se posa sur Tamra éloquemment. Malko investit aussitôt 20 livres maltaises qu'il fourra en jetons dans les mains de la Libanaise.

– Essaie de jouer à une autre table, conseilla-t-il. On aura plus de chances de gagner.

Tamra, ravie, se faufila à la table voisine. Le manège de la blonde et de Malko continua, passant totalement inaperçu. Ce dernier avait inspecté la salle sans apercevoir une tête suspecte. Les Libyens ne jouaient pas. Interdiction du Coran. La filature dont il avait été l'objet à son arrivée semblait avoir cessé.

Il joua le 16 à cheval. Avant même qu'il retire sa main, les doigts fuselés de la tromboniste s'approchèrent du numéro et y posèrent quelques jetons. En même temps, avec l'habileté d'un prestidigitateur, Malko sentit un jeton glisser sous sa paume. Il le ramassa et le glissa dans sa poche, puis continua à jouer. Le 16 ne sortit pas.

La blonde risqua encore trois ou quatre coups, puis s'éloigna de la table.

Malko en fit autant et au passage se pencha sur Tamra.

– Je vais aux toilettes. A tout de suite.

Dès qu'il fut seul, il sortit le jeton et l'examina. Avec une pointe sèche, on avait marqué sur une des faces « 70 Paola Road. Fgura ».

Il ressortit des toilettes pour se heurter aux seins impétueux de Tamra qui glissa un bras sous le sien.

– J'ai tout perdu ! avoua-t-elle. Et tous les types passent leur temps à me mettre la main au cul.

Ils se retrouvèrent sur la galerie extérieure, dominant le parking. Dès qu'ils apparurent, le grand chauffeur de taxi moustachu qui leur avait offert sa Mercedes au *Hilton* se précipita et les guida presque de force vers sa voiture. Pas un de ses concurrents n'osa bouger.

Il tint la portière ouverte tandis que Tamra s'engouffrait dans le véhicule. Au moment où Malko passait près de lui, il dit sans presque bouger les lèvres :

– *Beware, Sir, she wants to kill you* (1).

(1) Attention, monsieur, elle veut vous tuer.

CHAPITRE 4

Il fallut à Malko un effort prodigieux pour achever son mouvement en souplesse et s'asseoir sur la banquette à côté de Tamra. La Mercedes démarra avec une secousse. Dans la pénombre, il scruta le visage de sa compagne. Elle était vraiment d'une rare beauté, provocante et vulgaire, mais éblouissante. Ce n'était pas la première fois qu'il avait affaire à une tueuse d'un service arabe. Celle qui s'était introduite dans son château de Liezen quelques années plus tôt, la sculpturale Leila, était plus dangereuse qu'un homme. Et utilisait des moyens peu courants.

Voilà pourquoi on ne le suivait pas : il avait été pris en main.

Cinq minutes plus tard, la Mercedes stoppa devant le *Hilton.* Tamra sortit la première et se réfugia en courant dans le hall à cause du vent. Malko fit exprès de donner au chauffeur moustachu un billet de dix livres afin de lui donner le temps de rendre la monnaie. Pendant que le Maltais fouillait dans ses poches, il demanda à voix basse :

– Qui êtes vous?

– Un ami, fit laconiquement le chauffeur. Faites attention, elle travaille pour les Libyens.

Un couple sortit de l'hôtel et s'approcha du taxi. Malko empocha sa monnaie et rejoignit Tamra. Le long couloir menant aux chambres lui sembla encore plus interminable, et le regard d'envie que jeta un serveur à la croupe de la Libanaise, ironique. Lorsqu'il mit sa clef dans sa serrure, elle entra derrière lui. Il n'avait plus du tout envie de faire l'amour. Discrètement, il mit la chaîne de sécurité.

Tamra s'était directement allongée sur le lit. Malko l'examina. Elle ne pouvait dissimuler aucun objet dangereux entre sa peau de panthère et la sienne. Son sac était loin d'elle. Et d'abord, pourquoi le tuerait-elle?

– Qu'est-ce que tu fais?

Allongée et offerte, elle l'observait.

Pour se donner une contenance, il avala une pilule prise sur la table de nuit.

– Qu'est-ce que tu prends? demanda Tamra.

– Oh! un truc pour la tension, dit Malko. Je suis vieux, tu sais.

La Libanaise rit, provocante.

– Après ce que tu as fait tout à l'heure, on ne dirait pas...

D'elle-même, Tamra fit glisser par-dessus sa tête la peau de panthère et se retrouva vêtue uniquement de ses escarpins. Puis, elle se rallongea, les jambes indécemment ouvertes.

Malko la rejoignit, et tendrement glissa la main dans les épais cheveux noirs, cherchant tout ce qui pouvait ressembler à un objet dangereux.

Pas la plus petite trace d'épingle à cheveux... Tamra ronronnait.

– Continue, dit-elle, c'est bon.

Étendue sur le dos, les jambes grandes ouvertes, elle se laissait faire. Malko cessa sa quête. Il restait le plus délicat à vérifier. Ce qui avait trompé même un colonel du KGB dans son château (1). Il embrassa Tamra. Sa main descendit le long du ventre plat jusqu'à la jointure des cuisses. Il lui fallut attendre plusieurs minutes avant de sentir Tamra se détendre. Ou plutôt se tendre...

Malko l'observa. Elle avait fermé les yeux, sa respiration était rapide, saccadée. Les muscles de ses jambes tendus au maximum comme si elle avait une crise de tétanie. Peu à peu ses jambes se resserraient, mais ce n'était pas pour repousser Malko. Au contraire. Un interminable ongle rouge descendit lentement à travers les poils du pubis et s'immobilisa, tirant la peau vers le haut pour faire ressortir le clitoris. Sa main libre se posa sur celle de Malko.

– Vite, plus vite.

Il accéléra le lent mouvement giratoire de ses doigts. Brusquement Tamra eut un cri bref, se tordit sur le côté, puis se recroquevilla, saisissant le poignet de Malko pour l'empêcher de continuer une caresse devenue trop violente. De bonne grâce il abandonna sa cible et la viola de ses doigts, s'enfonçant aisément entre les muqueuses gorgées de sang.

Son exploration fut brève, profonde et révélatrice. Tamra se cambra.

– Arrête, pas avec ta main ! Viens.

Il obéit. Débarrassé de tout souci, provisoirement. Telle qu'elle était entre ses bras, Tamra ne présentait aucun danger. Il se souvenait encore de l'engin aux pointes imbibées d'un puissant soporifique qu'une Egyptienne avait placé une fois au fond de son vagin. Il s'enfonça dans le sexe offert, les jambes se dressèrent vers le plafond et elle commença à hurler et à feuler comme elle l'avait fait avant le dîner.

Parfaitement lucide, Malko l'écoutait s'époumoner,

(1) Voir *Le Bal de la Comtesse Adler.*

certain qu'elle n'éprouvait au mieux qu'une sensation agréable et au pire rien du tout. Il avait hâte de s'en débarrasser. Pour aller à son rendez-vous. Il jouit rapidement et tout retomba dans le calme. Mais Tamra restait allongée près de lui. Il bâilla.

– J'ai sommeil.

Aussitôt, la Libanaise se releva et prit sa peau de panthère.

– Ne verrouille pas la porte, dit-elle, je viendrai te dire bonjour demain matin.

C'était difficile pour un homme normal de refuser une telle offre sans paraître suspect. Or, Malko tenait pour l'instant à ce que Tamra ne sache pas qu'il l'avait « située ». Dès qu'elle eut fermé la porte, il éteignit la lumière et resta immobile dans le noir, guettant les bruits de la chambre voisine. Mais la Libanaise semblait s'être couchée. Rapidement, il se rhabilla. Il n'était guère plus de minuit.

Il alla au balcon et ouvrit. Sa chambre se trouvait au premier étage, au-dessus du jardin de l'hôtel, à gauche de la piscine. Malko enfourcha la rambarde et se laissa tomber sur la terre meuble. Puis il suivit la façade et se retrouva à l'extrémité de l'hôtel dans un terrain vague.

Le temps de faire le tour, il retrouvait sa Granada au parking. Si quelqu'un surveillait le hall, il en était pour ses frais. Il démarra, tous feux éteints, rejoignit St. George Road et ne s'arrêta que beaucoup plus loin pour examiner une carte à la lueur du plafonnier.

Fgura se trouvait à une douzaine de kilomètres, à l'est de Malte, près de Paola. Il se mit l'itinéraire dans la tête et repartit. La circulation était pratiquement nulle. Il ne se trompa qu'une douzaine de fois avant de trouver le panneau annonçant Fgura. Paola Road en était la rue principale. Il se gara face au numéro 70, un petit cottage très anglais, semblable à tous ses voisins, surplombant la rue.

A côté de la porte, il y avait une fenêtre brillamment allumée avec une niche.

Il sonna.

Quelques instants plus tard, il y eut un frôlement derrière la porte.

– Qui est-ce?

– Nous avons pris rendez-vous au *Dragonara,* dit Malko.

Claquement de serrure. Le battant s'ouvrit. La tromboniste avait troqué sa tenue verte contre une robe de chambre en soie. Démaquillée, elle paraissait bien ses quarante ans. Avec un côté bizarre. Malko se dit qu'elle devait être lesbienne. Elle referma la porte et il aperçut une bosse dans la poche de sa robe de chambre. Une arme. Elle lui fit face et lui tendit la main.

– Je m'appelle Susan Herring, dit-elle. Et vous?

– Malko. Malko Linge.

Elle eut un sourire ambigu :

– Vous étiez accompagné d'une très jolie femme, dit-elle. Tous les hommes vous enviaient...

– Vous la connaissez?

Les yeux globuleux cessèrent de sourire instantanément.

– Pas personnellement, mais je sais au moins de qui il s'agit. Une Palestinienne nommée Tamra. Dangereuse. Elle a fait trois ans de prison en Grèce pour avoir jeté une grenade quadrillée sur un équipage d'El Al. Ancienne Miss Monde. Très politisée. A toujours pris ses amants dans les groupes révolutionnaires palestiniens. Sa beauté et son métier de cover-girl lui permettant de s'infiltrer partout.

– Que fait-elle à Malte?

– Elle est venue vous « marquer ». Peut-être vous tuer.

– Mais elle était là avant moi, objecta-t-il. Ils n'ont quand même pas le don de double vue.

– Faux, corrigea avec un sourire l'Anglaise. Elle est arrivée le lendemain du jour où *vous* êtes arrivé.

Pas de Rome, de Tripoli. Et « ils » savaient que vous veniez.

– Elle n'est pas seule.

– Je sais, dit Susan Herring. Elle est avec son amie, une Anglaise qui a vécu longtemps à Beyrouth. Folle de Palestiniens elle aussi. Celle-là est idiote, pas dangereuse.

» Venez.

Elle le mena jusqu'à un petit salon aux meubles recouverts de housses blanches, prit une bouteille de J and B sur la table et se versa une rasade généreuse. Sans glace et sans eau. Malko l'observait, intrigué. Curieux personnage. Le monde parallèle était décidément plein de surprises.

– Le chauffeur de la Mercedes travaille avec vous? demanda-t-il.

Susan Herring secoua la tête.

– Gozzo? Non. Pas vraiment. C'est un militant nationaliste. Un garçon sûr et dévoué. Il a rendu pas mal de services pendant la campagne électorale et il vomit les Libyens.

– Il sait qui vous êtes?

– Non. Mais nous avons les mêmes amis. Et les mêmes ennemis.

Elle se décida à mettre des glaçons dans son verre et les fit tourner.

– Vous travaillez pour les « cousins »? demanda Malko.

Elle hocha la tête, sans répondre, confirmant implicitement ce qu'il pensait. Susan Herring était une collaboratrice du MI 5. Une « stringer », probablement.

– Les Libyens ont monté une opération importante pour récupérer les documents de Godfrey Borg, dit-elle. Un échelon « Action », un échelon « Renseignements » et pas mal de soutien logistique. Ils sont prêts à tout.

– Ils l'ont montré avec John Fitzpatrick, remarqua Malko.

Susan Herring demeura impassible, jouant avec son verre vide.

– Je crois que c'était un risque calculé, dit-elle. A ce moment, ils espéraient seulement récupérer ce qui les intéressait sans faire de vagues. Maintenant, ils savent que pas mal de gens sont au courant. Il ne faut pas que cela aille plus loin. C'est la raison pour laquelle vous êtes en danger. Ils ont besoin de gagner du temps. Pour trouver Borg, le liquider, l'acheter ou le faire parler.

– Ils ne savent vraiment pas où il se trouve? John Fitzpatrick ne le leur a pas dit?

Le sourire de l'Anglaise fit comprendre immédiatement à Malko sa naïveté.

– Ils ne le savent pas, Monsieur Linge, dit-elle. S'ils le savaient, nous ne serions pas là et cette jeune femme n'aurait pas été si accueillante. Ils donneraient n'importe quoi pour le savoir. Malte est une petite île, mais il y a quand même des endroits pour se cacher, quand on connaît beaucoup de gens comme Godfrey Borg.

Elle se tut, le silence était absolu. Malko pensait à l'homme qui se terrait avec ses compromettants secrets.

– Sait-on en quoi consistent ces documents? demanda-t-il. Et où ils se trouvent?

– Non, Godfrey Borg vous le dira.

Malko réprima sa surprise :

– Vous voulez dire...

Elle inclina la tête.

– Oui, il accepte de vous rencontrer. Il a besoin de vous.

– Pour quoi faire?

– Le faire sortir de l'île. Et du même coup il récupère ses fameux documents. Il a peur pour sa vie ici. Ils finiront par le trouver.

Malko était perplexe.

– C'est son pays, remarqua-t-il. S'il n'arrive pas à

trouver une sortie, je ne vois pas comment moi, je pourrais y arriver...

Susan Herring eut un sourire vaguement ironique. Teinté de cynisme.

– Les gens ont toujours tendance à croire la CIA plus puissante qu'elle n'est. Après tout, c'est bon pour vous, non? Si vous arrivez à récupérer ces documents avec une simple promesse, vous pouvez prendre l'avion.

Malko ne répondit pas. Cette façon de voir l'écœurait. Même s'il savait que la plupart des agents mis sur un coup pareil réagiraient ainsi.

– Je l'en sortirai si je peux, dit-il.

Elle leva son verre vide, ironiquement.

– *Good luck!* Il faut aller retrouver votre conquête maintenant, sinon, elle va croire que vous lui faites des infidélités... On viendra vous chercher à l'hôtel. Descendez à onze heures. Prenez le taxi de Gozzo et ne vous occupez plus du reste. Il saura semer les poursuivants éventuels.

Malko la fixa, sceptique.

– Après ce que vous venez de me dire des Libyens, cela me paraît un risque fabuleux, non? Ils savent qui je suis et me surveillent. Je vais les mener à Borg. C'est idiot.

– Ce sont les ordres, dit avec fatalisme Susan Herring. Les ordres sont parfois idiots. Ils viennent de Londres, nous n'y pouvons rien.

– Borg a peut-être son mot à dire, remarqua Malko.

Elle sourit. Froidement.

– Borg n'a rien à dire. Sans nous, il serait déjà mort. (Elle bâilla.) Je vais me coucher.

– Comment vous contacterai-je? demanda Malko. Si j'ai besoin de savoir ce que font les Libyens.

– C'est facile, dit Susan Herring. Il y a une crèche à la fenêtre. Quand la crèche est allumée, vous pouvez venir.

Malte était pleine de statues religieuses à tous les coins de rue. Susan Herring serra la main de Malko. De près, elle était encore plus marquée. Elle faisait penser aux personnages de John Le Carré. Cynique, usée, prématurément seule et un peu amère. Quelle idée de jouer du trombone. Malko aperçut un instrument dans un coin.

– Vous aimez vraiment jouer du trombone ?

Les yeux de la jeune femme s'éclairèrent.

– Bien sûr, sinon pourquoi croyez-vous que je ferais ce métier ? Vous ne savez pas ce que c'est qu'un instrument quand on joue. On le réchauffe, il vibre, il se bat avec vous, c'est comme un homme qu'on tient dans ses bras. Bonsoir.

Paola Road était déserte et glaciale. Malko fit demi-tour, reprenant la route de Sliema à travers les ronds-points déserts et les petites routes tortueuses et étroites. Il éprouvait une sensation d'irréel. De flou. Cet homme « enfermé » dans sa propre île. Cette Anglaise qui paraissait tout savoir des deux côtés. Le détachement grognon de Burt Holiday. Il se retourna plusieurs fois, mais personne ne le suivait. A quoi bon ? Il était espionné à domicile avec la pulpeuse Tamra. Le Moyen-Orient était plein de ces furies qui faisaient la guerre en faisant l'amour, généralement plus féroces et fanatiques que les hommes. Il hésitait sur la conduite à tenir avec Tamra.

S'il prenait ses distances, les Libyens risquaient d'en conclure prématurément qu'il fallait l'éliminer. Ou de lui mettre quelqu'un d'autre qu'il n'identifierait pas tout de suite. Après tout, ce n'était pas la première fois qu'il dormait avec un serpent à sonnettes. Le tout étant de se tenir à bonne distance des crocs et de frapper le premier.

Il avait l'habitude.

De toute façon, tant qu'il ne les aurait pas conduits à Godfrey Borg, il ne risquait pas grand-chose. Au pire, une maladie vénérienne.

Il se remit au parking, à la même place.

Le hall du *Hilton* était désert. Malko ouvrit tout doucement la porte de sa chambre. Immédiatement, il sentit une présence. Son cœur sembla gonfler dans sa poitrine, poussant contre ses côtes douloureusement.

CHAPITRE 5

Il fallut quelques secondes à Malko pour accoutumer ses yeux à la pénombre de sa chambre. Immobile, retenant son souffle, prêt à bondir dans le couloir, il cherchait où pouvait se trouver le danger. Il distingua enfin une tache plus sombre sur son lit. Un corps étendu. Les battements de son cœur se calmèrent et il pénétra dans la chambre, refermant la porte derrière lui. La pulpeuse Tamra dormait, étalée sur le ventre, les jambes ouvertes, nue comme un ver. La cambrure de ses reins accrochait un rayon de lune. Une vision à défroquer le plus saint des ayatollahs. Malko retint sa rage. C'est ce qu'on appelait de la protection rapprochée. Aucun homme normal ne jetterait une créature pareille dehors, sans se rendre suspect. Il se déshabilla et alla s'étendre sur l'autre lit, perpendiculaire à celui où reposait la Libanaise. Son coude heurta la lampe et Tamra se dressa en sursaut avec une exclamation étouffée. A tâtons, elle alluma et fixa Malko.

– Où étais-tu? demanda-t-elle d'une voix endormie.

– Je suis sorti prendre un verre dans Ball Street, dit Malko.

– Salaud! dit Tamra sans beaucoup de conviction. Tu as été voir les filles. Je pensais te trouver. Je n'aime pas dormir seule. J'ai des angoisses.

Mais elle n'insista pas et sa tête retomba sur l'oreiller. Malko se coucha et bascula aussitôt dans le sommeil. Un brusque trou noir. Une sensation exquise le réveilla beaucoup plus tard. Il ouvrit les yeux. Il faisait jour et il avait une érection fantastique. A genoux à côté du lit, Tamra était penchée sur lui et le caressait à petits coups de langue. Dès qu'elle réalisa que Malko était réveillé, son flirt se transforma en une aspiration profonde qui le fit exploser. Enfin sûre d'avoir extirpé la dernière goutte de volupté, elle se releva et s'étira.

– Je t'avais promis que je viendrais te réveiller!

– Tu as une grande carrière de réveille-matin devant toi, remarqua Malko.

– Il faut que je me prépare, dit Tamra. J'ai un show à onze heures. Que fais-tu aujourd'hui?

– Oh! j'ai différents rendez-vous, fit Malko évasivement, je rentrerai en fin de journée...

Il regarda la croupe cambrée disparaître dans la porte de communication. Dommage que la Libanaise soit du mauvais côté. Son rendez-vous avec Gozzo était à onze heures aussi. De là allait dépendre la suite de sa mission à Malte.

*
* *

Un vieux couple d'Américains était en train de s'extasier devant le fiacre enluminé qui avait conduit Malko au *Dragonara* la veille. Plusieurs taxis attendaient, une Mercedes noire en deuxième position.

Le blouson noir de Gozzo surgit avec la vitesse d'un cobra. Ignorant délibérément le taxi devant lui, il ouvrit la portière à Malko et demanda à haute voix:

– Où voulez-vous aller, Sir?

– A La Valette, dit Malko.

Gozzo démarra en laissant la moitié de ses pneus sous le porche du *Hilton*. La Mercedes fit le tour du parking et déboucha dans St. George Street. Dès qu'ils furent hors de vue de l'hôtel, Gozzo tourna son visage hilare vers Malko.

– Vous avez fait attention, Sir?

– Oui, dit Malko. Où allons-nous?

– A Balzan.

Malko ignorait où se trouvait Balzan. Il se retourna. Aucune voiture ne les suivait. Gozzo atteignit le carrefour du freeway, s'arrêta à peine au « stop » et fonça à droite, vers le sud de l'île.

Le Maltais conduisait à tombeau ouvert. Ils tournèrent autour du rond-point coupant le freeway à la hauteur de Sliema et, au lieu de continuer vers La Valette, Gozzo tourna à droite dans une rue étroite en pente plongeant vers une petite vallée, tournant le dos à la mer. Il s'arrêta brusquement en face d'un portail métallique et donna trois coups de klaxon.

Le portail s'ouvrit aussitôt sur un tracteur tirant une remorque pleine de fumier. Le conducteur fit un clin d'œil au chauffeur de la Mercedes et l'attelage avança, bloquant toute la voie. Aussitôt, Gozzo redémarra, ses ongles noirs crispés sur le volant, riant à pleine gorge.

– Personne ne peut suivre Gozzo, se rengorgea-t-il.

De joie, il mit la radio. Aussitôt une voix parlant anglais avec un fort accent sortit du tableau de bord :

– *This is the voice of friendship and solidarity* (1)...

– *Fucked Arabs* (2)*!* explosa Gozzo, qui tourna aussitôt le bouton. Tourné vers Malko, il expliqua : Ils ont une station près de Rabat...

La Mercedes quitta très vite l'agglomération. Malko vit défiler des panneaux bleus minuscules indiquant des noms bizarres. Ils traversèrent en trombe plusieurs villages qu'on aurait pu croire anglais, serpentant ensuite dans des chemins bordés de hauts murs de pierres sèches, évitant de justesse de vieux bus pansus blanc et vert. Un vrai dédale où on perdait complètement le sens de l'orientation.

Gozzo conduisait toujours aussi vite... Il semblait à

(1) Ici la voix de l'amitié et de la solidarité.
(2) Enculés d'Arabes!

Malko qu'ils se trouvaient au centre de l'île car on ne voyait plus la mer.

Les murs de pierres sèches se multiplièrent, des maisons apparurent. Ils étaient dans Balzan. Gozzo s'engagea à tombeau ouvert dans une rue sinueuse, se trouva nez à nez avec un bus qu'il croisa, ne laissant pas plus d'un millimètre entre les deux véhicules. Les Maltais semblaient avoir une horreur pathologique des sens uniques.

Ils débouchèrent enfin devant une église. Quelques vieilles femmes discutaient sur le trottoir. Quand la Mercedes stoppa, un homme assez jeune sortit du porche et vint dire quelques mots à Gozzo, en maltais.

Le nouveau venu repartit en courant vers le porche, tira de sous son blouson un petit talkie-walkie et parla dedans. Puis il revint à la voiture et s'adressa à Gozzo. Ce dernier se retourna vers Malko.

– Mr. Borg nous attend.

Il démarra à sa façon habituelle, laissant la moitié de ses pneus sur l'asphalte. La rue dans laquelle il s'engagea était si étroite que Malko pensa qu'il allait arracher ses ailes aux murs. De nouveau, ce fut le dédale de ruelles bordées de maisons aveugles. Au passage, Malko aperçut un panneau indiquant « Main Street ». Deux piétons pouvaient à peine s'y croiser. Ils la quittèrent pour une rue calme en pente douce, bordée de cottages avec un jardin sur le devant. Gozzo stoppa devant une minuscule villa blanche d'un étage, descendit et ouvrit la portière à Malko.

– C'est là, dit-il. Sonnez.

On se serait cru dans le Surrey. La porte s'ouvrit avant même que Malko ait sonné, sur une femme âgée qui s'effaça silencieusement devant lui. L'intérieur sentait l'encaustique et il y régnait un froid glacial. De lourds meubles haute époque faisaient des taches sombres contrastant avec le marbre du sol. Malko enfila une pièce toute en longueur débouchant sur un petit bureau. Un homme attendait debout. La quarantaine, des yeux vifs, l'air d'un notaire de province. Il s'avança vers Malko, la main tendue.

– Je suis Godfrey Borg, dit-il. Heureux de vous rencontrer. Je crois que nous avons des amis communs.

Une théière et des tasses étaient posées sur une table basse. Ils prirent place dans des fauteuils recouverts de chintz. On n'aurait jamais cru que la violence pût s'infiltrer dans cet intérieur propret et douillet. Malko regarda Godfrey Borg lui verser du thé. Sa main tremblait légèrement et il en renversa. Il s'excusa aussitôt d'un sourire contraint.

– Les dernières semaines ont été assez dures, dit-il. J'ai dû changer plusieurs fois de résidence. Ils me traquent.

– Qui « ils »? demanda Malko, qui n'avait jamais trop de confirmations.

– Les Libyens, voyons, répliqua Godfrey Borg, avec un sourire résigné. Vous savez ce qui est arrivé à John Fitzpatrick. Simplement parce qu'ils pensaient qu'il savait où je me trouvais. Il but une gorgée de thé brûlant.

Malko fit de même. Se disant qu'à partir de cet instant il devenait la cible préférentielle des Libyens. S'ils avaient torturé et tué un agent du MI 5, son appartenance à la CIA n'était pas une assurance sur la vie très fameuse. Maintenant qu'il était en face du fugitif, c'était le moment d'éclaircir un certain nombre de points.

– Enfin, vous êtes dans votre pays, remarqua-t-il, ne pouvez-vous pas demander la protection de la police ?

Godfrey Borg croisa les mains sur son gilet.

– La police n'est pas sûre, dit-il. Elle a été décapitée de ses meilleurs éléments... Ce genre de problème dépend de la « Special Branch » du CID. L'homme qui la dirige déjeune deux fois par semaine avec le major Abu Dhofar. Si je me remets entre les mains de la Special Branch, les Libyens sauront où je suis.

– Et la Special Branch ne vous protégerait pas?

– Pas contre les Libyens. Nos policiers ne sont pas de taille à lutter contre eux.

– Et vous ne pouvez pas quitter Malte?

Godfrey Borg secoua la tête.

– J'ai essayé. Ils m'attendaient à l'aéroport. Je l'ai su à temps. Il y a peu d'avions. Les Libyens les surveillent tous. Ils ont des informateurs partout. Ils préféreraient prendre le risque de me tuer plutôt que de me laisser partir. C'est facile avec un fusil à lunette. Ou même un couteau, dans la foule... Quant au bateau, il n'existe à Malte aucune vedette assez rapide pour semer les frégates garde-côtes qui sont pratiquement sous contrôle libyen. Si j'essaie de monter sur le bateau d'une ligne régulière, je prends les mêmes risques qu'à l'aéroport.

C'était incroyable. Un homme séquestré dans son propre pays, au beau milieu de la Méditerranée, à 97 kilomètres des côtes siciliennes.

– Mais enfin, dit Malko, ils ne sont pas fous. Ils ne veulent pas vous tuer. Ce sont les documents qu'ils veulent. Pourquoi ne pas les remettre à ceux qui pourraient les utiliser? Au parti nationaliste, par exemple?

Godfrey Borg ne répondit pas immédiatement. Le silence était absolu dans la petite maison. Sauf le tic-tac d'une vieille horloge. Malko fit craquer ses articulations, avec l'impression de causer un bruit obscène.

– Bien sûr, acquiesça le Maltais. Ils veulent les documents. Mais s'ils me tuent, personne ne les aura.

– Pourquoi?

– Ils sont dans une banque à Zurich, dit Godfrey Borg. Au fond d'un coffre qui ne s'ouvrira que sur ma signature. J'ai commis l'imprudence de revenir ici, après les y avoir mis. Je travaillais dans cette banque moi-même... Après avoir réuni les documents, j'ai voulu revenir ici. Mettre au courant mes amis conservateurs. J'aurais dû tout emporter avec moi. Il y a eu des fuites. Les Libyens ont décidé de m'éliminer.

Déjà ça s'éclaircissait. Et ça se compliquait.

Godfrey Borg versa un peu plus de thé, toujours très mondain. Malko l'observait.

– En quoi ces documents sont-ils si dangereux pour les Libyens?

– Pour comprendre, il faut un peu connaître la politique intérieure actuelle, expliqua le Maltais. Nous sommes encore en démocratie. Il y a deux partis. Le labour et les nationalistes. Ils ont respectivement 34 et 31 sièges au Parlement. Il doit y avoir des élections en 81. Or, j'ai de quoi provoquer des élections anticipées. En produisant les preuves matérielles de virements bancaires effectués par des Libyens à des membres du gouvernement actuel. Des sommes importantes, très importantes, surtout pour un si petit pays. Qui expliquent pourquoi les Libyens ont tellement d'avantages en ce moment.

– Pourquoi ne pas attendre les élections de 81?

Godfrey Borg eut un sourire amer.

– Ils les gagneront. Grâce à l'argent libyen. Sauf si on amène la preuve qu'ils ont vendu le pays.

– Mais pourquoi avez-vous été les cacher à Zurich? demanda Malko. Au lieu de les remettre directement au parti nationaliste?

Le Maltais ne détourna pas son regard.

– Je voulais en tirer de l'argent, dit-il avec simplicité. Je n'appartiens à aucun parti. Je suis apolitique. Puis je me suis rendu compte que c'était de la dynamite. Que je risquais ma vie. Alors, j'ai eu peur et voilà où j'en suis.

– Que voulez-vous maintenant?

Godfrey Borg croisa et décroisa nerveusement ses petits doigts grassouillets avant de lâcher d'une voix moins calme :

– Que vous me fassiez sortir de Malte. Je sais que votre organisation a des moyens puissants. Et j'ai besoin d'assez d'argent pour que je puisse aller m'installer à Londres. Les documents les valent bien.

– Combien ? Vous avez une idée de la somme ?

Godfrey Borg fixa sa table à thé.

– Je pense que 100 000 livres anglaises suffisent, dit-il. Surtout si je ne paie pas d'impôt dessus, ajouta-t-il avec un faible sourire.

– C'est un problème qui n'est pas sans solution, dit Malko, diplomate.

Tout cela pouvait être une merveilleuse escroquerie. La facilité déconcertante avec laquelle Borg l'avait reçu ne plaidait pas en sa faveur. Et si toutes les menaces libyennes étaient du bidon ? Borg consulta sa Seiko avec une certaine nervosité.

– Je vais bientôt vous quitter, dit-il, je n'aime pas rester trop longtemps au même endroit. Je vous recontacterai dans deux jours, si vous le voulez bien... D'ici là...

Il y eut un bruit de pas précipités et deux malabars moustachus firent irruption dans le bureau, glapissant quelque chose d'incompréhensible.

Godfrey Borg s'interrompit, leva la tête vers le plafond. Malko pensa d'abord au bourdonnement d'un aspirateur. Les traits de son hôte se tirèrent brutalement. Il se leva brusquement, le regard plein d'affolement.

– Je dois partir tout de suite, dit-il. Il y a un hélicoptère. Ils cherchent à me repérer.

Sans même serrer la main de Malko, il partit en courant vers l'arrière de la maison et disparut suivi des deux gorilles. C'était l'irruption de James Bond chez Agatha Christie. Le thé fumait encore dans les tasses. Malko se hâta vers la porte de devant. Dès qu'il fut sorti de la maison, il aperçut l'hélicoptère : une Alouette avec deux gros flotteurs noirs qui tournait très bas au-dessus des maisons. Gozzo était sorti de sa Mercedes et lui montrait le poing.

« Les Libyens ! » cria-t-il. Au moment où Malko s'engouffrait dans la Mercedes, une grosse Austin Princess bleu nuit les dépassa en trombe. A l'arrière, Malko aperçut la silhouette tassée de Godfrey Borg. La Mercedes démarra derrière. Gozzo se pencha vers le plancher et Malko le vit ramasser un énorme croc de boucher à la pointe aiguisée qu'il posa sur sa banquette. Il y eut un brutal coup de frein. Au bout de la rue, la Princess venait de se heurter pratiquement phares à phares à une Land-Rover. Un homme en descendit, engoncé dans une canadienne, le teint basané.

Les pires craintes de Malko se réalisaient. Il n'était plus question d'escroquerie !

La Princess avait freiné si brusquement qu'elle s'était mise en travers de la rue. Le chauffeur donna un coup de volant et tenta de reculer en zigzag. Gozzo avait pilé avec un juron. Sa main plongea sur la banquette, agrippant le crochet de boucher.

L'arrière de la Princess heurta un mur et le véhicule repartit en avant, dans une étroite rue latérale. L'homme en canadienne courait dans la rue, suivi de la Land-Rover qui bondit à la poursuite de la grosse Austin bleue. L'Arabe monta dedans en voltige. Gozzo écrasa l'accélérateur et la Mercedes fonça à son tour. L'Alouette tournait toujours autour de leurs têtes.

Au moment où la Mercedes allait tourner dans la petite rue où s'étaient engouffrées la Land Rover et la Princess, une quatrième voiture surgit, une Golf verte, et bloqua sa route. Malko aperçut derrière le pare-brise deux policiers en uniforme bleu. Gozzo pila de nouveau et jaillit de la Mercedes, le crochet de boucher au poing, en même temps qu'un des policiers. Celui-ci, le visage sévère, pointa le doigt vers l'arme :

– Qu'est-ce que c'est?

– *Fuck you* (1) *!* hurla Gozzo.

Malko descendit à son tour. Un grincement de freins

(1) Allez vous faire foutre !

à l'autre bout de la petite rue lui fit tourner la tête. La Land-Rover, montant sur le trottoir, venait de coincer la Princess bleue. Avec un cri sauvage, Gozzo se mit à courir vers les deux véhicules. Malko lui emboîta le pas. Cela devenait sérieux. Les policiers n'essayèrent pas de le retenir. Là-bas, la Princess tentait de reculer tandis que plusieurs hommes jaillissaient de la Land-Rover. L'un d'eux essaya d'ouvrir la portière de la Princess, mais n'y parvint pas. Au lieu d'intervenir, les deux policiers remontèrent dans leur voiture, firent demi-tour et disparurent ! Comme s'ils préféraient ne pas voir ce qui allait se passer.

Gozzo avait distancé Malko. Ce dernier vit un des Libyens brandir un pistolet et briser la glace arrière de la Princess d'un coup de crosse. Aussitôt, il plongea le bras à l'intérieur et ouvrit la portière.

Un des « gorilles » de Godfrey Borg émergea de la Princess. Il y eut une courte lutte avec deux Libyens, des coups violents furent échangés et l'homme s'effondra. Les trois autres étaient en train de tirer Godfrey Borg de la voiture par les jambes. Le Maltais se débattait furieusement. Gozzo n'était plus qu'à quelques mètres. Un des hommes qui avaient terrassé le garde du corps se retourna, une courte mitraillette Scorpio serrée dans le creux du coude, braquée sur les deux arrivants.

Malko vit le long tube prolongeant le canon de l'arme. Un silencieux. Presque aussitôt, il y eut une série de claquements secs, assourdis. Gozzo s'arrêta net, le crochet de boucher à bout de bras. Les balles avaient ricoché sur l'asphalte juste devant lui. Le Libyen, les jambes écartées, releva le canon de son arme, prêt à tirer. Ni Malko ni Gozzo ne possédaient d'arme. Avancer aurait été un suicide. Gozzo le comprit aussi. Il resta les bras ballants, au milieu de la petite rue, calme, égrenant des insultes. La lutte continuait autour de la Princess. Godfrey Borg s'accrochait de toutes ses forces à la portière.

Un des Libyens lui porta un coup violent au bras et il lâcha prise. Son second garde du corps était coincé à l'intérieur de la voiture par un Libyen. Apparemment aucun ne possédait d'arme à feu. La lutte était inégale. Godfrey Borg poussa un cri étranglé lorsque les trois hommes parvinrent enfin à l'arracher complètement de la Princess. Le Libyen qui maintenait Malko et Gozzo en respect commença à reculer pas à pas.

– *Help ! Help !*

Godfrey Borg criait d'une voix faible. Personne dans les maisons calmes qui bordaient la rue ne semblait prêt à intervenir.

Le Maltais disparut dans la Land-Rover, les jambes les premières, poussé comme un vulgaire colis. Le moteur de l'engin rugit. Les Libyens remontaient précipitamment. Celui au Scorpio sauta à la volée, menaçant toujours Malko et Gozzo. Malgré l'arme, le Maltais se mit à courir quand le véhicule s'ébranla. Sans se soucier de lui, le Libyen plongea à l'intérieur.

Le crochet de boucher s'enfonça dans la toile de la capote de la Land-Rover, la déchirant sur toute sa longueur. Le véhicule accéléra, tourna dans une rue plus large. Accroché à son arme, Gozzo courait le long du véhicule. Quand ce dernier tourna, Gozzo, déséquilibré, tomba, roulant sur la chaussée. Lorsqu'il se releva, la Land-Rover avait disparu.

Malko ramassa par terre quelque chose qui brillait : les lunettes de Godfrey Borg. Le moteur de la Princess, portières ouvertes, tournait toujours. Le second garde du corps en émergea, aida son camarade à se relever. Gozzo s'agitait, serrant dans son poing, son crochet de boucher inutile. Les Libyens étaient déjà loin. Malko avait une boule au creux de l'estomac. C'était sûrement à cause du rendez-vous avec lui que Borg était tombé dans ce piège. Les Libyens en avaient eu vent par un moyen quelconque.

– *They are going to kill him* (1), grommela Gozzo.

– Je ne pense pas, dit Malko. Ils l'auraient fait tout de suite.

La vie de Godfrey Borg reposait sur un secret. L'existence du coffre ouvert seulement sur sa signature.

Sans un mot, Gozzo repartit vers la Mercedes, il le suivit. Sa mission à Malte avait bien des chances d'être mort-née. Il songea à la seule personne susceptible d'avoir renseigné les Libyens. Susan Herring. Mais elle était censée travailler pour le MI 5, donc pour la CIA... Pour qui agissait-elle en réalité? C'était le second incident violent à l'occasion d'un contact extérieur de Godfrey Borg. Dans les deux occasions, le MI 5 avait joué un rôle...

Malko se dit qu'il était entré dans un jeu dont il ne connaissait ni les règles ni les protagonistes. Et que c'était fichtrement dangereux.

Le visage sombre, Gozzo passa une vitesse et démarra de sa façon brutale habituelle. Jetant à Malko un regard dépourvu de toute aménité.

(1) Ils vont le tuer !

CHAPITRE 6

Gozzo roula comme un fou pendant dix minutes avant de se tourner vers Malko.

– *Where do you want to go* (1)?

Sa voix était froide, presque hostile. Comme s'il rendait Malko responsable du kidnapping. Les deux gardes du corps de Godfrey Borg étaient remontés dans la Princess après s'être époussetés et avaient filé de leur côté. Le calme était retombé sur Balzan. Mais Godfrey Borg avait bel et bien disparu, et les impacts des balles libyennes marquaient encore l'asphalte.

– Déposez-moi à Floriana, dit Malko. A l'ambassade américaine.

Il fallait rendre compte au chef de station de la CIA. Autour d'eux la campagne était nue, plate, sans la moindre végétation. Le temps était en train de changer, le ciel de se couvrir rapidement. Pour rompre le silence pesant, Malko demanda :

– Vous n'aviez pas prévu qu'ils utiliseraient un hélicoptère?

Gozzo secoua la tête.

– Non, ils savaient où nous allions, sinon j'aurais remarqué l'hélicoptère avant.

(1) Où voulez-vous aller?

Le silence qui suivait était lourd de suspicion. Pourtant, Malko n'avait pas eu connaissance du lieu du rendez-vous. S'il y avait eu trahison, c'était ailleurs. Il attendit que la route soit à peu près droite pour demander :

– Qui a pu les mettre au courant ?

Gozzo changea brutalement de vitesse pour négocier un virage en dos d'âne particulièrement serré, frôlant un bus vert et blanc qui ne klaxonna même pas. Tout se passait dans le silence, à Malte. Il prit encore le temps de brûler un « stop » avant de laisser tomber, d'une voix coupante :

– Nous n'avons pas de traîtres parmi nous.

Malko se doutait bien que derrière Gozzo il y avait une organisation. Lui n'était qu'un homme de main. Mais la barrière de la langue maltaise était infranchissable. Malko se laissa aller sur son siège, regardant le paysage austère, les petites maisons, les champs. Les Libyens devaient déjà être au travail sur Godfrey Borg... Tout dépendait de sa capacité de résistance.

La Mercedes ralentit pour aborder le tournant en épingle à cheveux menant à St. Anne Street où se trouvait l'ambassade américaine. Gozzo stoppa devant.

– C'est là.

Il démarra avant même que Malko referme la portière. Un énorme portrait de Mintoff était suspendu contre la façade de l'immeuble d'en face. Malko prit l'ascenseur. Au troisième étage de l'ambassade, son regard accrocha une feuille de papier épinglée au mur qui indiquait : « Libya Maltese Investment Company, left ».

Décidément, ils étaient partout...

La porte grillagée s'ouvrit et le marine de garde le fit asseoir dans le petit hall. Burt Holiday arriva en manches de chemise de sa curieuse démarche traînante, secouant la tête comme un bouddha détraqué.

Une fois dans son austère bureau, il s'assit, une main comprimant son estomac.

– Cette nourriture finira par me tuer, soupira-t-il, j'ai l'impression d'avoir avalé des briques. Alors, vous avez vu Borg?

– Brièvement, dit Malko. Je n'étais pas le seul à vouloir le rencontrer...

Succinctement, il fit le récit au COS (1) de la CIA de ce qui s'était passé. Depuis le « contact » avec Susan Herring. Le mal d'estomac de ce dernier sembla empirer tout à coup. Il ôta ses lunettes et les essuya nerveusement.

– *My God*, dit-il d'une voix blanche, ils vont le découper en morceaux...

– Mais enfin, remarqua Malko, nous ne sommes pas en Libye, mais à Malte. Les Libyens ne sont pas chez eux. Il y a une police, un gouvernement, une assemblée.

– Bien sûr, reconnut Holiday. Mais les Maltais leur ont fait des concessions exorbitantes. Ils ont des bases où ils sont chez eux. Borg peut avoir été transporté à la station de radio, ou à l'Institut technique, ou au Centre Culturel. La police maltaise n'y met pas les pieds. Ou même au bureau de la revue libyenne, *Al Jamarya Times*, à La Valette. Ils ont des hélicoptères pour l'emmener éventuellement ailleurs.

– Et nous, qu'avons-nous? demanda poliment Malko.

Burt Holiday fit un rond avec son pouce et son index.

– *Nope*, rien. Des cerveaux. Et quelques agents du MI 5 qui ne sont pas très sûrs. Les Maltais vomissent les Libyens, mais il y en a pas mal qui se sont laissé acheter... Une vieille habitude. Le temps des Chevaliers de Malte est loin. 180 ans d'occupation anglaise

(1) Chef de station.

et du sang italien leur ont donné le sens du commerce et du compromis...

Encourageant.

– Dans ce cas, je n'ai plus qu'à reprendre l'avion, dit Malko. Je ne vais pas me lancer dans une croisade à moi tout seul.

Burt Holiday avait recommencé son mouvement de pendule. Il leva les yeux :

– Attendez. Tout n'est peut-être pas perdu. Bord était aidé par des nationalistes, des gens qui ont intérêt à l'arracher aux pattes des Libyens. Je ne connais pas cette Susan Herring qui semble travailler pour le MI 5. Mais elle peut savoir quelque chose.

– Bien. Je vais aller revoir notre joueuse de trombone, soupira Malko. Mais son rôle n'est pas clair dans cette histoire.

Les yeux de veau de Burt Holiday prirent une expression encore plus triste.

– Avec les Anglais, fit-il, on ne sait jamais. Ils sont tellement tordus... Faites attention. Vous n'avez aucune piste pour reprendre contact avec ce Gozzo?

– Aucune, dit Malko. Et j'ai peur qu'il se méfie de moi. Il sourit. Sans vraie joie.

– J'aurais dû apporter mon épée. A propos, vous n'avez aucun contact avec les « services » maltais?

Burt Holiday balaya les « services maltais » d'un geste définitif.

– Gangrenés. Pourris, infiltrés par les Libyens. Les seuls à les connaître à peu près sont les Italiens qui les ont formés. Et ils sont encore moins sûrs que les Anglais...

De mieux en mieux. Malko se leva avant de céder au découragement.

– Où pourrais-je trouver un taxi? demanda Malko. J'ai laissé ma voiture au *Hilton*.

– Je vais vous faire reconduire à la station de taxis du *Phœnicia* par mon chauffeur, proposa Burt Holiday. Essayez de faire le point rapidement, que j'envoie un rapport demain. Qu'ils mettent les « cousins » au courant.

*
* *

Malko faillit rater l'embranchement menant au centre de Fgura, tant c'était mal indiqué. Il avait mis près d'une heure pour franchir les 25 kilomètres depuis St. George, errant dans le dédale d'embranchements, de ronds-points sans indications, de petites routes qui se ressemblaient toutes. Les Maltais, connaissant leur île par cœur, avaient jugé tout à fait inutile de mettre en place une signalisation. Il fallait des jumelles pour déchiffrer les microscopiques poteaux indicateurs parcimonieusement distribués... Malko ralentit dans Paola Road, longeant l'alignement des petits pavillons frileusement collés les uns aux autres, et s'arrêta en face du numéro 70. Quelque chose accrocha aussitôt son regard. Bien que la nuit ne soit pas tombée, la crèche occupant la fenêtre de Susan Herring était éclairée. Il n'avait pas pensé à lui demander si le signal était valable de jour comme de nuit.

Il stoppa le moteur de la Granada, regarda dans le rétroviseur. La circulation était tellement démente qu'il doutait qu'on ait pu le suivre.

Il monta l'escalier séparant la chaussée du trottoir. On se serait cru dans la banlieue de Londres. Il appuya sur le bouton de la sonnette du 70 et attendit.

Aucune réponse.

Il réappuya, laissant son doigt sur la sonnette, puis, n'entendant rien, donna plusieurs coups avec sa chevalière sur la glace dépolie. Sans plus de résultat. Il colla son oreille au battant, pour percevoir le moindre bruit. Pourtant la maison était trop petite pour que Susan Herring n'entende pas. Il pesa sur la poignée de la porte. A sa grande surprise, elle céda et la porte s'ouvrit avec un léger claquement de pêne. En une fraction de seconde Malko se glissa à l'intérieur et referma. De plus en plus perplexe. Cette maison ouverte contrastait avec la prudence dont avait fait preuve Susan Herring lors de sa première visite.

Le petit hall était éclairé par la lumière de la rue. Il aperçut les meubles recouverts de housses blanches. Une vague odeur d'encaustique flottait dans l'air. Il appela, d'où il se trouvait :

– Susan !

Toujours pas de réponse.

Il appela encore, sans y croire. Susan Herring n'était pas femme à avoir le sommeil lourd, si elle dormait. La facilité avec laquelle il était entré l'inquiétait. A tâtons, il trouva un bouton électrique. La pièce devant lui s'éclaira. Le petit salon. Vide. Le couloir continuait devant lui. Il s'y engagea. Tout de suite, une odeur insolite frappa ses narines. Une odeur qu'il connaissait bien, à la fois fade et écœurante. Qui lui fit monter le cœur dans la gorge. Il avança encore jusqu'à la pièce du fond, alluma.

C'était une chambre. Celle de Susan Herring. Les volets donnant sur l'arrière de la maison étaient fermés. Il y avait une coiffeuse avec des produits de beauté, une rangée de bouteilles de J and B vides dans un coin et un gros étui de trombone appuyé contre le mur. Le lit bas tenait les deux tiers de la pièce; avec comme seul luxe une grande couverture grise qui devait être du loup. Susan Herring était allongée sur le ventre. Totalement nue, obscène sous la lumière de l'ampoule nue, bras et jambes écartés, la tête de côté, tournée vers Malko, l'œil bleu fixe comme celui d'un poisson. Une serviette nouée autour du cou.

Aussi morte qu'on pouvait l'être.

Mais ce qui donna la nausée à Malko ce fut le tube de cuivre qui s'élevait en l'air comme une hampe de drapeau, auquel une main inconnue avait accroché un slip rose bonbon, celui de l'Anglaise. On lui avait enfoncé une partie de son trombone dans l'anus si profondément qu'il tenait en l'air, incliné de 30° environ.

En s'approchant plus, il aperçut la peau du ventre distendue d'une façon grotesque. Ceux qui avaient assassiné l'Anglaise s'étaient amusés à la « gonfler » avec son propre instrument de musique... S'en servant comme d'une pompe à bicyclette... Dominant son dégoût, il s'accroupit près du lit. Une coupure boursouflée tailladait la moitié du cou de Susan Herring et le drap était rouge de sang séché. Après avoir été torturée, elle avait été assassinée, égorgée comme un porc. Les yeux bleus sans expression étaient toujours ouverts, les mains liées dans le dos avec une corde à piano qui disparaissait dans la chair boursouflée des poignets.

Malko essaya de bouger le corps, mais il était littéralement collé au drap par le sang.

Sur les bras, les épaules, la poitrine, il y avait de petites taches brunes et rondes. Un mégot de cigare était abandonné près du lit. L'interrogatoire avait été complet. Pas la peine de se demander comment les Libyens avaient pu intercepter Godfrey Borg. Malko se redressa; au bord de la nausée. Il ne se trouvait pas en face d'une tentative d'escroquerie, mais d'un « coup » féroce monté par un « service » prêt à tout pour protéger la politique du gouvernement libyen. La détermination avec laquelle on s'était acharné sur Susan Herring en disait long. Au moment où il allait sortir de la chambre, quelque chose de rouge sur le parquet attira son regard. Il crut d'abord que c'était une tache de sang. Du bout du pied, il l'effleura. La « tache » bougea. Il se baissa et ramassa l'objet. C'était un morceau d'ongle, long de près d'un centimètre. Soigneusement verni. Immédiatement, Malko, l'estomac serré, revit les griffes rouges de Tamra, la Libanaise... Il glissa le morceau d'ongle dans son mouchoir, éteignit, retraversa le couloir, fit claquer la porte derrière lui. La crèche brillait ironiquement dans le crépuscule. Paola Road respirait un calme très provincial. En se remettant au volant, Malko se dit qu'il n'y avait vraiment pas de temps à perdre pour retrouver Godfrey Borg avant qu'il ne soit dans l'état de Susan Herring. Une rage aveugle l'envahit en pensant au corps admirable de la Libanaise. Elle avait participé au massacre de l'agente du MI 5. Et, en même temps, elle représentait le seul lien possible avec les Libyens. Seulement, il n'avait rien à leur offrir. Il fit demi-tour et reprit la direction de Saint George.

*
* *

Deux coups légers furent frappés à la porte de communication. Malko avait beau s'y attendre, son estomac se contracta. Il n'était pas rentré de sa macabre expédition depuis plus de dix minutes, encore imprégné de l'horreur de Fgura. Il alla ouvrir. Tamra s'avança, superbe, vêtue d'un chemisier de soie noire à gros pois rouges, sous lequel sa lourde poitrine dansait librement, et d'une jupe blanche portefeuille, avec de hauts escarpins à bride noirs.

– Bonsoir, roucoula-t-elle.

Elle se serra contre lui. Le contact des seins libres sous la soie était suprêmement érotique. Lorsqu'elle s'assit sur le bord du lit, la jupe glissa, s'ouvrant jusqu'en haut des cuisses, révélant la lisière d'un bas gris attaché par une jarretière du même rouge que le chemisier. Une longue cuisse musclée si dure que le bas y semblait peint !

– Tu as eu une bonne journée? demanda-t-elle. Je t'attendais pour dîner... Nous pourrions aller à La Valette.

La bouche entrouverte, le buste bien droit, les

cuisses découvertes, elle était l'image même de la tentation.

– Pourquoi pas, dit Malko, tu es superbe...

D'un geste très naturel, il lui prit la main droite et y déposa un baiser léger. La gardant assez longtemps pour vérifier que tous les ongles avaient la même longueur. Immenses, dépassant les phalanges de presque un centimètre.

Impeccables, sans une égratignure. Le regard de Malko balaya les dix doigts et il eut l'impression qu'on desserrait un étau étreignant sa poitrine.

– Allons dîner, dit-il.

Il avait faim, tout à coup.

Sa main effleura un des seins libres sous la blouse. Tamra se leva et sa jupe retomba sur ses jambes. Au lieu de se diriger vers la porte, elle resta debout près du lit, passivement provocante avec sa taille incroyablement fine, ses hanches en amphore et cette poitrine ferme et lourde qui jouait sous la soie... Brusquement, la faim de Malko disparut. Il était tellement heureux que Tamra n'ait pas participé au massacre de Susan Herring. Il posa les mains sur les hanches de Tamra qui ferma les yeux et se laissa aller contre lui. La glace lui renvoya l'image de leurs deux corps enlacés. Ils bougeaient l'un et l'autre très légèrement, comme s'ils étaient dans l'eau. Peu à peu, Malko sentait monter son désir. La respiration de la Libanaise s'était accélérée, elle avait passé un bras autour de son cou.

Il posa une main le long de l'ouverture de la jupe et y glissa ses doigts, effleura le bas, remonta le long de la cuisse musclée, suivant le trait en relief de la jarretière. Tamra, de son côté, s'activait sur lui, l'emprisonnant de sa main libre. Ils oscillaient au milieu de la chambre comme deux ivrognes.

Elle pencha sa bouche contre son oreille, lui mordillant le lobe.

– Viens.

Se détachant de lui, elle partit vers la salle de bains. Quand Malko la rejoignit, elle l'attendait, appuyée au mur, le bassin en avant, face à la glace, une cuisse découverte.

– Ici, je peux te voir, dit-elle.

Décidément, la glace posée la veille à côté de son lit n'était pas le fruit du hasard. Malko s'approcha. Ce n'était pas une position pratique, mais Tamra semblait ravie. Malko fit durer le plaisir le plus longtemps possible avant d'exploser en elle. Il continua à la besogner, réalisant qu'elle n'avait pas joui. Tamra haletait, les jambes raides, frottant furieusement son pubis contre la hampe qui la pénétrait encore. Soudain, elle poussa un feulement ravi et ses bras se refermèrent sur Malko. Il sentit les ongles griffer son dos à travers sa chemise, s'enfoncer dans sa peau.

– Attends, murmura Tamra, je veux que tu me pénètres mieux.

Ils repartirent dans la chambre. Il la bascula sur le lit, sans même ôter la jupe froissée, et revint en elle, s'enfonçant de toute sa longueur, voluptueusement. Ils refirent l'amour près d'une demi-heure, jusqu'à ce qu'il jouisse de nouveau, sans même changer de position, tant il était excité. Les longues jambes de la Libanaise étaient repliées en l'air, la jupe s'était défaite et gisait, chiffonnée sous eux.

La tête de Tamra roulait de gauche à droite. Puis elle poussa un hurlement sauvage et s'immobilisa, épuisée. Malko demeura soudé à elle, reprenant son souffle, puis se leva pour aller dans la salle de bains. A peine y avait-il pénétré qu'il s'arrêta net sur le seuil. Il y avait un petit objet rouge par terre. Il le ramassa. Un morceau d'ongle. D'abord, il crut que c'était le fragment qu'il avait ramené de chez Susan Herring.

Puis il réalisa que ce dernier était dans la poche de sa veste et qu'il ne l'avait pas en venant dans la salle de bains... Glacé, il mit le bout d'ongle dans sa poche et regagna la chambre. Les jambes ouvertes, le ventre découvert, les yeux fermés, la main droite pendant dans le vide, Tamra n'avait pas changé de position.

Malko s'immobilisa, au bord de la nausée.

A la main droite de la Libanaise, l'ongle du majeur était beaucoup plus court que les autres, coupé presque au ras du doigt. Ce qu'il avait ramassé dans la salle de bains était un « pansement » artistement posé pour dissimuler son ongle cassé. Pansement qui avait sauté lorsqu'elle avait étreint violemment Malko.

– Qu'est-ce qu'il y a?

Elle l'observait entre ses paupières mi-closes. La voix n'était plus du tout voluptueuse, mais inquiète. Brutalement Malko réalisa que tout ce qu'il venait de vivre n'était probablement qu'une comédie. Le cri de l'orgasme final était trop fort, trop net pour être honnête.

Il parvint à sourire.

– Rien, dit-il, je te regardais, tu es belle. Mais tu t'es cassé un ongle.

Tamra eut un rire de fauve, regarda sa main, et s'étira.

– Oh! c'est vrai, dit-elle, c'est tout à l'heure. Tu m'as trop fait jouir. Je vais faire un pansement. Ensuite, nous irons dîner.

Elle se leva, ramassa sa jupe froissée et sortit de la chambre, se balançant sur ses hauts talons.

Dès qu'elle eut franchi la porte de communication, Malko se précipita sur sa veste et s'enferma dans la salle de bains. Il posa les deux morceaux d'ongle l'un près de l'autre et eut envie de vomir.

Ils coïncidaient presque exactement. Tamra avait fait partie des bourreaux de Susan Herring.

*
* *

Le dîner s'achevait. Il avait été trop tard pour aller à La Valette et ils avaient dû se contenter de la triste salle à manger du *Hilton* où la cuisine aurait fait honte à un camp de concentration. Ce qu'ils avaient essayé de manger de moins mauvais était une espèce de pudding de macaronis, compact et dur, spécialité de l'île. C'était à peine pire que le service. La seule distraction venait des chats, de l'autre côté de la grande baie vitrée, se battant sur le toit jouxtant la salle. De nouveau, les mains de Tamra étaient impeccables. Mais Malko avait toujours son iceberg sur l'estomac. Tamra était une tueuse, une fanatique, en dépit de sa beauté remarquable...

En payant l'addition, Malko se demanda ce qu'elle attendait de lui. Maintenant qu'ils avaient pris Borg, les Libyens n'avaient plus rien à craindre... A moins qu'ils ne redoutent une réaction de la CIA.

Ils retraversèrent le hall sous les regards envieux des derniers clients. Malko était abruti de fatigue et voulait être seul pour réfléchir. L'idée de copuler de nouveau avec ce serpent à sonnettes l'écœurait. Dans l'ascenseur, il l'embrassa dans le cou.

– Je suis fatigué, dit-il, je crois que je vais dormir.

– Ça ne fait rien, roucoula Tamra.

Ils se quittèrent avec un chaste baiser et Malko s'étendit enfin sur son lit. Sa fatigue était telle qu'il s'endormit tout habillé. Lorsqu'il rouvrit les yeux, il faisait grand jour. Il se leva. La porte de communication était entrouverte et la chambre de Tamra, vide. Vingt-quatre heures s'étaient écoulées depuis l'enlèvement de Godfrey Borg. Il fit sa toilette et descendit. Dans le hall, il prit le *Malta Times.*

Une manchette barrait la troisième page : « Horrible crime de rôdeur à Fgura. »

Il parcourut l'article. L'assassinat de Susan Herring était attribué à des rôdeurs qui l'auraient torturée pour lui arracher ses économies... Personne n'avait rien vu. Quant à la disparition de Godfrey Borg et aux incidents y afférents, pas un mot. Malko replia son journal et traversa le hall. Aussitôt, une jeune femme se leva et vint vers lui. Très brune, les cheveux noirs courts, des bottes collantes à hauts talons, comme beaucoup de Maltaises, une poitrine énorme moulée dans un pull de laine blanche.

– *Mr. Linge,* dit-elle, *I have a message for you* (1).

Son anglais était chaotique. Mais sa jupe fendue noire, droite, s'ouvrait sur de jolies jambes.

– Qui êtes-vous? demanda Malko.

– Je m'appelle Helena, je suis une amie de Gozzo, vous savez, le chauffeur de taxi... Il veut vous voir. Dehors.

Malko abandonna son petit déjeuner et suivit Helena. Devant le *Hilton*, il n'y avait pas la Mercedes noire. Helena montra la petite rue au fond :

– Il nous attend là-bas. Venez.

Ils marchèrent jusqu'au coin et Malko aperçut la Mercedes de Gozzo. Celui-ci avait laissé le volant à un autre moustachu et était à l'arrière. Helena ouvrit la portière à Malko. Ensuite tout se passa en même temps. Helena claqua la portière sur lui brutalement et s'éloigna dans la rue calme. Quelque chose de froid et d'aigu comme un clou se posa sur la gorge de Malko, à l'endroit de la carotide.

– Alors, tu es venu, salaud, fit la voix rauque de Gozzo. Si tu cries, je t'égorge.

Il tenait d'une main ferme son croc de boucher. Malko remarqua ses ongles noirs, sa mâchoire serrée et ses yeux fous. Ce n'était pas le moment de discuter. La Mercedes démarra avec une secousse et il fut rejeté sur le siège. Le crochet le suivit, prêt à l'égorger.

(1) M. Linge, j'ai un message pour vous.

La voiture tourna à gauche, filant vers le bas de l'île.

– Salaud, répéta Gozzo, avec une conviction profonde. Tu vas voir ce qu'on fait aux traîtres.

C'était encourageant. L'estomac vide, Malko regretta de ne pas avoir pris son petit déjeuner.

CHAPITRE 7

La Mercedes filait à un train d'enfer, vers le centre de l'île. A l'avant, les deux hommes ne disaient pas un mot.

A l'arrière, Malko essayait de ne pas faire de mouvements inutiles. De toute évidence, Gozzo n'attendait qu'une occasion de lui planter son croc de boucher dans la carotide et de boire son sang. Sans la mort horrible de Susan Herring et l'enlèvement brutal de Godfrey Borg, l'expression farouche du moustachu eût été comique.

Malko aperçut la mer sur sa droite. Donc, ils allaient vers le nord. Le paysage était absolument plat avec, de temps à autre, un cactus rabougri. Gozzo se retournait fréquemment, en grommelant, mais on ne les suivait pas. Il restait l'hélicoptère. Malko réalisa que personne ne savait où il se trouvait, même pas la CIA, ce qui était plutôt fâcheux. Pour une île calme, Malte semblait avoir vite appris la violence.

– Où m'emmenez-vous? demanda-t-il à Gozzo.

Le Maltais ne se donna même pas la peine de répondre. Ils traversèrent encore une petite ville puis la voiture tourna à gauche, s'enfonçant vers l'ouest. A un moment, la route étroite se divisa en deux voies, laissant un îlot entre elles. Au passage Malko aperçut des croix et des tombes. Un cimetière en plein milieu de la route! Puis les deux parties se rejoignirent de nouveau. Tout de suite après, la Mercedes ralentit et stoppa devant un portail fermé, en bois massif. Coup de klaxon bref. Le portail s'ouvrit et la voiture s'y engouffra, remonta une allée coupant un petit parc en friche. La Mercedes stoppa devant un bâtiment curieux, moitié pierres de taille, moitié château fort, avec un superbe perron.

Gozzo posa la pointe du crochet contre la gorge de Malko.

– *Out !*

Malko ne se fit pas prier. Son kidnappeur le poussa sur le perron et il pénétra dans une entrée meublée de grandes commodes de bois sombre, style haute époque, imposantes et sinistres. Une porte ouvrait sur un salon où on fit entrer Malko. Meublé avec la même simplicité... Une énorme table basse de palissandre foncé aux pieds tarabiscotés tenait toute la place, entourée de fauteuils à haut dossier et d'une banquette tout aussi massive. La moindre chaise devait peser deux cents kilos. Gozzo resta debout près de la porte, silencieux et hostile. Il faisait un froid de gueux et l'odeur d'encaustique faisait penser à une église.

Il y eut un claquement de talons rapide dans le hall et la porte s'ouvrit sur une apparition qui lui coupa le souffle.

Une femme, dans la trentaine, avec des traits réguliers et énergiques, de courts cheveux noirs séparés par une raie sur le côté, des perles aux oreilles. Les sourcils bien dessinés, les yeux soulignés de noir accentuaient son air dur, presque masculin. Elle portait un chemisier noir discrètement ouvert sur la poitrine, de longs gants noirs qui disparaissaient sous les manches de son tailleur gris, des bas noirs et des escarpins de même couleur. Sa démarche était si énergique que sa jupe portefeuille s'ouvrait à chacun de ses pas, laissant deviner de longues jambes bien galbées. L'inconnue s'arrêta à un mètre de Malko et lui tendit la main avec l'énergie d'un homme.

– Bonjour. Je suis Anna-Maria Ximenes.

Les doigts gainés de pécari écrasèrent ses phalanges dans une étreinte de fer. A croire qu'il avait serré la main d'un catcheur.

– Je m'appelle Malko Linge, dit-il. Vous...

Elle le coupa.

– C'est moi qui vous ai fait venir ici, fit-elle sèchement. J'ai pris soin de Godfrey Borg jusqu'à hier.

– Ah, fit Malko, sans se compromettre.

Enfin, il se trouvait à l'échelon supérieur. Supérieur mais pas tellement bien disposé à son égard...

Anna-Maria Ximenes le contemplait, les sourcils froncés.

– Vous êtes armé? demanda-t-elle brusquement.

Malko ne put s'empêcher de sourire devant la naïveté de la question. Il est vrai que Gozzo ne l'avait même pas fouillé !

– Si je l'étais, répliqua-t-il, votre ami Gozzo ne m'aurait pas emmené de cette façon. J'ai horreur que l'on me fasse faire des choses sans me demander mon avis.

– Bien, admit la jeune femme. Je vous crois. Suivez-moi, j'ai à vous parler.

Elle fit demi-tour. Elle était aussi grande que Malko, avec une démarche énergique et souple, plutôt masculine. Les cheveux courts effleuraient le col du tailleur. A sa suite, Malko pénétra dans un bureau aux murs tapissés de boiseries avec un bureau en acajou et un chevalet où reposait une superbe selle en cuir.

Négligeant les deux profonds fauteuils de cuir, Anna-Maria Ximenes s'y adossa, croisa les bras et jeta un ordre à Gozzo.

– *Iva* (1)*!* dit celui-ci.

Il se retira, fermant doucement la porte.

Malko, par politesse, resta debout lui aussi.

Le silence se prolongea quelques secondes, puis

(1) Oui.

Anna-Maria Ximenes dit d'une voix qu'elle avait du mal à contrôler :

– Godfrey Borg est en danger de mort. S'il n'est pas déjà mort.

– Je sais, dit Malko, j'ai assisté à son enlèvement.

Une lueur furieuse passa dans les yeux sombres de la jeune femme.

– Vous avez fait plus que cela, dit-elle d'une voix cinglante. C'est à cause de vous et de vos amis américains que les Libyens ont pu l'enlever. Une fois de plus vous nous avez trahis. Les Américains sont des cochons.

– Personne n'a trahi, dit Malko.

Anna-Maria Ximenes semblait ignorer l'assassinat de Susan Herring.

Le rouge empourpra brusquement les pommettes de la jeune femme.

– Comment les Libyens sont-ils venus à Balzan? demanda-t-elle. Apparemment, ils savaient que c'était là le rendez-vous.

– Je n'en sais rien, dit Malko. Je l'ignorais moi-même. Si Susan Herring le savait, c'est par elle qu'ils l'ont appris. Ils l'ont torturée et tuée.

– Qui est Susan Herring? demanda Anna-Maria Ximenes.

Ce fut au tour de Malko d'être suffoqué.

– La personne par qui je vous ai rencontrée, dit-il. Une femme qui travaillait pour les services anglais. Vous ne la connaissiez pas?

– Non.

– Et Me Fenek?

– Lui, je le connais. Mais il n'était pas au courant.

– C'est lui qui m'a mis en contact avec Susan Herring. Vous ne lisez pas les journaux? Vous ne savez pas qu'elle a été assassinée d'une façon horrible?

– Non, fit Anna-Maria Ximenes, butée. Vous me racontez des histoires. Déjà la première fois que les Anglais ont soi-disant voulu faire sortir Godfrey Borg de l'île, les Libyens étaient prévenus. Comme hier. C'est vous qui les avez prévenus.

Malko haussa les épaules, furieux. A quoi bon discuter avec cette furie.

– Vous êtes folle, fit-il, excédé. En réalité, c'est de votre faute. C'était une imprudence rare de me faire rencontrer Borg ainsi. Alors que votre ami Gozzo savait que j'étais « marqué » par les Libyens.

– Ah ! je suis folle ! siffla Anna-Maria Ximenes.

Ses lèvres avaient blanchi. Elle se retourna, saisit quelque chose sur le bureau. Une fine cravache de cuir.

Sans un mot, elle fit un pas en avant, le bras levé. Malko n'eut pas le temps d'esquiver. La cravache lui cingla le côté gauche du visage, comme une brûlure.

– Menteur !

Malko crut exploser de rage ! C'était la première fois qu'une femme le traitait ainsi. La respiration bloquée, blanc de rage, il fixa Anna-Maria Ximenes, ses yeux dorés virant brusquement au vert. Elle respirait lourdement, ses yeux flamboyaient, son bras était retombé, mais elle n'avait pas lâché sa cravache. Il se retenait de toutes ses forces pour ne pas la gifler.

– Allez ! fit la jeune femme d'une voix étranglée, frappez-moi !

Il fallait qu'elle soit d'une inconscience frisant la folie pour affronter ainsi, seule, un homme qu'elle considérait comme un ennemi. Malko était en train de se calmer sur cette pensée lorsqu'elle eut un mot de trop.

– Vous avez peur du crochet de Gozzo, lâcha-t-elle, pleine de mépris. Les gens comme vous sont des lâches.

Elle réalisa trop tard qu'elle aurait mieux fait de se taire. A l'expression de Malko. A son tour, il fit un pas en avant. D'un geste rapide, il saisit le poignet d'Anna-Maria, le tordit assez pour qu'elle lâche la cravache. Il la récupéra au vol, puis recula.

– Je vais vous donner quelque chose qui vous a manqué depuis longtemps, dit-il froidement.

Anna-Maria Ximenes fixait avec horreur la cravache.

– Quoi ?

– Une fessée !

Il la saisit par la taille. Elle se débattit, blanche de rage, cherchant à lui échapper. Mais déjà Malko, les forces décuplées par la rage, la faisait pivoter, l'appuyait contre la selle, la pliant en deux contre le cuir bien ciré.

Un coup de pied l'atteignit à la cuisse, ratant de peu ses parties nobles. De toutes ses forces, Malko abaissa la cravache qui cingla les reins recouverts de tissu gris. Anna-Maria Ximenes, sous le choc, se cabra comme une pouliche sauvage, parvint à se retourner. La jupe portefeuille s'écarta, révélant fugitivement de longs bas gris attachés par de fines jarretières. Puis elle tomba à terre mais se releva avec la vitesse d'un serpent.

Si ses yeux avaient pu tuer, Malko serait tombé en poussière. Elle était écarlate, sa poitrine semblait prête à faire sauter les boutons de son chemisier. Les poings serrés, elle le toisa et dit d'une voix sifflante :

– Je voudrais être un homme, je vous casserais la tête.

La joue de Malko était traversée d'une estafilade qui le brûlait comme un coup de rasoir. Il jeta la cravache, un peu calmé, y porta machinalement la main, puis dit froidement :

– Ne vous amusez plus jamais à cela. La dernière fois que j'ai reçu un coup de cravache, c'est de ma mère, parce que j'avais refusé une leçon d'équitation, et il y a très longtemps de cela...

Anna-Maria Ximenes baissa les yeux et s'empourpra encore plus.

– Vous êtes un salaud, répéta-t-elle, mais avec moins de conviction. Tous ceux qui travaillent pour les Américains sont des salauds. Ils sont de mèche avec les Libyens.

Simplification abusive...

– Cessons de nous injurier, dit Malko. Pourquoi m'avez-vous fait venir? Ce n'était pas seulement pour me cravacher.

Les yeux d'Anna-Maria Ximenes foncèrent encore. Elle s'appuya à la selle et s'en écarta aussitôt, comme la jupe s'ouvrait, voyant le regard de Malko posé sur ses jambes. Elle alla se réfugier derrière le bureau.

– Vous êtes mon prisonnier, dit-elle d'une voix sombre. Tant que les Américains n'auront pas fait relâcher Godfrey Borg. Même si vous n'avez pas trahi vous-même, le mal est venu de votre côté.

Malko retint sa rage devant tant d'aveuglement.

– Vous déraillez, dit-il brutalement. Susan Herring a été affreusement torturée. Si on vous avait fait subir le même traitement, vous auriez parlé aussi. Les Américains n'y sont pour rien. Je suis au contraire à Malte pour tenter de limiter l'influence libyenne.

» Mais d'abord, à quel titre vous intéressez-vous à Godfrey Borg? Qui êtes-vous vraiment?

Prise à contre-pied, Anna-Maria Ximenes hésita d'abord à répondre puis lâcha :

– Je suis une militante nationaliste. J'appartiens à une des plus vieilles familles de Malte. Nous avons besoin de ces documents pour chasser le labour du pouvoir. Vite, avant qu'ils aient vendu le pays aux Libyens.

– Comment avez-vous des gens comme Gozzo sous vos ordres?

– Il colle des affiches pour nous pendant les campagnes électorales, lui et ses amis. Ils nous servent de gardes du corps. Ils sont dévoués et ils détestent les Libyens.

Malko écoutait distraitement. Un déclic venait de se faire dans sa tête.

– Un de vos ancêtres n'a-t-il pas été Grand Maître de l'Ordre de Malte? demanda-t-il brusquement. De 1773 à 1775?

La mâchoire d'Anna-Maria Ximenes sembla se décrocher. Une stupéfaction intense balaya la rage dans ses prunelles sombres.

– Comment savez-vous cela? demanda-t-elle.

Malko eut un sourire ironique.

– Très simplement. Je suis Chevalier de Malte, moi aussi. Du Grand Prieuré d'Autriche.

La jeune femme fixait Malko, comme s'il avait prononcé une obscénité.

– Vous ! Ce n'est pas vrai.

– Mais si, dit Malko.

Il ouvrit son portefeuille, y prit une carte et la jeta sur le bureau. La jeune femme s'en empara avidement, lut les titres et releva la tête.

– Mais qu'est-ce que... Pourquoi êtes-vous un agent des Américains? Avec votre titre, votre passé?

Malko sourit.

– Parce que j'ai pris des goûts de luxe dans mon enfance et que j'essaie de les garder. C'est déjà difficile pour un aristocrate de vivre dans le monde actuel, s'il faut être pauvre, de surcroît... Après tout, faire cela, chasser le grand fauve ou jouer au gin-rummy... (Il s'inclina légèrement.) J'ai au moins l'occasion de rencontrer une femme aussi intéressante que vous... et énergique.

Le coup de cravache le brûlait toujours.

Anna-Maria Ximenes ne se dérida pas. Sans un mot, elle fit le tour du bureau et prit dans la bibliothèque un gros livre blanc : l'annuaire de l'Ordre Souverain de Malte. Malko l'observa tandis qu'elle le feuilletait, les sourcils froncés. Elle s'arrêta à l'Autriche.

Malko dit avec un peu d'ironie :

– Nous sommes 241 sous la houlette du comte Berthold von Waldstein-Wartemberg.

Lorsque Anna-Maria releva la tête, son expression avait complètement changé.

– Mais alors, dit-elle, d'une voix incrédule, vous êtes des nôtres !

– Exactement, confirma Malko.

Sa joue le brûlait encore, mais la lueur dans les yeux de la jeune femme lui faisait espérer qu'elle saurait racheter cet affront. D'une voix changée, Anna-Maria expliqua :

– Depuis trois ans, nous luttons pied à pied pour repousser la nouvelle invasion arabe. Comme il y a 400 ans. Les Maltais vomissent les Libyens, mais ils sont pauvres et les Libyens ont beaucoup d'argent. Alors, ils sont en train d'acheter le pays, de le détacher de l'Europe. Nous sommes trahis par notre gouvernement. Seuls, les documents de Godfrey Borg pourraient renverser la tendance.

On frappa à la porte et, quand Anna-Maria eut crié « Entrez », la tête moustachue de Gozzo apparut. La jeune femme se tourna vers Malko.

– Vous restez déjeuner avec moi, nous discuterons.

Lentement, elle ôta ses longs gants, faisant apparaître des mains fines et bien entretenues. En dépit de ses cheveux courts, elle était extrêmement féminine. Malko se demanda quel genre d'homme elle avait dans sa vie. Elle ne portait pas d'alliance.

– Est-ce que je peux vous offrir quelque chose ? Porto ? Martini Bianco ?

– Avec joie.

Tandis qu'elle s'affairait près du bar, Malko observait sa silhouette sportive. A la fois sophistiquée et raide. Anna-Maria Ximenes leva son verre de Martini Bianco.

– A la défaite des Arabes.

*
* *

Quatre mètres au moins séparaient Malko d'Anna-Maria Ximenes, chacun assis à un bout de l'immense table de palissandre.

Un serviteur moustachu et muet avait assuré un service lent mais discret. Le silence était total, presque pesant. Quelquefois on entendait une porte se fermer, un grincement... C'était la maison de la Belle au Bois dormant. Anna-Maria faisait pensivement des boulettes de pain.

Malko repoussa son assiette.

– Vous n'aimez pas le *timpana?* demanda aussitôt Anna-Maria.

C'était le plat national maltais. Une timbale de macaronis, indigeste comme du ciment. Carrément immonde. La nourriture, en dépit des assiettes en argent massif, était abjecte.

– Vous ne craignez rien ici? demanda-t-il. Les Libyens connaissent votre existence.

Anna-Maria Ximenes s'assombrit légèrement et dit d'une voix brusque :

– Je ne crois pas. Nous avons en permanence une dizaine d'hommes dans un pavillon au fond du parc, beaucoup sont d'anciens policiers nationalistes révoqués par le nouveau gouvernement. Ils ont des armes et savent que nous représentons le dernier espoir pour Malte. Les Libyens ne viendront pas se frotter à eux. D'ailleurs Godfrey Borg est resté ici, depuis son départ manqué. C'est par délicatesse envers moi qu'il vous a donné rendez-vous à Balzan, chez son ancienne femme. Il ne voulait pas me faire courir de risques.

– Vous êtes mariée?

– Non.

Il n'insista pas. C'était visiblement un sujet sur lequel Anna-Maria Ximenes n'aimait pas s'étendre.

Ce déjeuner insolite ne résolvait pas le problème de base. En ce moment, les Libyens devaient torturer Godfrey Borg pour lui faire avouer son secret... Comme si leurs pensées s'étaient rencontrées, Anna-Maria se leva et dit :

– Venez, allons prendre le café au fumoir. Il faut trouver un moyen de sauver Borg.

Un Gozzo sans croc de boucher apporta un plateau qui devait peser ses dix kilos d'argent massif. Anna-Maria Ximenes avait croisé les jambes et sa jupe glissait sans cesse sur ses longues cuisses.

– Vos amis politiques ne peuvent pas faire pression sur les Libyens? demanda Malko.

Elle secoua la tête.

– Non. Les Libyens mentiront, diront qu'ils ne le détiennent pas. Il faut que les Américains nous aident.

Malko dissimula son embarras en buvant son café. Il se voyait mal demander à la CIA de monter une opération de commando pour récupérer le Maltais. Pas avec Carter comme président. Anna-Maria dut lire dans ses yeux, car elle ajouta aussitôt :

– Il faut les convaincre ! Ce sont les seuls qui ont les moyens. Ils ne sont pas complètement idiots...

Ce qui n'était pas une hypothèse absurde. Malko décida de l'écarter pour l'instant.

– Ce sera très dur, dit-il.

Anna-Maria demeura silencieuse quelques instants puis demanda :

– Vous voulez un cigare?

– Non, merci, dit Malko. Mais...

Elle se leva, alla à un coffret à cigares, en prit un et revint après en avoir coupé le bout d'un geste précis.

– J'adore le cigare, dit-elle. Vous ne savez pas ce que vous perdez...

Avec une longue allumette elle entreprit de l'allumer avec un soin de connaisseur. Malko l'observait, de plus en plus intrigué...

Anna-Maria tira sur son cigare et souffla voluptueusement la fumée. Malko regarda les volutes bleues qui montaient dans le bureau coquet. On était en pleine hystérie. Ou en plein rêve. Anna-Maria était imperturbable. Sa jupe glissa de nouveau, mais, cette fois, elle ne parut guère s'en soucier. Malko fixa le nylon gris moulant un genou rond.

– Borg est aux mains des Libyens... Je ne vois pas la CIA allant le leur réclamer. D'autant qu'il est peut-être mort.

– Très juste, admit Anna-Maria. Nous ne leur demanderons pas. Nous le leur échangerons.

– Contre quoi? Les documents?

Elle secoua la tête.

– Mais non, voyons. Contre quelqu'un.

– Qui?

– Le major Abu Dhofar, annonça-t-elle paisiblement. Je pense que pour le récupérer ils rendront Godfrey Borg.

Malko avait l'impression de rêver dans ce fumoir douillet, en face de cette jolie femme, élégante et mystérieuse, au charme discret et ambigu.

– Où est ce major?

Anna-Maria Ximenes eut une moue charmante.

– En ce moment, je ne sais pas.

– Qu'attendez-vous de moi?

Anna-Maria posa son cigare et lui fit face. La jupe avait encore un peu glissé, découvrant une cuisse fuselée. Les yeux noirs avaient une expression magnétique et tendre à la fois.

– Que vous enleviez cet officier libyen.

CHAPITRE 8

Pendant plusieurs secondes, Malko demeura muet, assimilant la proposition d'Anna-Maria Ximenes. Le silence fut rompu par un léger crissement du nylon. La jeune femme croisa et décroisa les jambes nerveusement, guettant l'expression de Malko. Son visage encadré de cheveux courts s'était durci. Elle fit visiblement un effort pour prendre une expression plus détendue, plus féminine. Mais les yeux demeuraient durs, froids. Malko eut un sourire à la fois amusé et triste.

– Anna-Maria, dit-il, nous ne sommes plus au temps des croisades. Je serais ravi de vous aider, mais je ne veux pas me retrouver dans une prison maltaise. Même pour vous rendre service. Je suis à Malte dans un but précis, pas pour faire la Guerre Sainte... Même dans le bon sens.

C'était la première fois qu'il l'appelait par son prénom. Les yeux noirs de la jeune femme semblèrent encore s'assombrir. Elle eut une contraction du menton comme si elle allait pleurer.

– Je ne savais pas que vous étiez lâche, laissa-t-elle tomber d'un ton à faire éclater un iceberg...

Brusquement, elle se leva, écrasa son cigare dans le cendrier.

– Je vais vous faire reconduire, dit-elle, glaciale. Je me débrouillerai toute seule pour récupérer Godfrey Borg, bien que je ne sois qu'une femme.

Malko s'était levé à son tour. Troublé et furieux. Anna-Maria Ximenes, en dépit de sa dureté, dégageait un magnétisme animal. De plus, elle souffrait réellement.

– Je ne suis pas lâche, dit-il, mais je suis à Malte pour le compte de la CIA. Je ne peux pas agir pour quelque chose d'aussi grave sans leur accord. D'ailleurs je n'en ai pas les moyens matériels. Or, le responsable de cette agence fédérale à Malte a pour instruction de ne rien faire qui puisse provoquer d'incidents avec le gouvernement d'ici.

» Alors, l'enlèvement d'un officier libyen...

– Mais c'est dans leur intérêt ! explosa la jeune femme, indignée. Avec ces documents, ils pourront faire basculer l'île politiquement. La ramener du côté de l'Ouest. Sinon, dans peu de temps, Malte sera dans le camp progressiste arabe.

– Vous prêchez un convaincu, dit tristement Malko. Mais la CIA n'est plus ce qu'elle était. Ils ont peur de leur ombre. On n'a jamais autant pratiqué la charité chrétienne à Langley. Dès que les gens de l'autre côté donnent une gifle, on tend vite l'autre joue pour qu'ils n'aient pas d'effort à faire. Le président Carter a une belle âme...

Anna-Maria lâcha une appréciation sur l'âme du président Carter qui montrait qu'elle avait un vocabulaire étendu.

Elle se rapprocha de Malko à le toucher, les yeux brillants. Celui-ci chercha à la raisonner :

– Vous n'avez pas besoin de moi. Vous avez des gens avec vous. Comme Gozzo. Vous pouvez les diriger.

Anna-Maria Ximenes secoua la tête.

– Gozzo ! Il a le cerveau comme un petit pois. On ne peut pas lui confier une opération importante. Si on ne fait rien, ils vont torturer Godfrey Borg jusqu'à ce qu'il parle. Qu'il raconte l'histoire du coffre. Et alors, ils le tueront.

Sa voix s'était brisée. Malko savait que ce qu'elle disait était exact. Peut-être même en dessous de la vérité.

– Qui vous dit qu'il n'est pas trop tard? demanda-t-il. Il est en leur pouvoir depuis vingt-quatre heures. J'ai vu ce qu'ils avaient fait à Susan Herring. Il y a des chances qu'on ne le retrouve jamais. Comme on n'aurait jamais dû retrouver John Fitzpatrick...

– Je ne crois pas, coupa la jeune femme. Ils pensent qu'il a confié les documents à quelqu'un. Lorsqu'ils l'attendaient à l'aéroport, ils croyaient qu'il les avait avec lui. En le tuant, on les lui volait. Ils vont le torturer et, s'ils n'arrivent pas à lui faire dire qui les détient, essayer de l'échanger contre ce qui les intéresse.

– C'est possible, admit Malko.

– Faites quelque chose, supplia Anna-Maria. Je ne veux pas être obligée de quitter cette île où je suis née. Cette terre ne doit pas revenir aux Arabes, nous les avons toujours repoussés. C'est aussi un peu votre cause, ajouta-t-elle. Lors du Grand Siège, en 1565, les Chevaliers n'étaient que 540 aidés de quelques milliers de mercenaires pour tenir tête aux 40 000 Turcs de Riahi Pacha. Et pourtant, ils gagnèrent.

Sa voix vibrait d'excitation.

– Le monde a changé, dit Malko.

L'impétuosité de la jeune femme l'avait ébranlé. Il se sentait sur une pente glissante. Un agent « noir » n'était qu'un pion sur un échiquier. S'il sortait du cadre de sa mission pour se lancer dans des actions individuelles, c'était la fin de tout. La CIA ne lui pardonnerait pas. Pourtant, lui aussi aurait voulu tenter quelque chose. Parce que Anna-Maria avait raison.

Mais il ne fallait pas rêver, non plus.

– Étant donné la puissance des Libyens à Malte, remarqua-t-il, votre idée me paraît impossible à réaliser. Ce major, dont j'ai d'ailleurs entendu parler, est le patron des services spéciaux libyens dans l'île. Cela risque de déclencher une bataille rangée. En plus, nous ignorons tout de ses habitudes.

– Mais c'est votre métier de résoudre ces problèmes, fit Anna-Maria avec une espèce de confiance enfantine absolue. Je suis sûre que vous pouvez y arriver. Si vous avez besoin d'hommes, Gozzo peut en réunir une vingtaine. Certains possèdent même des armes.

– Ce n'est pas suffisant. Dans ce genre d'opération, il faut une « couverture » politique. Or, je crains que la CIA ne me la donne jamais. Il faudrait au moins un plan qui tienne debout. On en est loin...

– Réfléchissez, intima Anna-Maria.

Malko ne faisait que cela. Il imaginait la tête du doux Burt Holiday lorsqu'il lui présenterait son projet de Guerre Sainte. L'autre allait le faire interner... Pour tenter quelque chose, il fallait d'abord avoir un informateur chez les Libyens. Susan Herring en avait un. Si elle s'était laissé surprendre, c'est qu'elle avait dû ouvrir à quelqu'un en qui elle avait confiance. Ou croire lui ouvrir. Mais comment le récupérer?

– *A penny for your thoughts* (1), demanda Anna-Maria Ximenes.

– J'essaie de résoudre le problème, dit Malko.

La seule filière pour connaître le nom de l'informateur libyen était le patron de Susan Herring. Le MI 5. Donc, il fallait passer par Burt Holiday. Sans lui dire toute la vérité.

Malko essaya de penser à ce qui pouvait se passer du côté des Libyens. Ou Borg avait parlé et reposait quelque part au fond de la Méditerranée, ou il tenait le coup et il était encore temps de faire quelque chose. En tout cas, ils ne s'attendaient sûrement pas à ce qu'on tente d'enlever le chef de leurs services spéciaux à Malte. C'était peut-être ce qui tentait Malko dans cette opération. Un effet de surprise totale sur des adversaires sans méfiance. C'était la

(1) A quoi pensez-vous?

seule chance de retourner la situation. Mais il fallait commencer par tirer un fil. Une opération de ce style ne s'improvisait pas.

– Je vais retourner au *Hilton* prendre ma voiture, dit-il. Ensuite, j'essaierai d'avoir des informations.

– Vous allez voir les Américains? demanda anxieusement Anna-Maria Ximenes.

– Oui.

Ses yeux brillèrent.

– Merci. Je savais que vous seriez de notre côté.

– Ne me remerciez pas encore, dit Malko. Je vais seulement explorer la situation.

La Mercedes noire de Gozzo attendait devant le perron. Anna-Maria l'accompagna. Il pleuvassait, un brouillard léger enrobait les arbres du parc. De nouveau la jeune femme broya les phalanges de Malko.

– Quand revenez-vous?

– Cela dépend, dit Malko. Est-ce que je peux vous téléphoner?

– Oui. Le 5648 à Mdina.

– Alors, à plus tard.

*
* *

Burt Holiday ressemblait à un hibou qu'on aurait arraché à sa sieste. La tête dodelinait furieusement d'avant en arrière. Malko s'était bien gardé de lui parler du projet d'enlèvement du major Abu Dhofar, n'y croyant pas trop lui-même. Mais on pouvait quand même essayer de négocier avec les Libyens. La théorie de Malko sur l'informateur de Susan Herring semblait l'intéresser. Et l'inquiéter en même temps.

– Que ferez-vous? demanda-t-il. Au cas où nos « cousins » accepteraient de vous communiquer cette information.

– Je n'en sais rien, avoua honnêtement Malko. Mais je suis à Malte pour récupérer Godfrey Borg et ses documents. Il est entre les mains des Libyens. Entrer en contact avec eux semble un devoir évident. Même si cela ne mène à rien...

L'Américain hocha la tête.

– *Right*. Mais vous n'avez rien à leur offrir...

– Les « cousins » pourraient peut-être m'aider, suggéra Malko. Ils n'ont pas dû apprécier le traitement subi par Susan Herring.

– Non, reconnut Burt Holiday, mais c'était une « stringer », une contractuelle. Ils ont quand même débloqué un crédit de 500 livres maltaises pour l'enterrement, près de 1 500 dollars. C'est un beau geste, non?

– Superbe, dit Malko. Avec John Fitzpatrick, cela commence à leur faire pas mal de frais de fleurs. Ils en ont peut-être assez. Bon, ne tournons pas autour du pot. J'ai besoin de voir votre homologue britannique. Pouvez-vous arranger un rendez-vous?

La tête de Burt Holiday s'arrêta de dodeliner.

– Je peux lui demander, dit-il avec prudence, je ne promets pas qu'il accepte. Les Anglais sont toujours longs à réagir. De plus, il risque de vouloir garder le nom de cet informateur pour lui.

Dans le monde parallèle, on ne donne rien pour rien.

– J'ai une information qui pourra l'intéresser, dit Malko. Le nom d'un des assassins de Susan Herring. Cela peut servir pour les archives. On finit toujours par régler les comptes un jour ou l'autre.

Les yeux de veau de l'Américain s'animèrent légèrement.

– Oui, en effet, dit-il.

– Alors?

– Retrouvez-moi, vers trois heures, chez moi. A Ta'xbiex. C'est facile à trouver. Demandez l'ambassade de France. Ensuite vous continuez tout droit, c'est la maison qui fait le coin de la route du bord de mer. Juste en face de la marina des yachts. Vous avez de la chance, c'est le jour où je le vois. (Il jeta un coup d'œil éloquent à sa montre.) Bon, je vous laisse. A tout à l'heure.

*
* *

Une rangée de yachts plus ou moins désarmés s'alignaient le long du petit quai tranquille. Dans le lointain, Malko apercevait la masse ocre des remparts nord de La Valette. Ta'xbiex était un merveilleux port naturel. Jadis, il y avait beaucoup plus de bateaux, mais le nouveau gouvernement maltais avait multiplié les tracasseries et les étrangers avaient fui.

Le temps s'était dégagé, la pluie avait cessé. Malko remonta dans sa Granada. Il était en avance. Au *Hilton,* il avait aperçu, se bronzant à la piscine, Tamra et son amie anglaise, se gardant bien d'aller les voir. Malte ressemblait plus que jamais à un comté anglais endormi transporté en Afrique par un coup de baguette magique. Il fallait un sérieux effort d'imagination pour se dire qu'il existait une lutte souterraine et féroce pour cette île nue comme la main, endormie au soleil de décembre, comme un porte-avions ancré au large de l'Afrique. Malko était anxieux d'avoir la réponse des « cousins » anglais. D'elle dépendait la suite de sa mission.

La maison de Burt Holiday évoquait la Virginie avec son perron surélevé encadré de deux colonnes blanches et desservi par un double escalier. Malko monta celui de gauche et sonna. Derrière lui, l'île Manoel ressemblait à une forteresse maure avec ses remparts crénelés et massifs. Une vieille servante toute noire ouvrit la porte et introduisit Malko sans un mot, le menant à un salon d'angle qui donnait sur la mer.

Burt Holiday était seul. Il vint vers Malko.

– Notre ami vient de partir, dit-il, il ne tenait pas à vous rencontrer.

– Je vois, dit Malko, déçu.

Le rêve d'Anna-Maria Ximenes s'écroulait avant même d'avoir commencé...

– Mais il est d'accord, ajouta l'Américain. A condition que nous échangions les informations pour la suite. Le nom de l'assassin de Susan Herring ne l'intéresse pas. (Il sourit.) Je crois que cela l'obligerait à faire un rapport pour Londres et il n'en a pas la moindre envie. Par contre, il veut savoir ce qui va arriver. Et avoir accès aux documents si nous les récupérons.

– Nous n'en sommes pas là, soupira Malko. Vous avez le nom ?

– Tenez.

Il tendit à Malko une feuille de papier, où il n'y avait que deux mots. Mahmoud Faradj.

– Comment le contacte-t-on?

– D'après les « cousins », un des hommes directement sous les ordres du major Abu Dhofar. Il avait déjà été contacté en Libye. A eu des problèmes avec ses chefs parce qu'il lui arrive de boire, et qu'il est homosexuel. Apparemment, les « cousins » lui versaient une petite rente mensuelle. Ou il a été découvert et a voulu se racheter.

– Où peut-on le trouver?

– Il est tous les soirs à l'*Hôtel Preluna,* à Sliema. Dans une boîte qui s'appelle le « Skyroom ». C'est plein de Libyens. Malko réfléchissait. Lui était marqué. Impossible d'effectuer un contact direct. D'autre part, il y avait de fortes chances pour que l'agent libyen du MI 5 ne se manifeste plus auprès de ses employeurs anglais après la mort de Susan Herring.

– Vous avez une photo?

– Non. Mais vous ne pouvez pas le rater. On dirait un if à cause de ses cheveux. Une énorme boule taillée en « afro ». Moustache tombante à la Gengis Khan et des boutons partout. Il s'habille souvent de façon assez excentrique.

Malko en savait assez.

– Je vous remercie, dit-il. Je vais me mettre en campagne.

Burt Holiday le suivit dans l'entrée, ses gros yeux de veau pleins d'inquiétude.

– Je suis obligé de signaler à Langley que je vous ai donné cette information, dit-il. Rendez-moi compte si vous parvenez à établir un contact. Et surtout, ne faites pas d'imprudence. Ou ne vous laissez pas entraîner à des actions, euh... violentes.

Le malheureux chef de station était dans ses petits souliers.

La période glorieuse « cape et épée » de la CIA était bien terminée.

Malko courut presque jusqu'à la Granada. Il avait beau se dire à lui-même qu'il serait « sage », qu'il ne prendrait aucune décision inconsidérée, il savait qu'il avait mis le doigt dans l'engrenage où voulait l'entraîner la dangereuse Anna-Maria Ximenes.

Au nom de l'Ordre Souverain de Malte. La nouvelle croisade du XXe siècle.

Machinalement, il suivit le Strand, la promenade du bord de mer, reliant Gzira à Sliema, bordée sur sa gauche de vieilles maisons typiquement anglaises. Il se retrouva à Sliema, franchit la colline qui terminait le quartier résidentiel et tomba sur Tower Road, passant devant l'ambassade de Libye. Un peu plus loin, il retomba dans Saint George Road. A droite c'était le *Hilton* et la paix. A gauche, la route de Mdina et Anna-Maria.

Au dernier moment, il s'engagea à gauche, empruntant la petite côte qui filait vers le nord-est de Malte.

CHAPITRE 9

Gozzo entreprit de curer un de ses ongles avec son crochet de boucher. Étant donné la saleté qui s'y était accumulée depuis son enfance, cela semblait une tâche presque impossible. Son front plissé révélait un effort profond. Lui, Anna-Maria Ximenes et Malko se trouvaient dans le fumoir à la selle de cheval. Réfléchissant à se faire exploser tous les vaisseaux du crâne... Les informations ramenées par Malko étaient finalement assez minces. Le nom d'un Libyen, plus ou moins « retourné », qui avait sûrement trahi sa « traitante » et on ne peut plus délicat à manier.

Du côté des Libyens, c'était le silence. Aucun indice sur le lieu où pouvait se trouver Godfrey Borg. Ni sur ce qui lui était arrivé. Malko pensa qu'ils étaient peut-être en train de se donner du mal pour rien. Mais, tant qu'ils ne seraient pas certains, il fallait tenter de récupérer le banquier maltais. Ne serait-ce que pour lui sauver la vie... Tout à coup, après avoir presque nettoyé son index, Gozzo posa son crochet par terre et lâcha quelque chose en maltais.

– Un de ses amis, Cassar, est homosexuel, traduisit aussitôt Anna-Maria. Barman dans un restaurant de La Valette.

– Intéressant, reconnut Malko. Jusqu'à quel point peut-il l'utiliser?

Question-réponse dans la langue gutturale et incompréhensible. Pleine de chuintements et de déchirements très arabes. La jeune femme répercuta l'avis de Gozzo.

– C'est un bon ami, qui l'a déjà aidé pour coller des affiches. Un nationaliste. Il n'aime pas les Libyens.

– Ce Mahmoud Faradj représente notre unique chance de savoir ce qui est arrivé à Godfrey Borg, souligna Malko. Mais il ne parlera pas facilement. Il faut lui faire un petit « montage ». En utilisant l'ami de Gozzo.

Dans sa tête, Malko était en train de monter un petit système, pas d'une élégance folle, mais qui pourrait donner des résultats. Après tout, ils étaient en guerre. Il n'y avait pas une minute à perdre, parce qu'ils risquaient de n'avoir plus que quelques morceaux de Godfrey Borg à se mettre sous la dent s'ils tardaient trop.

– Il faut que je voie l'ami de Gozzo, dit-il. Le plus vite possible. Afin de décider s'il peut faire l'affaire.

On repartit dans le maltais. C'était horrible de voir sortir ces sons gutturaux de la jolie bouche d'Anna-Maria Ximenes. Gozzo, sous le poids de ses nouvelles responsabilités, semblait se tasser.

Il se leva, prit le téléphone, composa un numéro et parla longuement. Anna-Maria suivait avidement la conversation. Elle se tourna vers Malko.

– Cassar est d'accord pour vous rencontrer avec Gozzo. Dans une heure. A La Valette. Vous connaissez le *English Bar*, dans Republic Street ?

– Non, mais je trouverai, dit Malko. La Valette, ce n'est pas Tokyo. Vous êtes sûre que ce Cassar ne travaille pas pour le CID ?

– Non, affirma la jeune femme. Il est sûr.

– Dans ce cas, allons-y. Rendez-vous à La Valette dans une heure. Il vaut mieux y aller chacun de notre côté.

*
* *

Malko passa devant la majestueuse Auberge de Castille, bâtiment massif vieux de six siècles, marquant le début de La Valette. C'était là qu'avait jadis vécu le Grand Maître de l'Ordre. Maintenant, il était occupé par les bureaux du Premier ministre. Republic Street grouillait de monde, comme d'habitude. Il avait garé sa voiture dans le petit parking en face d'une minuscule pizzeria. Il était en avance. Le *English Bar* semblait sortir d'une rétrospective. Une vitrine poussiéreuse disparaissait sous un étalage de gâteaux crémeux et compliqués qu'on pouvait déguster sur place. Malko entra. Les boiseries d'acajou qui tapissaient le petit local étaient tellement noircies par la fumée qu'elles semblaient en ébène. Malko commanda une tarte au citron et un thé. A la table voisine, une Anglaise avec un chapeau à fleurs lui adressa un sourire complice.

Gozzo poussa la porte dix minutes plus tard, escorté d'un charmant éphèbe, très androgyne, aux longs cheveux mais sanglé dans un pantalon et un blouson de cuir noir, avec une énorme ceinture dorée et une chemise ornée de boutons de nacre. Ses bottes avaient des talonnettes de dix centimètres, les cheveux noirs poisseux de gomina lui tombaient dans les yeux. Des traits féminins avec un nez retroussé et une grande bouche mobile. Il enveloppa Malko d'un regard concupiscent et doux. Sa poignée de main avait la chaleur d'une caresse. Ses yeux délicatement soulignés de bleu se baissèrent pudiquement pour ne pas affronter le regard des yeux dorés de Malko.

– Il est prêt à nous aider, annonça Gozzo.

Malko se dit qu'ils faisaient un couple très assorti. Cassar avait commandé la même tarte au citron que lui. Avec un Martini Bianco.

Touchant.

– Il sait que cela peut lui apporter des ennuis? souligna Malko.

Gozzo montra ses dents éblouissantes.

– J'ai promis de le protéger.

– Dans ce cas, dit Malko, je vais vous expliquer ce qu'il faudrait faire.

– Il connaît de vue le type qui nous intéresse, coupa Gozzo. Il vient souvent au restaurant où travaille Cassar.

Ce dernier entra dans la conversation, en très bon anglais.

– Oh! dit-il d'une voix sucrée, je l'ai vu plusieurs fois. (Il rit.) Un jour, il m'a même dragué. Mais je n'étais pas seul. Il boit beaucoup, je lui prépare des cocktails. Chez nous, il se sent bien. Partout, on vole les Libyens. Vous pensez, dans des bars minables de Ball Street on leur fait payer une bière une livre!

Malko écoutait de toutes ses oreilles. Cassar semblait le personnage parfait pour le « montage ». Assez voyou pour ne pas s'offusquer de la proposition de Malko, assez pute pour que cela l'amuse et assez malin pour ne pas effaroucher le Libyen. Le fait qu'il le connaisse facilitait grandement les choses...

– Voici ce que je voudrais, commença Malko.

Il parla pendant près de vingt minutes. De temps à autre, Cassar émettait un petit rire ravi. C'est la fin du plan qui lui plaisait le plus. Il regarda sa montre.

– Je dois retourner au *Papagalli.* Mais je suis d'accord.

De nouveau, il enveloppa tendrement la main de Malko, et sortit d'une démarche qui aurait fait envie même à la somptueuse Tamra. Gozzo rayonnait.

– Il est bien, hein? dit-il.

– Parfait, reconnut Malko. Il tiendra le coup?

Le Maltais sourit.

– Oh! oui, il adore faire des coups comme ça. Son ancien boy-friend avait failli le tuer. Cassar lui avait découpé tous ses costumes... C'est moi qui l'ai sorti d'affaire. (Il hésita.) Et puis...

– Quoi? demanda Malko.

– Il voudrait une gourmette en or, si ça marche. Ou au moins en plaqué...

– Il l'aura, assura Malko.

Les comptables de la CIA auraient du mal à mettre ça dans une rubrique convenable... Maintenant, le compte à rebours était commencé. Il n'y avait plus qu'à prier.

*
* *

Malko avait choisi le coin le plus sombre du *Skyroom.* Juste derrière un pilier, face à l'orchestre. Heureusement, l'*Hôtel Preluna* ne se ruinait pas en électricité pour éclairer la salle... Sur la piste une fille très jeune, avec un blue-jean usé jusqu'à la corde et de gros seins mous enrobés de laine noire, se démenait en face d'un grand Libyen maladroit au visage d'oiseau de proie, sous l'œil attendri de la maman de sa conquête... Les trois quarts de la clientèle étaient des Libyens. Quelques-uns accompagnés de créatures plus ou moins fraîches, la plupart en groupes ou seuls au bar. Il y en avait ainsi une brochette tournant le dos au barman, fixant d'un œil torve la piste de danse.

Mahmoud Faradj était au bout, côté sortie, là où un Maltais tamponnait le poignet de ceux qui voulaient aller satisfaire un besoin naturel; au rez-de-chaussée.

Il était seul. Devant un Kinnie, sorte de Pepsi-Cola local. Malko était pratiquement certain qu'il s'agissait de lui, la chemise ouverte sur le poitrail velu, les pointes des moustaches descendant jusqu'au maxillaire, les cuisses serrées dans un blue-jean moulant sans discrétion ce qu'il avait à offrir.

Malko se sentait un peu nerveux d'être au milieu de tous ces Libyens. Mais le « service » du major Dhofar paraissait se désintéresser totalement de lui. Ce qui n'était pas bon signe. Tamra s'était volatilisée, bien qu'elle occupât toujours la chambre voisine. Si ses chefs la « réanimaient », cela voudrait dire que Malko redevenait gênant...

Donc le prochain sur la liste.

Une silhouette franchit la porte et se dirigea vers le bar. Cassar. Le cheveu noir luisant de gomina, la démarche ondulante, moulé dans son ensemble de cuir noir, la taille cambrée et l'œil charbonneux. Longeant le bar, il alla s'installer sur le tabouret voisin de Mahmoud Faradj et commanda un Martini Bianco.

*
* *

Le regard tendre de Cassar trouva celui du Libyen, l'accrocha, puis descendit lentement pour se fixer sur ce que les homosexuels appellent entre eux le « paquet-Bonux ». Moulés par le blue-jean trop étroit du Libyen, ses attributs se détachaient avec une précision anatomique. Le Maltais les détailla longuement puis son regard remonta, retrouvant celui du Libyen. Le contact était établi. Ce regard précis et localisé était le signe de reconnaissance international. Mahmoud Faradj détailla lui aussi ce que l'autre avait à offrir, puis la ceinture en crocodile et la chaîne en or sur la poitrine. Comme tous les Arabes, il adorait les bijoux.

Lentement, Cassar fit pivoter son tabouret pour se trouver en face du Libyen. Son genou avança, entre les cuisses de l'autre, jusqu'à ce qu'il touche le sexe moulé par la toile bleue. Puis, il commença à bouger très lentement. L'érection du Libyen se développa à la vitesse d'un éclair, tendant le jean, révélant son membre avec une précision insolente. Le genou s'arrêta, recula. Les deux hommes n'avaient pas échangé un mot. Dans la pénombre, leur manège passait complètement inaperçu. Cassar passa sa langue sur ses lèvres, posa un billet sur le comptoir et glissa de son tabouret, sans avoir touché à son Martini Bianco.

Mahmoud Faradj le suivit, les yeux fixés sur ses fesses moulées par le cuir noir. Salivant d'avance.

Dès qu'ils furent dehors, Cassar dit avec un sourire enjôleur :

– *Let me buy you a drink, first* (1).

*
* *

Malko se forçait à observer la fille qui se trémoussait à se décrocher les seins, le temps d'un jerk interminable. Lorsqu'il tourna la tête, Cassar et le Libyen franchissaient la porte. Le début d'une belle histoire d'amour...

Il acheva d'un trait son Gaston de Lagrange et se dirigea à son tour vers la sortie. Rassuré.

Le hall du *Preluna* était désert. Gozzo attendait dans la Mercedes, garée un peu plus loin sur Tower Road. Malko prit place à côté de lui.

– Je crois que c'est bien parti, annonça-t-il.

Gozzo eut un sourire carnassier et murmura quelque chose dans son anglais rocailleux sur l'utilité d'avoir des copains pédés. Puis, il démarra, direction La Valette, suivant le bord de mer. Tower Road était déserte et on se serait cru à Brighton à cause de tous les petits hôtels s'alignant en bord de mer. Malko essaya d'oublier que le chef de station de la CIA n'était absolument pas au courant. Ce qui valait peut-être mieux, étant donné ce qui allait se passer...

(1) Laissez-moi vous offrir un verre, d'abord.

CHAPITRE 10

– *That's good* (1)?

– *Oh yes. Very good, very good* (2)...

Froidement, Cassar versa un peu plus d'anisette pure dans le verre de champagne de sa nouvelle conquête. Mahmoud Faradj avala le mélange abominable d'un trait!

Ravi.

Avant de venir à Malte, il n'avait jamais goûté une boisson alcoolisée à cause de la stricte loi coranique en vigueur dans le paradis libyen. Quarante coups de bâton pour un J and B, c'était trop cher. Il était persuadé que ce mélange représentait le plus délicat des cocktails... Les pointes de ses moustaches humectées, il leva les yeux au ciel de bonheur, coulant ensuite un regard brûlant à Cassar. C'est ce dernier qui régalait. Le couple était arrivé une demi-heure plus tôt et s'était installé au premier étage du *Papagalli*. Un des rares restaurants de La Valette qui ne ferme pas à dix heures du soir. Malko et Gozzo étaient déjà à une des petites tables le long des murs blancs décorés d'objets divers. Cassar et le Libyen, installés sur les tabourets du bar, leur tournaient le dos.

(1) C'est bon?
(2) Oh ! oui. Très bon, très bon...

– *One more for the road* (1)!

Sans attendre la réponse, Cassar reversa une bonne rasade d'anisette, la même quantité de champagne et touilla vigoureusement. La couleur du mélange aurait fait reculer un alchimiste chevronné, mais le Libyen avala tout d'une rasade, extasié. Sa main commençait à s'égarer vers les fesses de son compagnon, qui baissa pudiquement les yeux. Si ça continuait, Mahmoud Faradj allait être dans un tel état qu'il ne pourrait même pas faire ce qu'on attendait de lui.

– Descendons dîner, souffla Gozzo à Malko.

Le restaurant lui-même se trouvait en sous-sol, dans une ancienne cave. Ils descendirent l'escalier étroit. A cette heure tardive la salle était presque vide. Des haut-parleurs diffusaient de la musique classique, les tables étaient arrangées avec goût.

Mahmoud Faradj et Cassar apparurent quelques minutes plus tard. Les yeux du Libyen commençaient à être nettement vitreux. Malko se plongea dans son « Rabbit pie », surveillant le Libyen. Celui-ci ne semblait pas avoir grand appétit... Cassar lui versa une généreuse rasade du poison local à 14°, Lacryma Vitis. Ce fut fatal à Mahmoud Faradj. Il étouffa un hoquet et vira tout à coup au vert.

– Ça ne va pas? demanda affectueusement Cassar.

L'autre secoua la tête sans répondre. Blanc comme un linge. Se retenant. Il était à point. Aussitôt, son futur amant de cœur l'aida à se lever.

– *Come to the sauna.*

Le sous-sol du restaurant formait tout un complexe, avec sauna, salle de gymnastique et une petite piste de danse entourée de banquettes moelleuses. Les murs blancs étaient décorés d'objets bizarres avec beaucoup de goût, et la cuisine nettement au-dessus de la moyenne de Malte... L'un soutenant l'autre,

(1) Un dernier verre pour la route!

Cassar et le Libyen passèrent devant Malko et disparurent par une petite porte, à côté de celle de la cuisine.

Gozzo étouffait un fou rire à grand-peine.

– *Cassar is OK*, dit-il.

C'était le moins qu'on puisse dire...

Le Maltais se leva.

– Je vais chercher le matériel.

Malko eut du mal à finir son « Rabbit pie ». Tout cela lui paraissait trop facile. Enfermée dans son « château fort », Anna-Maria Ximenes attendait le résultat de leurs efforts en brûlant des cierges.

Gozzo réapparut, un sac de cuir à l'épaule. Au passage, il dit un mot à un des garçons. Personne ne viendrait les déranger. Malko se leva et rejoignit le Maltais.

Gozzo poussa la porte par où avait disparu le Libyen. Ils débouchèrent dans un étroit couloir où flottait une vapeur blanchâtre et chaude. La porte du sauna était juste en face.

Gozzo posa sa sacoche de cuir contre le mur, l'ouvrit et en sortit un Leica R.3 équipé d'un flash. Lorsque le Maltais poussa la porte du sauna, Malko le suivit. D'abord, à cause de la vapeur, il ne vit pas grand-chose. C'était une petite pièce, comportant une sorte de banquette en lattes de bois, à travers lesquelles sourdait la vapeur. Il devait faire environ 120° et l'humidité prenait à la gorge. Mahmoud Faradj était assis sur la banquette, le haut du corps appuyé au mur, les yeux fermés, respirant lourdement, entièrement nu sauf une serviette lui couvrant le ventre. Tous ses vêtements étaient soigneusement pliés dans un coin. Comme Cassar, il eut un sourire canaille en voyant les deux hommes. Gozzo lui adressa un regard éloquent.

Il écarta la serviette, découvrant le sexe du Libyen. Aussitôt, d'un geste automatique, Mahmoud Faradj lui prit les cheveux à pleine main et lui abaissa la tête jusqu'au ventre.

Malko et Gozzo s'étaient reculés un peu, de façon à ne pas être dans son champ de vision. Afin d'être plus à l'aise, ce dernier s'agenouilla sur le sol du sauna.

La scène dégoûtait profondément Malko. Son écœurement grandit lorsqu'il vit le sexe de Mahmoud Faradj s'allonger et grossir en quelques secondes.

Moins d'une minute plus tard, le Libyen rejeta la tête en arrière. Ses mains se crispèrent sur le rebord de bois du sauna et il poussa un grognement sourd. En même temps, il écarta avec brutalité la tête de l'éphèbe, dégageant un sexe toujours en érection. Sans un mot, il se leva, prit Cassar par la nuque, le releva et le courba sur la banquette. Avec la même violence, il tâtonna à peine et s'enfonça d'une seule poussée dans les reins offerts du jeune Maltais. Ce dernier poussait de petits gémissements de volupté, tandis que l'autre s'activait dans son dos. Son sexe était tendu à se rompre, et tout à coup il éjacula, ce qui sembla troubler profondément le Libyen.

Cassar se retourna, l'air enamouré. Son sexe avait nettement molli, restant encore de dimension respectable. Mahmoud demanda curieusement :

– Pourquoi tu te fais sauter avec ce que tu as là?

Au lieu de répondre, Cassar, plus chatte que jamais, passa un bras autour de la nuque du Libyen et l'attira très doucement vers son ventre. D'abord, Mahmoud eut un violent mouvement de recul. Mais Cassar continuait à lui masser la nuque en lui parlant doucement. Alors, comme s'il se jetait à l'eau, il pencha la tête et prit dans sa bouche le membre de Cassar.

Il y était arrivé !

Gozzo poussa le bouton de chauffage du flash. Une petite lumière jaune s'alluma. Malko détourna la tête, honteux de ce qu'il faisait. Sale métier, décidément.

Le premier éclair de flash prit le Libyen complètement par surprise. Gozzo s'était avancé à deux mètres du couple et appuyait sur son déclencheur. Au second éclair, Mahmoud Faradj réalisa la vérité et arracha sa tête du sexe avec un grognement inarticulé. D'un coup de pied il repoussa Cassar et oscilla debout, le sexe en bannière, face au Leica de Gozzo.

Le flash cracha encore deux fois. Quand le Libyen se rua vers lui avec un hurlement de fureur, le malicieux Cassar s'enroula autour de ses jambes poilues et ils roulèrent tous les deux sur le carrelage. Gozzo tendit son appareil à Malko, plongea la main dans sa poche et en ressortit un cylindre métallique. Une petite matraque coulissante. D'un coup sec, il frappa le Libyen encore à quatre pattes sur la tempe gauche. Celui-ci, avec un grognement, s'effondra sur le côté.

– Rhabille-toi et fous le camp, dit Gozzo sans tendresse à Cassar.

Celui-ci obéit sans dire un mot, coulant un regard en dessous à Malko. Il devait penser à sa gourmette. Il se faufila hors du sauna. Aussitôt, Gozzo prit un rouleau de fil de fer dans son sac de cuir et immobilisa le Libyen, sans même le rhabiller.

Il coupa la vapeur et précéda Malko hors de la pièce. Ensuite, il ferma à clef.

– Le type que je connais m'a donné la clef de la porte de derrière, expliqua-t-il. Le restaurant sera fermé quand nous reviendrons. On sera tranquille pour discuter.

*
* *

Ce n'étaient pas des œuvres d'art, mais, pour ce qu'ils voulaient en faire, cela suffisait largement... Malko parcourut rapidement des yeux les tirages 24 × 36 effectués en toute hâte par Gozzo dans un laboratoire voisin, appartenant à un de ses amis.

Il n'y en avait qu'une qui comptait réellement : celle où Mahmoud Faradj était agenouillé devant Cassar, en train de lui administrer une vigoureuse fellation. La honte des hontes pour un Arabe. Honte triplée, puisqu'il s'agissait d'un non-Arabe. Jamais les homosexuels arabes ne se laissaient aller à ce genre de fantaisie. Il avait fallu l'orgasme de Cassar pour faire fondre Mahmoud.

Gozzo ramassa les photos, ravi.

– *That's good, no?*

Malko préféra ne pas répondre. Si la vie d'un homme n'avait pas été en jeu, il n'aurait jamais organisé ce chantage abominable. Après tout, le Libyen avait bien le droit de préférer les hommes aux femmes... bien que le Coran punisse la sodomie de mort... Ils sortirent du labo et remontèrent les escaliers déserts de St. John Street pour regagner Britannia Street. Il n'y avait plus un chat dans La Valette. Le restaurant désert sentait le graillon et l'huile rance. La porte du sauna était toujours fermée. Gozzo tourna la clef dans la serrure.

Mahmoud Faradj grelottait en se tortillant sur le sol, les yeux hors de la tête, grognant des mots inintelligibles. Lorsqu'il vit les deux hommes, il se tut brusquement et se recroquevilla sur lui-même. Gozzo le souleva comme un paquet pour le poser sur la banquette, face à eux.

Lorsqu'il vit les photos, ses yeux prirent une expression de panique horrifiée telle, que Malko passa très près de ce qui aurait pu être de la pitié.

Il tenta, les mains toujours liées, de se jeter sur le Maltais. Celui-ci le repoussa brutalement en arrière.

– Calme-toi, pédé !

Le Libyen regarda alternativement Malko et le Maltais. Puis éternua. Il faisait maintenant une température glaciale dans le sauna. Sans un mot, Gozzo poussa la photo la plus compromettante sous les yeux du Libyen. La laissant assez longtemps pour qu'il ait le temps de voir tous les détails... Au fur et à mesure, ses traits se décomposaient, ses yeux prenaient une expression hagarde. Brutalement, Gozzo lui demanda :

– Tu parles anglais?

– *Yes,* fit le Libyen.

Faradj essayait de cacher son angoisse, mais ses yeux revenaient sans cesse aux photos. Soudain, il demanda :

– *You want money* (1)*?*

Gozzo secoua lentement la tête.

– *No.*

Une lueur d'incompréhension passa dans les yeux noirs du Libyen.

– Comment tu t'appelles? demanda Gozzo.

– Mahmoud, fit l'autre, Mahmoud Faradj.

De toute façon, ses papiers étaient dans ses affaires.

– Qu'est-ce que tu fous à Malte?

– Je suis professeur à l'Institut technique, à St. Andrews.

Il reprenait de l'assurance, l'effronté. Gozzo le sentit et se hâta de mettre bon ordre à cela. Brusquement, il hurla :

– Professeur! Professeur de pipes, oui! Tu as fini de te foutre de notre gueule?

Son explosion avait été si soudaine que même Malko avait été pris par surprise. Le Libyen sembla se recroqueviller, toujours grelottant, physiquement effrayé par la masse de Gozzo.

– Mais enfin, qui êtes-vous? demanda-t-il plaintivement, que voulez-vous?

Malko pensa que c'était le moment d'intervenir. D'une voix posée, il demanda :

– Vous connaissiez une certaine Susan Herring?

S'il avait encore eu des doutes, ils auraient été dissipés

(1) Voulez-vous de l'argent?

par la réaction du Libyen. Mahmoud Faradj vira au livide, son regard fuit, sa pomme d'Adam monta et descendit. Il avait compris. D'un effort surhumain, il parvint à articuler :

– Non, je ne connais pas cette personne.

– Pourtant, vous avez travaillé pour elle, continua Malko. Il y a des preuves. Le soir où elle a été assassinée, c'est à vous qu'elle a ouvert la porte.

Mahmoud Faradj avait l'impression qu'un concasseur lui broyait la poitrine. Il se réfugia dans le silence. C'était encore la meilleure solution. S'ils voulaient le tuer, ils le tueraient. Mais il soupçonnait quelque chose de pire.

Ces deux-là étaient comme lui, des gens du monde parallèle. Il avait été stupidement imprudent. Et il mourait de froid.

– Je connaissais Susan Herring, dit encore Malko. Elle a été tuée d'une façon assez abominable. Vous ne trouvez pas?

Silence total.

– C'est vous qui l'avez enflée avec son trombone? continua Malko. C'était une idée originale.

Mahmoud Faradj essaya de chasser certaine vision. Surtout ne pas entrer dans le jeu. Cela faisait partie de la mise en condition.

– Ne parlons plus de Susan Herring, dit Malko. Cela ne la ressuscitera pas. Mais vous pouvez nous rendre un service pour effacer de mauvais souvenirs...

Dans un sursaut de dignité, le Libyen recouvra la voix.

– Je ne sais rien, je ne comprends pas ce que vous voulez dire.

Malko le fixa droit dans les yeux.

– Vous avez vu les photos? Celles-là, vous pouvez les prendre. Mais il y en a d'autres. Si vous refusez de collaborer, demain matin, le major Dhofar va en recevoir un jeu. A votre avis, comment va-t-il réagir?

Le Libyen baissa la tête, sans répondre, les lèvres serrées, n'arrivant même plus à avaler sa salive. Son regard tenta d'évaluer Malko. Puis fila vers le sol. Il s'était tassé sur lui-même, avait vieilli de dix ans en cinq minutes. Lorsqu'un membre d'un « service » se fait piéger de cette façon, il sait que cela finit toujours très mal. D'une façon ou d'une autre.

Ses adversaires ne bluffaient pas. Ce n'était pas une lutte à fleurets mouchetés. On tuait ou on était tué.

– Qu'est-ce que vous voulez? demanda-t-il à voix basse.

Il voulait encore espérer qu'il s'agissait d'une chose innocente. Pas trop compromettante. Qu'il pourrait expliquer.

– Où se trouve Godfrey Borg?

Il attendit une fraction de seconde de trop avant de dire :

– Je ne sais pas de qui vous parlez...

Ça, c'était la zone rouge. Gozzo, sans un mot, le gifla à toute volée.

– Il est vivant ou mort?

Mahmoud Faradj avait compris, mais Malko dut lire sur ses lèvres le mot « vivant ».

– En bon état?

Pas de réponse. Les épaules basses, le regard fuyant. Il n'en apprendrait pas plus là-dessus. Il était temps de passer à l'objectif numéro 2.

– Où habite le major Dhofar? demanda Malko.

– A l'Institut technique libyen, répondit Mahmoud. Tout le monde le savait.

– Il va au restaurant? Il a des amis maltais?

Le Libyen secoua la tête. Là, il était en terrain solide. Son major était un ascète, un fou du Coran. Sa seule richesse c'était un tapis de prières. Il ne buvait que du Pepsi-Cola, du Vichy Saint-Yorre et du Perrier.

– Il ne sort jamais, dit-il, sauf pour aller en mission ou à l'ambassade.

– Comment se déplace-t-il?

– En voiture.

Mahmoud ne comprenait pas... Ils ne voulaient quand même pas tuer le major Dhofar. Malko enchaîna :

– Il est seul dans sa voiture?

– Non, jamais, fit Mahmoud. Toujours deux de ses hommes avec lui. Armés, ajouta-t-il.

– On ne te demande pas de commentaires, pourriture, coupa Gozzo.

Malko intervint sur un ton beaucoup plus serein :

– Quel est, par exemple, l'emploi du temps du major Dhofar demain?

Mahmoud Faradj prit quelques secondes pour réfléchir. Il se méfiait beaucoup plus de Malko que de Gozzo. Ne pas dire de conneries, surtout. Et ne pas trop en donner.

– Il se lève à sept heures, dit-il, il fait sa première prière, ensuite il va avec les membres de son équipe faire du jogging jusqu'à huit heures. Puis, il prend une douche, son petit déjeuner et va au bureau. Soit à l'Institut technique, soit au Centre Culturel.

» Il déjeune où il se trouve, il travaille et il revient à l'école pour le dîner, vers six heures. A moins qu'il n'ait une visite officielle...

– Je vois, dit Malko. C'est un homme tranquille. Et sportif. Où fait-il sa course à pied? Il n'y a pas de stade à Malte.

– Sur la Sliema Regional Road. Ils vont jusqu'au rond-point où il y a The Greek Tavern, puis ils reviennent à l'Institut. Le major tient à ce que tous ses hommes fassent du sport.

– C'est très sain, dit Malko.

Il échangea un regard avec Gozzo et dit gentiment :

– Bien, je crois que ce sera tout pour ce soir... Il fallait une première prise de contact, n'est-ce pas.

Gozzo s'activa rapidement sur les liens du Libyen. Aussitôt libre, ce dernier se rhabilla à toute vitesse puis attendit, frottant machinalement ses poignets endoloris par les liens.

Il éternua de nouveau.

– J'aimerais vous revoir demain, suggéra Malko. Vous pouvez, en fin de journée?

– Oui, dit à contrecœur Mahmoud Faradj.

A quoi bon tergiverser? Il y avait les photos. Pour l'instant, il avait un sursis.

– Parfait, dit Malko. Alors à cinq heures, à Sliema. Vous connaissez la pizzeria « Il Fortizza »? Près du *Preluna*.

Il s'agissait d'un château fort bâti sur une avancée de terrain en bord de mer, avec d'impressionnants remparts... Mahmoud inclina la tête silencieusement. Il avait repris à peu près son sang-froid. C'est d'une voix presque normale qu'il demanda :

– *I can go, now?*

– Bien sûr, dit Malko.

Ils sortirent tous les trois par la porte de derrière, donnant dans St. Mark Street. Mahmoud Faradj s'éloigna vers le haut de la ville, marchant rapidement. Gozzo ne tenait plus en place.

– Elle va être contente, jubila-t-il.

Malko regardait la silhouette du Libyen se fondre dans l'obscurité de la petite rue.

– J'espère qu'il ne va pas aller raconter tout à son major, soupira-t-il.

Maintenant, il était au pied du mur. Cela avait trop bien marché. Il possédait tous les éléments pour tenter une action contre les Libyens. Sauf un : le feu vert de la CIA. Mais c'était un argument qu'Anna-Maria Ximenes ne prendrait pas en considération.

*
* *

Mahmoud Faradj émergea dans City Gate avec l'impression de sortir d'un cauchemar. La Valette était vide comme une ville fantôme. Il regarda machinalement sa montre : minuit et demi. Il n'y avait plus de bus pour St. Julian. Un policier en casquette plate faisait le guet dans Merchant Street, en face de la poste. Le Libyen pressa le pas, la tête en feu. Les photos de lui dansaient devant ses yeux et une image surtout lui était insupportable.

Il contourna presque en courant la fontaine aux Tritons, dominant le port. Réprimant une brusque envie de s'enfuir. Mais où ? Il était dans une île et ses camarades le retrouveraient facilement. Un couple attardé s'embrassait sous un arbre au terminus des bus, désert. Il était obligé d'aller jusqu'au *Phœnicia* pour trouver un taxi.

Ce n'est qu'une fois installé dans la Rover conduite par un moustachu taciturne qu'il essaya de faire le point.

Jamais il ne récupérerait les négatifs des photos. Il lui restait le choix entre plusieurs solutions. Tout raconter au major Dhofar, dire qu'il avait été entraîné dans un piège, mais il y avait ce moment de faiblesse incroyable.

De toute façon, il serait réexpédié immédiatement en Libye. A moins que le major ne le fasse passer en jugement pour mœurs contre nature. Khadafi ne plaisantait pas sur le sujet... Le taxi se lança dans la grande côte menant à Sliema, grimpant poussivement... Il ne restait plus que cinq minutes... Mahmoud Faradj se prit la tête à deux mains. Quel con il avait été de boire ! Mais cela ne servait à rien de pleurer.

Il fallait gagner du temps, vivre avec cette épée de Damoclès sur la tête.

Il chercha si dans ce qu'il avait dit il y avait quelque chose de vital, mais ne trouva rien. C'était normal. Au début, on ne voulait pas lui faire peur... Les trucs pointus viendraient plus tard.

Le taxi dévala le chemin longeant le petit port de St. Julian et se lança dans la rampe menant à l'Institut technique libyen. Un déclic se fit brusquement dans sa tête. Il était idiot ! Les employeurs de Susan Herring voulaient tout simplement reprendre la suite... Capitaliser sur les sommes investies. Comme ils n'avaient pas une confiance absolue, ils le « verrouillaient » avec un chantage. Tout continuerait comme avant, lorsqu'il renseignait un peu Susan Herring. Avec, évidemment, un petit quelque chose en plus. Mais il avait une bonne chance de s'en sortir.

Quand le taxi stoppa à la barrière baissée interdisant l'entrée du complexe, Mahmoud Faradj n'était pas parvenu à se décider. S'il ne parlait pas dès le lendemain matin, ensuite ce serait trop tard. S'il n'y avait pas eu la terrible photo de lui agenouillé devant l'autre, son sexe dans sa bouche, cela aurait été presque facile...

*
* *

Malko sonda les yeux sombres d'Anna-Maria Ximenes, cherchant à mesurer sa détermination. Gozzo, silencieux, fixait le sol de marbre. Le silence était presque palpable. Malko se sentit pris de vertige. Il se retrouverait exactement là où il n'avait pas voulu aller. A force de jouer à l'apprenti sorcier. Comme une réaction en chaîne qu'on ne contrôle plus.

– Vous ne mesurez pas les conséquences de votre acte, dit-il à Anna-Maria Ximenes. Nous ne connaissons pas tous les fils de cette histoire. Et surtout, nous ne savons pas si ce Libyen n'a pas été tout raconter à son major en rentrant. Auquel cas, nous serions dans de beaux draps.

La jeune femme était transformée en statue.

– Que vous le vouliez ou non, dit-elle, nous agirons demain matin. Vous venez, si vous voulez.

Elle se leva et sortit de la pièce, suivie de Gozzo, laissant Malko ivre de rage. Même s'il ne participait pas à l'enlèvement du major Dhofar, il en porterait la responsabilité vis-à-vis de la CIA et du MI 5. Et, si Mahmoud Faradj avait craqué, les autres les attendraient avec des mitraillettes...

Il allait encore passer une bonne nuit.

CHAPITRE 11

Le mouvement régulier de l'essuie-glace hypnotisait Malko, le poussant irrésistiblement au sommeil, après sa nuit blanche. Il l'arrêta. Le pare-brise de la Mercedes se couvrit en quelques secondes d'une fine buée déformant complètement le contour des choses. Ce n'était pas le moment. La voiture était arrêtée au coin de St. Andrews Road et de Sliema Regional Road, juste derrière le panneau de stop. A gauche, les deux voies de la mini-autoroute redescendaient vers Sliema, passant sous la colline de St. Julian. A droite, Sliema Regional Road s'incurvait vers l'ouest, filant au milieu d'un paysage désolé. Malko ne quittait pas des yeux l'entrée du tunnel où s'engouffraient les deux voies de l'autoroute. Le museau de la Mercedes était juste assez avancé pour qu'il ne soit pas trop visible d'en bas. De loin, on aurait dit une voiture attendant de plonger dans la circulation de la voie de gauche, descendant vers Sliema. Il était sept heures et demie, mais la circulation était déjà assez intense. Les Maltais se levaient tôt...

Le pare-brise était devenu opaque. Il remit l'essuie-glace en marche.

A côté de lui, Gozzo fumait une Rothmans et les deux autres Maltais, huileux, noirâtres et boutonneux, à l'arrière, n'avaient pas ouvert la bouche. Personne n'avait d'arme, à part le croc de boucher de Gozzo. Malko avait pris le volant de la Mercedes. Une silhouette en survêtement vert émergea soudain du tunnel, courant sur le bas-côté du Sliema Regional Road, montant vers la Mercedes. Environ 300 mètres séparaient la sortie du tunnel du sommet de la côte où se trouvait la Mercedes. Malko se tourna vers Gozzo.

– Les jumelles.

Le Maltais les lui tendit. La mise au point avait déjà été faite. Malko les braqua sur l'homme qui courait, distingua de grosses moustaches, de rares cheveux collés par la sueur. Ce n'était pas le major Abu Dhofar. Pourtant, lorsque les Libyens étaient partis pour leur « jogging » quotidien, l'officier était en tête des quinze hommes groupés.

C'était même la raison pour laquelle Malko avait décidé d'attendre le retour pour tenter leur action. Espérant que, là, ils seraient un peu moins groupés.

Que s'était-il passé?

Une brusque poussée d'adrénaline accéléra les battements de son cœur. Mahmoud Faradj n'avait-il pas été se confesser?

Rien n'interdisait au major Dhofar de revenir en voiture ou de tendre un contre-piège à Malko. Chaque Libyen pouvait dissimuler facilement une arme sous son large survêtement. En une fraction de seconde, Malko imagina ce qui pouvait se passer, vit son avenir basculé. Burt Holiday ne savait rien de ce qu'ils allaient tenter. En cas de coup dur, Malko risquait de se retrouver dans une prison maltaise jusqu'à ce qu'il ait des cheveux blancs... Mais c'était trop tard pour revenir en arrière. Un second « jogger » apparut, une dizaine de mètres derrière le premier, puis un troisième. Malko avait dans l'œil la silhouette minuscule du major libyen. On ne pouvait pas le rater.

Le premier « jogger » se rapprochait. Il risquait de

s'étonner de voir la voiture arrêtée indéfiniment au stop.

– Qu'est-ce qu'on fait? demanda Gozzo nerveusement.

– Il faut y aller, dit Malko.

De toute façon, ils ne pouvaient pas rester là. La Mercedes démarra doucement, s'arrêta quelques secondes au stop. Malheureusement, aucun véhicule n'arrivait sur sa droite et Malko dut redémarrer tout de suite. Un autre « jogger » émergea du tunnel, puis un autre encore... Toujours pas de major Dhofar. Malko conduisait le plus lentement possible. Après d'interminables secondes, il arriva à la hauteur du premier « jogger », qui jeta à peine un coup d'œil à la voiture. Les autres Libyens, la bouche ouverte, les traits tirés, les coudes au corps, n'y prêtèrent pas plus attention. Malko était maintenant à quelques mètres de l'entrée du tunnel. Six « joggers » étaient déjà passés, plus ou moins espacés. Il alluma ses phares. Le faisceau éclaira les cent mètres du tunnel : aussi vide de voitures que de « joggers » !

Le major Dhofar s'était volatilisé ! Avec plusieurs de ses hommes. Furieux, Malko appuya sur l'accélérateur. C'était fichu. Mahmoud avait dû parler. Le major Dhofar avait dû rentrer à l'Institut libyen par un autre chemin. Ils avaient franchi les trois quarts du tunnel lorsque Malko aperçut de l'autre côté quatre silhouettes groupées en entourant une cinquième, beaucoup plus petite ! Gozzo poussa un rugissement de joie.

Le major libyen avait tout simplement été victime d'un claquage et regagnait l'Institut encadré par les plus fidèles de ses hommes !

Ce qui n'allait pas faciliter les choses...

Ils étaient déjà presque à leur hauteur. Il y avait encore trois autres Libyens qui couraient péniblement cent mètres derrière le groupe du major. Ce dernier semblait prêt à s'écrouler, la bouche grande ouverte, les pieds traînant sur le sol, penché en avant.

Un brusque écart vers la gauche et la Mercedes freina juste en face du major Dhofar. A travers le pare-brise, il vit le Libyen lever la tête avec une expression surprise, croyant à une fausse manœuvre. Machinalement, il fit un crochet pour éviter la Mercedes.

Les trois portières de la voiture s'ouvrirent en même temps. Gozzo, l'écartant d'un coup d'épaule, saisit le major à bras-le-corps et le décolla du sol comme un enfant. Un des Maltais de l'arrière faisait déjà le tour de la Mercedes et ouvrait le coffre. Les autres Libyens n'avaient pas encore réalisé ce qui se passait que la moitié du major Dhofar avait disparu dans le coffre de la Mercedes. Gozzo, penché sur lui, essayait de l'y faire entrer complètement. Le plan initial était de l'assommer. Mais, dans cette hypothèse, il n'y avait pas quatre autres Libyens.

Ceux-ci, revenus de leur surprise, se ruèrent vers la Mercedes. Gozzo lâcha le major, immédiatement repris en main par le second Maltais boutonneux. Sortant le crochet de boucher de sa ceinture, Gozzo fit un moulinet avec, qui les arrêta net. A l'arrière de la Mercedes, le major luttait toujours. Encore essoufflés par leur course, les Libyens se regroupaient, barrant la route. Les trois autres se rapprochaient dangereusement. Un de ceux qui encadraient le major se mit à hurler en arabe pour rameuter ses camarades. Aussitôt, ils se déployèrent à travers l'autoroute, bloquant le passage. S'ils ne décollaient pas dans les vingt secondes, ils étaient coincés. Par la glace ouverte, Malko cria à Gozzo :

– Vite, remontez, laissez le coffre ouvert.

Gozzo reculait centimètre par centimètre devant les quatre Libyens. Son copain luttait toujours à l'arrière contre le major. Gozzo hurla en maltais et le boutonneux se laissa basculer dans le coffre, entraînant le Libyen. Les jambes des deux hommes émergeaient du coffre, mais ils ne touchaient plus terre. Malko enclencha la marche arrière et écrasa l'accélérateur. La Mercedes fit un bond en arrière de cinq mètres, faisant hurler ses pneus.

Gozzo et le troisième Maltais décrochèrent précipitamment et se jetèrent dans la voiture par les portières ouvertes.

La Mercedes était en travers de l'autoroute. Malko repassa en première et bondit vers le talus herbeux séparant les deux voies qu'il franchit avec une effroyable secousse. Tournant le volant à fond, il prit la direction du nord-ouest. Un des Arabes avait eu le temps de s'accrocher à la portière arrière droite et courait le long de la voiture en criant des injures. Gozzo ouvrit la glace, leva le bras et lui planta son crochet de boucher dans la main. L'autre lâcha prise avec un hurlement et roula à terre.

Malko évita de justesse une voiture. Les Arabes couraient toujours, mais ils n'étaient plus dangereux. Par contre, les quatre jambes sortant du coffre risquaient de les faire remarquer. Malko accéléra encore, les dents serrées, un œil dans le rétroviseur. Les Libyens allaient donner l'alerte. Il y avait quand même une police à Malte.

Cinq cents mètres plus loin, il vira à gauche dans un petit chemin menant à Il Mielah, s'arrêta un peu plus loin devant le fourgon bâché. Cinq hommes en jaillirent. Il y eut une mêlée confuse à l'arrière de la Mercedes. Quand Malko en sortit, le major Dhofar avait disparu, avalé par le fourgon. Gozzo poussa Malko vers l'avant de ce dernier.

– Vite, vite !

Ils prirent place à l'avant. Le moustachu qui tenait le volant démarra sans un mot. Le tout n'avait pas duré une minute. Malko regarda les murs de pierres sèches défiler à toute vitesse le long des flancs du véhicule, un peu soulagé. Ils avaient quand même gagné la première manche. Maintenant, ils avaient une monnaie d'échange. S'il restait encore quelque chose à échanger. Le fourgon filait vers la villa d'Anna-Maria Ximenes. Les ennuis n'étaient pas finis. Les Libyens ne laisseraient pas tomber leur major.

*
* *

Anna-Maria Ximenes s'avança vers le fourgon, les traits tendus, vêtue de son éternel tailleur gris avec des bottes noires très serrées qui allongeaient encore ses jambes. Elle passa la tête par la glace ouverte et demanda anxieusement :

– Vous l'avez eu, ce salaud?

Les Maltais étaient déjà en train de décharger le corps du major Dhofar. Anna-Maria poussa une exclamation de joie. Trois Maltais disparurent derrière la maison, portant le prisonnier. Malko descendit du fourgon.

– Où allez-vous le mettre?

La jeune femme ne broncha pas.

– Nous avons une fosse septique. Vous savez ce que c'est, n'est-ce pas? La nôtre est divisée en deux parties communicantes. Pour le moment, elles sont isolées, mais il suffit de basculer un levier. Une des parties est pratiquement pleine. Si les Libyens ou la police arrivent...

Malko était sûr qu'elle parlait sérieusement. Il la suivit. Une ouverture rectangulaire s'ouvrait près d'une serre. Des parois de ciment gris. Le major Dhofar reposait au fond, ligoté. Une odeur nauséabonde s'élevait du sol.

– Fermez cela, ordonna Anna-Maria Ximenes.

Détendue, elle prit Malko par le bras.

– Je vous ai préparé votre petit déjeuner. Vous méritez bien cela.

Ils pénétrèrent dans la maison. A peine dans le hall, elle se retourna et se serra brusquement contre lui.

– Merci, dit-elle. Merci. Sans vous, ils n'auraient pas osé.

C'est vraisemblablement ce que lui dirait Burt Holiday.

Mais sur un autre ton...

Ils s'installèrent dans la salle à manger. Malko était soucieux.

– Nous allons pouvoir échanger Godfrey Borg, dit Anna-Maria d'une voix pleine d'espoir.

Malko ne partageait pas entièrement son optimisme.

– J'espère qu'il n'est pas trop tard, dit-il.

Le silence retomba. Malko pensait à la suite des événements. Les Libyens devaient être fous furieux. Il avait hâte d'être à cinq heures pour retrouver Mahmoud Faradj, savoir ce qui s'était passé et commencer les négociations pour l'échange.

Espérant que la police maltaise n'allait pas se mêler de l'histoire. Ce qui compliquerait grandement les choses.

– A quoi pensez-vous? demanda Anna-Maria.

– Aux vacances, dit Malko. Et au rendez-vous que j'ai tout à l'heure avec Faradj.

*
* *

Mahmoud Faradj, assis devant un Perrier, se retourna brusquement en entendant la porte du bar du *Dolphin Hotel* s'ouvrir. Mais ce n'étaient que deux Maltais qui lui jetèrent un regard indifférent.

Le Libyen savait depuis une heure que le major Dhofar – son major – avait été enlevé par des inconnus. Il était en train de préparer une émission pour Tripoli lorsque ses camarades avaient fait irruption dans son studio, échevelés, hystériques, bouleversés. Encore en survêtement. Faradj avait eu du mal à ne pas se trahir. Il avait tant bien que mal terminé son travail, puis, prétextant un malaise, avait été s'allonger dans sa chambre. Repassant mentalement chaque mot de sa conversation de la veille.

C'était à cause de lui qu'on avait pu enlever le major Dhofar. Grâce à l'histoire du jogging...

Faradj avait beau avoir des défauts, il était profondément dévoué à son pays et cette « bavure » le rendait malade. D'autant plus qu'il avait rendez-vous avec les ravisseurs du major Dhofar à cinq heures à Sliema... Ils risquaient de lui demander de faire la liaison avec ses amis. Il avait vaguement entendu parler de l'enlèvement d'une personnalité maltaise, mais ignorait où elle se trouvait. Aucun message n'avait été envoyé à Tripoli à ce sujet. Il avait cru que les Américains s'étaient intéressés à lui à cause des transmissions. C'était le major qu'ils visaient.

Un autre Libyen entra, l'aperçut et vint s'asseoir en face de lui.

– Tu sais ce qui est arrivé? demanda-t-il tout de suite.

Faradj hocha la tête. L'enlèvement du major lui ôtait toute possibilité d'aller avouer sa faute. On commencerait par lui arracher tous les ongles avant de l'écouter. Il ne restait à Faradj qu'à s'enfoncer encore plus dans la trahison. Ou à trouver une échappatoire. Il finit d'un trait son Perrier, jeta une pièce sur la table et se leva. Il lui restait cinq heures pour trouver un moyen efficace de sauver son honneur et d'aider ses camarades. Décidément, il n'avait pas une âme de traître...

*
* *

Malko avait garé sa voiture en face de l'*Hôtel Preluna,* le long de Tower Road. L'hôtel était fréquenté par les Libyens et il supposait que Faradj ne se faisait pas remarquer dans ce quartier. Il faisait un temps superbe. En face, sur une petite presqu'île, se dressait une sorte de château fort transformé en pizzeria, avançant dans la mer comme une forteresse. Il replia le *Malta Times*. Pas un mot de l'enlèvement du major libyen. Décidément, les journaux maltais laissaient passer beaucoup de choses. Ou la censure était efficace.

Un bus vert et blanc s'arrêta devant lui. Plusieurs personnes en descendirent. L'une d'elles était Mahmoud Faradj. Celui-ci regarda autour de lui. Malko sortit aussitôt de sa voiture et marcha vers lui, sur ses gardes : les Libyens pouvaient avoir envie de continuer le petit jeu du kidnapping... Deux voitures bourrées de militants se trouvaient un peu plus loin, prêtes à intervenir. Il vit leurs portières s'ouvrir et un paquet de moustachus en émerger.

Devant lui, le Libyen s'était engagé sur la petite esplanade s'avançant au-dessus de la mer, tout autour de la pizzeria. Endroit peu propice à un enlèvement. Malko lui emboîta le pas. L'autre alla jusqu'à l'extrémité de la jetée bordant le « château fort » et s'arrêta le long de la rambarde de pierre, sans se retourner. Malko parvint jusqu'à deux mètres de lui sans qu'il manifeste le moindre signe d'intérêt, plongé dans la contemplation des vagues de la Méditerranée...

– Faradj !

Le Libyen se retourna lentement, les mains dans les poches de son imperméable. Immédiatement, Malko remarqua le regard bizarre, perdu, la contraction des mâchoires, comme s'il s'empêchait de pleurer, et fut sur ses gardes. L'homme qu'il avait en face de lui n'était pas dans son état normal... A bout de nerfs. Le genre de situation dangereuse. Les mains dans les poches l'inquiétaient. Le Libyen pouvait très bien être armé. Deux mètres à peine les séparaient. Il se retourna. Les gorilles maltais s'étaient déployés, fermant toute issue.

Essayer de tuer Malko était du suicide...

– Faradj, vous savez maintenant pourquoi je voulais vous voir, commença-t-il. Il s'agit de mettre fin à une controverse qui pourrait devenir fâcheuse pour tout le monde. Le major Dhofar...

Il s'interrompit brusquement : le Libyen ne l'écoutait pas. Il y avait quelque chose d'insolite dans son attitude. A la fois tendue et détachée. Le regard de Malko descendit vers ses poches. A droite, il remarqua une boule importante. Faradj serrait quelque chose dans sa main.

– Faradj, dit Malko, ne faites pas l'idiot.

En même temps, il se rapprocha du Libyen, lui prit le bras. A sa grande surprise, l'autre ne se débattit pas. Simplement, il garda la main dans sa poche. Malko sentit contre lui le bras qui tremblait...

Un déclic se fit dans son cerveau. D'un bond, il voulut s'écarter du Libyen. Mais, maintenant, c'était ce dernier qui lui tenait solidement le bras, la main toujours enfoncée dans sa poche. Sans un mot. En même temps, Malko entendit un léger chuintement venant de l'imperméable.

Une grenade.

D'un violent coup de poing dans l'estomac, il plia en deux le Libyen, qui ne le lâcha quand même pas. Les gorilles maltais, voyant la bagarre, accouraient. Malko hurla :

– N'approchez pas, il a une grenade !

C'était une question de secondes. Le Libyen poussa une interjection en arabe, les yeux fous. Les secondes passaient très vite. Malko comprit qu'il n'aurait jamais le temps de s'enfuir avant l'explosion. D'un croc-en-jambe, il balaya les chevilles du Libyen, qui tomba à genoux sans le lâcher. De la main gauche, Malko le fit tomber sur le ventre.

Il était encore penché sur lui lorsque la grenade explosa. Le bruit fut plus sourd que ce qu'il avait escompté. Une explosion sèche. Mais le corps de

Mahmoud Faradj fut soulevé de terre et le souffle projeta Malko à plusieurs mètres, contre la balustrade de pierre, tandis qu'une fumée noire enveloppait le Libyen.

Lorsque Malko reprit son souffle, Faradj se tordait sur le sol en chien de fusil, blanc comme un linge, les mains crispées sur son ventre. Les gorilles maltais accouraient. De Tower Road, on n'avait rien entendu à cause de la circulation. La fumée s'était dissipée, mais une tache noire signalait l'endroit de l'explosion. Il se pencha sur le Libyen. Du sang coulait de sa bouche. Son ventre et son thorax n'étaient plus qu'un magma sanglant... Son corps avait servi d'écran, protégeant Malko. Il essaya de sortir le bras toujours enfoncé dans la poche de l'imperméable. Le poignet vint tout seul, déchiqueté, laissant échapper un flot de sang. La main devait être en bouillie.

Malko se redressa, les jambes flageolantes. Rarement, il avait été aussi près de la mort... Soudain, il sentit quelque chose couler le long de son visage. Il passa la main et ramena du sang qu'il étancha avec un mouchoir. Le gorille le prit par le bras.

– *Come.*

C'était tout ce qu'il y avait à faire. Ils s'éloignèrent rapidement vers la voiture, laissant Faradj agoniser. Sa mort était une question de minutes et rien ne pouvait le sauver. Dans la voiture, Malko déplia la glace du pare-soleil et s'examina. Il avait un trou minuscule, juste entre les deux yeux, sur l'arête du nez. Un éclat minuscule de grenade qui s'était arrêté à l'os. Un peu plus fort et cela lui transperçait le cerveau. La voiture démarra brutalement, l'arrachant à ses pensées. Faradj avait voulu le tuer en se suicidant. Les Libyens allaient très vite comprendre. Il fallait trouver quelqu'un d'autre pour les négociations.

*
* *

Le réceptionniste du *Hilton* tendit à Malko un paquet de messages téléphoniques. Il les parcourut rapidement du regard : tous venaient de la même personne : Burt Holiday. Comme ni les journaux ni la radio n'avaient encore parlé de l'enlèvement du major Dhofar ou du suicide de Mahmoud Faradj, cela signifiait que les Libyens avaient mis le chef de station au courant d'une autre façon...

Malko alla jusqu'à sa chambre, tandis que deux des hommes de Gozzo s'asseyaient dans le hall. Il y avait peu de chances que les Libyens tentent une action dans l'hôtel, mais il valait mieux prendre ses précautions.

Avant de décrocher le téléphone, il vérifia que la porte de communication avec la chambre occupée par Tamra était bien fermée. Aucune nouvelle de la Libanaise. Il composa le numéro personnel de Burt Holiday, donna son nom et attendit. La voix de l'Américain éclata dans son oreille vingt secondes plus tard, tendue, dérapant dans l'aigu.

– Où êtes-vous? Il faut que je vous voie *immédiatement*.

– Dans une heure, dit Malko. Il m'est arrivé un petit accident et il faut que je me change.

Il raccrocha sans laisser à l'Américain le temps de placer un mot. Ses oreilles bourdonnaient encore de l'explosion de la grenade, il avait mal partout et la blessure de son nez saignait légèrement. Lorsqu'il se regarda dans la glace, il réalisa qu'il était gris. Même une longue douche ne vint pas à bout de l'immense fatigue qui s'était abattue sur lui. Il se revoyait luttant avec le Libyen, il entendait le chuintement de la grenade. Puis le visage livide de l'homme en train de mourir, criblé d'éclats d'acier brûlant, déchiqueté des cuisses au thorax. Ce poignet qui s'effilochait en un magma sanguinolent. Malko avait un gros hématome à la cuisse, des plus petits un peu partout et mal dans tout le corps. Une fois de plus, son heure n'avait pas sonné. Il se rhabilla après s'être parfumé de son eau de toilette Jacques Bogart. Maintenant, il fallait lutter sur un autre terrain. Sans illusion, il se préparait à affronter la tempête avec Burt Holiday.

*
* *

– Vous êtes inconscient ! Fou, complètement fou ! Comment avez-vous pu...

Burt Holiday essuya ses lèvres tremblantes de fureur. Il en bégayait, tournant autour de Malko comme un ludion en folie. Carrément hystérique. Le chef de station de la CIA avait ouvert lui-même la porte, gai comme un entrepreneur de pompes funèbres. Voyant que son attitude réprobatrice n'impressionnait pas Malko, il avait peu à peu haussé le ton... Ce dernier commençait à être fatigué de ce derviche tourneur.

– Ce qui est fait est fait, dit-il, asseyons-nous et examinons l'avenir.

Donnant l'exemple, il s'installa. Aussitôt, Burt Holiday se planta en face de lui, et demanda d'une voix sévère :

– Pourquoi ne les avez-vous pas empêchés de faire cette connerie ?

– D'abord, parce que je ne suis pas sûr que ce soit une connerie, dit Malko. Je voudrais savoir comment vous êtes au courant?

Le chef de station de la CIA manqua de s'étrangler de fureur.

– Par les Maltais, tiens ! Le numéro deux du CID a débarqué dans mon bureau, fou furieux. Les Libyens lui ont raconté que la CIA avait monté le coup avec les nationalistes. Qu'ils allaient se plaindre à Mintoff. Que c'était une ingérence intolérable dans la politique intérieure maltaise, une agression caractérisée. (Sa voix fila vers l'aigu.) Vous vous rendez compte ! Je suis obligé de prévenir Langley.

– Niez, fit paisiblement Malko. Dites que vous ne savez pas de quoi ils parlent.

Les yeux de veau semblaient prêts à jaillir de leurs orbites.

– Mais on vous a vu ! hurla l'Américain. Vous conduisiez la voiture du kidnapping. Vous avez utilisé un informateur du MI 5 dont je vous ai communiqué le nom. (Il soupira.) J'étais fou.

– Écoutez, dit Malko, je suis prêt à jurer que ce nom, je l'ai trouvé tout seul, que vous n'êtes pour rien dans tout cela, que j'ai agi sans ordre, que j'ai volé le vase de Soissons, que je ne sais même pas comment on écrit le mot « CIA », mais parlez un peu moins fort...

Burt Holiday ouvrit et referma la bouche comme un poisson hors de l'eau. Malko profita de ce répit pour continuer :

– Les Libyens ne sont pas des anges. Ils ont enlevé Godfrey Borg, ils ont assassiné John Fitzpatrick et Susan Herring. Quant aux Maltais, ils feraient mieux de se préoccuper du sort d'un de leurs propres concitoyens, Godfrey Borg. J'ai agi pour le bien du service et vous le savez très bien.

– Il fallait me demander le feu vert, coupa Burt Holiday. Je suis responsable ici. Je vous avais interdit toute action violente...

– Je n'en ai pas eu le loisir. Maintenant, il faut sortir de cette histoire...

– Attendez, coupa l'Américain, le CID vient de me téléphoner pour me dire que la police a trouvé le corps d'un Libyen horriblement déchiqueté à Sliema. Apparemment, il se serait suicidé avec une grenade, mais des témoins ont vu une bagarre juste avant l'explosion. Ils craignent que cette affaire soit liée à celle de l'enlèvement.

– Ils ont raison, dit Malko.

Succinctement, il raconta l'histoire de Mahmoud Faradj, y compris l'épisode des photos. Moralement, Burt Holiday se voilait la face.

– *Disgusting,* murmura-t-il. *Positively disgusting*... Comment avez-vous pu faire cela?

– Avec un flash, dit Malko.

Il crut que le chef de station allait lui sauter à la gorge. Mais il n'en pouvait plus.

– Les Libyens peuvent récupérer leur major, dit-il. A condition de rendre Godfrey Borg en bon état. Si toutefois c'est possible. Il faudrait que vos amis maltais du CID qui sont en si bons termes avec eux leur transmettent la proposition.

– Mais ce n'est pas possible ! s'insurgea l'Américain. Il n'est pas question que je me mêle de cette histoire.

– Vous devriez, observa Malko, vous avez intérêt que tout se passe gentiment. A moins que Godfrey Borg ne soit déjà mort. Auquel cas, le major Dhofar est vraiment dans la merde...

– Ne soyez pas grossier en plus, fit Burt Holiday, choqué.

– Je ne suis pas grossier, mais précis, corrigea Malko.

Sans situer la maison d'Anna-Maria Ximenes, il lui expliqua les conditions de détention du major libyen.

– Arrêtez, je vais devenir fou, explosa le chef de station. Je savais que vous autres, à la Division des Opérations, vous étiez dingues, mais à ce point-là...

Malko se leva.

– Je vous laisse. J'ai eu assez d'émotions pour aujourd'hui. Faites ce que je vous dis. Si vous avez une réponse, prévenez-moi. Je vais me coucher. Au *Hilton.*

L'Américain ne le raccompagna même pas. L'air frais fit du bien à Malko. Une brise tonique soufflait de la baie de Marsamxett. Il préférait ne pas penser à son avenir lointain. Mais il était, sans se l'avouer, fasciné par la détermination d'Anna-Maria Ximenes. Peut-être aussi par son charme ambigu.

*
* *

Le steak « pizzaiola », noyé sous une montagne de sauce tomate, avait la résistance d'un bon acier au chrome. Malko allait tenter un ultime effort pour l'entamer lorsqu'un garçon vint l'avertir qu'on le demandait au téléphone, dans le couloir à côté de la réception. Il se leva sans regret, espérant qu'un des garçons aurait la bonne idée de le débarrasser de sa viande immangeable durant son absence. De toute façon, l'anxiété lui bloquait l'estomac...

C'était Burt Holiday. Un peu plus calme.

– Il y a du nouveau, dit-il. Vos « amis » ont été contactés. La personne qui se trouve avec eux est, paraît-il, en excellente santé. Ils acceptent le principe d'un échange. Sous la pression des gens d'ici.

– C'est une bonne chose, dit Malko.

Donc, Godfrey Borg était toujours vivant.

– Ils veulent que cela se passe gentiment, appuya Burt Holiday. Le CID, afin de faciliter cette rencontre, met à votre disposition l'hôpital de l'Ordre, tout au bout de La Valette. Il est actuellement en réparation. Ce soir, les ouvriers de la municipalité ne travailleront pas. L'échange doit se faire dans la grande salle de l'hôpital. La nuit, c'est un quartier très tranquille. Les détails et les heures vous seront communiqués par un représentant de la partie adverse. Au bar du *Phœnicia,* dans une heure. Présentez-vous comme Mr. Jones.

– C'est original..., dit Malko. Bien, j'y serai.

Il y eut des grésillements dans l'appareil, puis l'Américain ajouta :

– Il faut que cela soit la fin de cette histoire. Plus question de jouer les croisés. Vous reprenez le premier avion.

– Avec ou sans Godfrey Borg?

– Avec, s'il veut venir. Et sans, si cela fait la moindre complication. Je n'ai pas envie d'un scandale. Compris?

– C'est on ne peut plus clair, dit Malko. J'espère que nos camarades d'en face n'ont pas de mauvaises intentions.

– Ne dites pas de bêtises, fit Burt Holiday sèchement. Je vous ai dit que le CID se portait garant de tout. Ils n'aiment pas la violence à Malte.

– Moi non plus, dit Malko, seulement, il faut être deux du même avis.

CHAPITRE 12

Le bar du *Phœnicia* était pratiquement vide. Derrière son comptoir occupant tout un panneau, le barman préparait nonchalamment un cocktail. Malko choisit une table à gauche de l'entrée, face au bar. Au fond, deux femmes élégantes papotaient à voix basse dans un des profonds fauteuils de velours gris. Le *Phœnicia* évoquait assez bien Marienbad... De grands couloirs vides et sinistres, une immense salle de danse aux tapis roulés. Un monde en sommeil. Le barman s'approcha.

– Je voudrais une vodka, dit Malko. D'autre part, si quelqu'un demande Mr. Jones, envoyez-le-moi.

– Très bien, fit le barman.

C'est le moment que choisit Gozzo pour entrer et s'accouder au bar, tournant le dos à Malko, mais, grâce à la grande glace du bar, il pouvait surveiller sa table. Il adressa un clin d'œil à Malko. Tout le *Phœnicia* devait être envahi de gorilles nationalistes. Il regarda sa montre : huit heures vingt-cinq.

A vingt-neuf, un homme pénétra dans le bar. Costume bleu croisé à raies, moustaches discrètes, grand, bien découplé, des sourcils très fournis, le teint basané, un nez important. Malko eut un petit choc à l'estomac en le reconnaissant d'après les photos de la CIA. Mohammed Djalloud, membre des services spéciaux libyens, responsable de nombreux attentats. Un tueur. Il balaya le bar du regard et s'arrêta devant Malko.

– Mr. Jones?

– C'est moi.

– Je crois que nous avons rendez-vous.

– C'est exact, dit Malko, asseyez-vous. Que buvez-vous?

– Un Perrier.

Ils attendirent en silence que le barman ait apporté la consommation. Malko remarqua que son vis-à-vis avait des mains très soignées. Il prenait soin de ne jamais le regarder en face. Sans tremper les lèvres dans son verre, le Libyen annonça :

– Nous sommes disposés à la rencontre que vous avez proposée. Ce soir à vingt heures. Dans l'ancien hôpital de l'Ordre, en face du fort St. Elme. Attendez-nous à l'extrémité sud de la grande salle du rez-de-chaussée. Nous arriverons par la porte nord, sur le bastion St. Lazare. L'échange se fera au milieu.

Son anglais était lent mais très compréhensible, avec de temps en temps une intonation gutturale. Malko réfléchissait. Il ne connaissait pas l'hôpital des croisés. Et n'aimait pas que ses adversaires choisissent eux-mêmes le lieu de l'échange.

– Pourquoi là? demanda-t-il, il aurait mieux valu un endroit, disons, plus aéré.

Les yeux noirs du Libyen se posèrent sur Malko. Impénétrables.

– Ce sera là, dit-il, ou il n'y aura pas d'échange. Je veux dire que si vous ne veniez pas au rendez-vous de ce soir, il n'y aurait plus d'échange possible. A huit heures.

Il se leva, salua Malko d'un très léger signe de tête et sortit du bar sous le regard brûlant de Gozzo. Aussitôt ce dernier rejoignit Malko, sans se préoccuper du barman qui trouvait cela bien bizarre.

– Alors?

– Ce soir à huit heures à l'hôpital des croisés, dit Malko. J'aimerais que nous allions y faire un tour.

– Si vous voulez, dit Gozzo.

Ils sortirent de l'hôtel pour regagner une Mercedes où Malko prit place à l'arrière. Un Kalachnikow était discrètement enveloppé sur le plancher dans un chiffon. Ils s'enfoncèrent dans Merchant Street, descendant vers l'extrémité de La Valette, traversant toute la ville, pour émerger juste en face de la masse majestueuse du fort St. Elme, à la pointe de la ville. En face se dressait un grand bâtiment administratif et, sur leur droite, l'ancien hôpital des croisés. Un énorme complexe s'étalant de Merchant Street à Irish Street, le long des remparts. Devant se trouvait une sorte d'esplanade où on effectuait des travaux.

– Vous voulez entrer? dit Gozzo. Je connais quelqu'un. En ce moment, on est en train de réparer, il n'y a personne que les ouvriers.

Donc, il était désert la nuit. Voilà pourquoi les Libyens avaient choisi cet endroit. Eux aussi devaient y compter des amis... Gozzo s'approcha d'un ouvrier qui portait un brassard bleu avec les lettres P. W. (1). Quelques instant plus tard, le Maltais leur ouvrit la porte menant à l'intérieur de l'hôpital. Malko n'y pénétra pas sans une certaine émotion. Ce bâtiment avait six cents ans et ses ancêtres y avaient travaillé.

Devant lui, il y avait une grande cour intérieure, carrée, en réfection, bordée par une galerie couverte, tout cela encombré de planches, de sacs de ciment et d'échafaudages. Les pierres avaient été grattées et avaient repris leur couleur ocre originale. C'était superbe. Leur « guide » les amena sur la gauche, à travers des escaliers glissants en pierre.

Jusqu'à une entrée voûtée. Après l'avoir franchie, Malko s'arrêta, le souffle coupé. Il venait d'entrer dans une salle colossale, tout en longueur, au plafond voûté en pierre, absolument vide... Le « guide » s'approcha.

– C'est la plus grande salle d'Europe, Sir, dit-il. 560 pieds de longueur. Du temps des croisés, on ser-

(1) Public worker. Employé municipal.

vait les malades dans de la vaisselle d'argent massif. Napoléon l'a volée...

Ce n'était pas à son honneur. Cette salle était impressionnante. Seules de petites ouvertures grillagées donnaient sur l'extérieur, à part la porte par laquelle ils étaient entrés... Cette superbe salle était un piège pour un rendez-vous avec les Libyens. D'autant que la partie dévolue à Malko se terminait en cul-de-sac...

– Il y a deux autres salles en dessous, de la même taille, continua le « guide », mais elles sont en réfection. On y va par des escaliers intérieurs.

Les salles s'allongeaient parallèlement au quai, bien au-dessus du niveau de l'eau. Malko fit quelques pas puis revint vers la sortie. Les Libyens lui tendaient un piège. C'était certain. Une fois l'échange accompli, ils le liquideraient discrètement, protégés de toute intervention extérieure par les murs épais. Le « guide » empocha une livre et se confondit en remerciements.

*
* *

– Il faut remettre ce rendez-vous, insista Malko. Les Libyens nous tendent un piège. Une fois qu'ils auront récupéré leur major, ils nous liquideront tranquillement. C'est de la folie.

Anna-Maria l'écoutait, le regard glacé.

– Nous irons, dit-elle. Faites-moi confiance.

Justement, Malko ne lui faisait pas confiance. Pour elle une seule chose comptait : récupérer Godfrey Borg. Même si c'était de la folie. Or, Malko n'avait pas tout à fait la même optique.

Anna-Maria se leva brusquement. Ses seins se soulevaient, la rendant encore plus attirante. Elle passa la main nerveusement dans ses courts cheveux noirs.

– Si vous ne voulez pas y aller, j'irai toute seule. Mais, dans ce cas, je vous demanderai de rester ici.

Autrement dit, il était prisonnier... La Maltaise avait assez d'emprise sur ses hommes pour leur faire

faire ce qu'elle voulait. Des deux côtés, on ne se faisait pas de quartier. D'autant que les Libyens avaient aussi à venger leur ami Faradj, même si c'était un traître. En se suicidant, il s'était racheté.

Pendant plusieurs secondes, Malko et Anna-Maria se défièrent du regard. Malko revoyait l'immense salle vieille de six cents ans, déserte et vide comme un cimetière. Après tout, pour un Chevalier de Malte, ce n'était pas un mauvais endroit pour mourir.

– Très bien, dit-il, je viendrai, mais c'est de la folie furieuse.

Anna-Maria se détendit d'un coup.

– Je n'en attendais pas moins de vous.

CHAPITRE 13

Le silence était absolu, minéral, dans l'immense salle voûtée de 174 mètres de longueur, sans un seul pilier pour en couper la ligne. Les rares bruits de l'extérieur étaient étouffés par les épais murs de pierre qui avaient résisté à six siècles d'avatars divers. Un froid glacial tombait des murs suintant d'humidité et du plafond voûté en pierres de taille. Des ampoules nues brûlaient tous les vingt mètres, dispensant une lumière parcimonieuse.

Malko dirigea son regard vers la porte basse située sur le côté gauche de la salle donnant sur la cour intérieure de l'ancien hôpital, ceinturée d'une galerie couverte. Ils avaient pénétré d'une trentaine de mètres à l'intérieur de la salle pour laisser un espace vide entre eux et les Libyens lorsque ces derniers arriveraient. La seule entrée de l'hôpital se trouvait sur l'esplanade des greniers St. Elme, face au fort du même nom.

L'ensemble des bâtiments était ceinturé d'un haut mur de pierre sans aucune ouverture. Tout était en réfection, le gouvernement maltais voulant transformer l'hôpital en Palais des Congrès. La cour intérieure était encombrée de bulldozers et d'énormes engins de levage. Malko frissonna. Les Libyens étaient en retard de cinq minutes.

Le major Abu Dhofar gisait sur le sol glacial, enfermé dans un sac de jute, bâillonné et ligoté avec du fil électrique. Une vague odeur nauséabonde filtrait encore du sac, rappel de son séjour dans la fosse septique. Sa silhouette, à travers le jute, semblait minuscule. Les deux Maltais qui l'avaient transporté n'avaient pas d'armes apparentes, mais Gozzo, dès qu'ils avaient été dans la salle, avait sorti d'une couverture un Kalachnikow brillant d'huile et y avait introduit un chargeur. En dépit de ce que Malko avait recommandé. Le CID, chapeautant l'opération, avait recommandé de venir sans armes. Maintenant, accroupi près du major, Gozzo guettait lui aussi la porte de côté. Une énorme torche électrique était posée près de lui.

Anna-Maria Ximenes fumait nerveusement une Rothmans, debout à côté de Malko. Elle avait troqué son tailleur pour un blue-jean enfoncé dans ses hautes bottes noires et un gros pull de même couleur.

Leur arrivée n'avait posé aucun problème. Comme prévu, la petite porte de l'hôpital de l'Ordre n'était pas fermée à clef et il n'y avait aucun garde.

Ils avaient laissé la Mercedes en face du fort St. Elme, sous la garde d'un ami de Gozzo.

Malko sentit son estomac se contracter brutalement. Il avait entendu un bruit du côté de l'entrée.

– Attention, murmura-t-il.

Gozzo sauta sur son Kalachnikow et s'aplatit sur le sol. Un peu enfantin. Les Libyens ne tireraient pas, sachant qu'il y avait leur major. Soudain, le faisceau d'une torche électrique joua sur les murs ocre, en face de la porte. Malgré son sang-froid, Malko sentit un picotement sur le dessus des mains. Les Libyens venaient d'arriver.

Il entendit des frôlements, un bruit de bois qui se brisait et plusieurs silhouettes entrèrent par la petite porte, puis s'immobilisèrent au milieu de la salle, le dos au mur. Malko et son groupe se trouvaient quarante mètres plus à l'ouest, et derrière eux la salle s'étendait dans une obscurité presque totale sur encore une bonne centaine de mètres. Le mur qui se trouvait à droite de Malko courait le long de Irish Street qui dominait le port de La Valette.

De nouveau, la torche brilla, cette fois braquée dans leur direction. Leurs silhouettes se découpèrent pendant quelques secondes, puis l'obscurité retomba.

Quelques instants plus tard, la voix caverneuse d'un mégaphone se répercuta sur les voûtes, demandant en anglais :

– *Bring the Major between us, we bring your friend* (1).

C'était le moment attendu. Gozzo, aidé de ses deux amis, extirpa le petit Libyen de son sac, l'épousseta, défit les liens qui entravaient ses chevilles. Le major Dhofar, le menton dans le cou, les traits crispés, redressa sa petite taille, fixant ses amis. Puis il balaya de son regard noir Anna-Maria et Malko, comme pour bien se souvenir de leur visage. Déjà, Gozzo le poussait en avant.

Malko avait pris la lampe de Gozzo et éclairait la zone entre les deux groupes. Au même moment, deux silhouettes se détachèrent des Libyens et commencèrent à marcher à travers le *no man's land.* Ce n'est que plusieurs minutes plus tard que Malko identifia l'homme qu'il n'avait vu qu'une fois, Godfrey Borg. Lui aussi, les mains liées derrière le dos, en chemise, il semblait en bonne condition. Anna-Maria Ximenes avait croisé les mains et fixait la scène intensément. On n'entendait dans l'énorme salle que les raclements de pieds et, parfois, une toux, ou un cliquetis métallique. De la main droite, Gozzo serrait le Kalachnikow contre sa hanche. Malko se demanda si les Libyens étaient armés.

Eux n'avaient pas été filtrés par le CID. Donc, les autres non plus. Ce qui allait se passer ensuite dépendait uniquement du poids qu'avaient les services de sécurité maltais auprès des Libyens...

La distance diminua entre les quatre hommes qui

(1) Amenez-nous le major, nous vous amènerons votre ami.

se rapprochaient les uns des autres, puis ils se confondirent. Malko retint son souffle. Une ampoule claqua derrière lui, augmentant la pénombre. Pendant quelques instants, les quatre hommes au milieu du *no man's land* demeurèrent collés les uns aux autres. Anna-Maria Ximenes enfonça ses ongles dans le bras de Malko et dit d'une voix incroyablement tendue :

– Ça y est, ils reviennent !

Effectivement, Gozzo revenait lentement vers eux, marchant à reculons, protégeant de son corps Godfrey Borg. Son homologue en faisait autant avec le major Dhofar qui disparaissait complètement derrière lui.

Le « retour » s'effectua en près de trois minutes, tant ils se déplaçaient lentement.

Malko braqua la torche sur le visage de Godfrey Borg. Le Maltais avançait comme un somnambule, clignant des yeux sous la lumière violente. Sa bouche entrouverte, le flou de sa démarche indiquaient qu'il était drogué, mais il semblait ne pas être en très mauvais état.

Anna-Maria Ximenes s'avança vers lui, l'étreignit, lui dit quelques mots en maltais tandis que Gozzo coupait les cordelettes lui immobilisant les poignets. Il ne répondit pas. La jeune femme explosa :

– Mais qu'est-ce qu'ils lui ont fait, ces salauds !

Godfrey Borg semblait incapable de parler. Malko s'approcha de lui, braqua la torche sur son visage, vit les pupilles démesurément dilatées, comme celles d'un oiseau de nuit. Le Maltais oscillait sur place comme s'il avait perdu le sens de l'équilibre.

– Il est drogué, dit-il, on verra plus tard. Filons d'ici.

A l'autre bout de la salle, les Libyens avaient aussi récupéré leur major. On les distinguait vaguement à la lueur des faibles ampoules. Il sembla à Malko qu'ils étaient moins nombreux. Ils venaient sûrement d'évacuer le major. Il se tourna vers Anna-Maria :

– Il n'y a pas d'autre sortie ?

– Non.

Ils se trouvaient donc dans un cul-de-sac. Il fallait attendre que les Libyens aient dégagé pour qu'ils puissent sortir à leur tour. Malko fixa le fond de la salle : il y avait toujours des silhouettes vagues. Pourquoi les Libyens ne partaient-ils pas ? Il fut pris d'un brusque malaise.

– Ne restons pas au milieu, dit-il, on ne sait jamais.

Lui-même prit Godfrey Borg par le bras et le fit avancer jusqu'au mur pour l'abriter derrière un des piliers qui soutenaient la voûte. Les autres suivirent. Il s'était à peine accroupi derrière, qu'il y eut un « plouf » sourd à l'autre bout de la salle, suivi d'un bruit mou juste devant eux, accompagné d'une petite flamme rouge. Quelques secondes plus tard, Malko sentit ses yeux le piquer.

– Ils ont lancé une grenade lacrymogène ! s'exclama-t-il.

Déjà les gaz arrivaient jusqu'à eux. Godfrey Borg et Anna-Maria furent pris d'une violente quinte de toux.

– Reculons ! cria Malko. Vite !

Ils se mirent à courir le long de la paroi pendant une vingtaine de mètres, jusqu'à ce qu'ils soient hors d'atteinte des gaz. Ils se regroupèrent, essoufflés, derrière un nouveau pilier. Un staccato prolongé les jeta encore plus profondément dans leur abri : on tirait sur eux de l'autre bout de la salle. Les projectiles égratignèrent le sol, faisant des étincelles. Avant que Malko ait pu l'en empêcher, Gozzo se dressa et lâcha une longue rafale de son Kalachnikow. Le bruit les assourdit. Puis tout retomba dans le silence.

Malko cherchait à percer l'obscurité, le cœur battant la chamade. Il n'y avait plus d'illusions à se faire : les Libyens étaient venus avec l'intention de les liquider. Ils avaient accepté trop facilement le marché. Le choix de l'hôpital de l'Ordre s'expliquait parfaitement. Le CID maltais, se doutant de ce qui allait se passer, avait tenu à ce qu'il n'y ait pas de bavures possibles. Le champ clos de cette salle vide était parfait.

Il se tourna vers Anna-Maria :

– Vous êtes certaine que cette salle n'a pas d'autres sorties?

– Certaine, souffla-t-elle.

L'estomac de Malko se contracta.

– Dans ce cas, dit-il, ils vont nous repousser à coups de grenades lacrymogènes jusqu'au fond et nous exécuter là-bas...

*
* *

La torche reprise par Malko éclaira les traits tirés d'Anna-Maria Ximenes.

– Ils n'oseront pas déclencher une bataille rangée, dit-elle. Il faut essayer de sortir par où nous sommes venus.

Malko secoua la tête.

– Ils oseront. Vous ne...

Il ne put pas terminer sa phrase. Une nouvelle rafale balaya la salle devant eux. Cette fois cela ne venait plus du fond, mais d'un point situé à une trentaine de mètres de la porte latérale. Les Libyens, invisibles, avaient avancé. Il y eut un nouveau « plouf » et une grenade lacrymogène explosa assez loin derrière eux.

Malko retint Gozzo qui voulait riposter.

– Combien de chargeurs avez-vous?

– Trois.

Avec ça, ils pouvaient tenir une heure ou deux. Cela dépendait de la puissance de feu des Libyens. Ceux-ci allaient tranquillement les massacrer, avec la complicité tacite du CID maltais. Les murs épais arrêtaient le bruit des coups de feu. Personne ne risquait d'intervenir. Dans cette galerie sans même un pilier, ils constituaient une cible superbe. On pouvait les tirer comme des lapins.

Une nouvelle rafale claqua. Cette fois, les balles miaulèrent très près d'eux, arrivant sous un angle différent. Malko comprit : un groupe libyen avait traversé la salle et tirait sur eux du mur opposé... Ils repartirent le long du mur, reculant encore d'une vingtaine de mètres. Bientôt, ils atteindraient le fond de la salle et ce serait la fin. Les Libyens n'avaient aucun problème d'hommes ou de munitions.

Série de lueurs brèves, claquement des détonations. Malko se plaqua contre le mur humide tandis que Gozzo couvrait de son large corps Godfrey Borg qui continuait à réagir comme un zombie. Il y avait deux armes automatiques maintenant... Les Libyens ne se gênaient plus.

– Nous allons être coincés comme des rats, murmura Malko.

Anna-Maria Ximenes lâcha une exclamation dans sa langue et explosa :

– Il faut faire quelque chose !

– Il n'y a plus qu'à prier Dieu, dit Malko.

Sauf si le CID était pris de remords et arrêtait le massacre en faisant pression sur les Libyens, il ne voyait pas comment ils pouvaient s'en sortir. S'ils avaient eu des munitions en abondance, ils auraient pu tenir jusqu'à l'aube, à l'arrivée des ouvriers, mais c'était hors de question avec trois chargeurs.

Accroupis dans l'obscurité, collés contre le mur, ils guettaient les bruits de la salle. Malko savait que ce n'était qu'une question de temps.

Les Libyens étaient décidés à les avoir.

Malko se mit à réfléchir. Repassant mentalement tout ce qu'il savait sur cet hôpital, chef-d'œuvre architectural des Chevaliers de Malte. En feuilletant des documents d'époque, il avait souvent vu des croquis de ces lieux, lorsqu'ils représentaient l'établissement hospitalier le mieux équipé du XVIe siècle. Tout à coup quelque chose lui revint en mémoire.

– Nous sommes bien dans la grande salle ? demanda-t-il à Anna-Maria. Celle qui se trouve au niveau des remparts ?

– Oui, acquiesça la jeune femme, pourquoi?

– Il y a deux salles en dessous de celle-ci. Un peu plus petites.

– Oui, je sais, dit Anna-Maria Ximenes. Mais elles sont creusées dans le roc, comme des caves, elles n'ont pas de sorties indépendantes, elles sont bien au-dessous du niveau de Irish Street...

– Bien sûr, dit Malko, mais ce n'est pas par la rue que je veux sortir. La salle inférieure servait jadis à amener les galériens directement dans le local qui leur était réservé. A l'époque, il y avait une ouverture donnant directement sur le port, au-dessous du bastion St. Lazare. Si cette ouverture existe toujours, elle donne sur la mer. Les Libyens ne nous attendent sûrement pas là...

Anna-Maria était déjà debout. La fumée des lacrymogènes commençait à les atteindre. Elle fut prise d'une violente quinte de toux.

– Mais comment atteint-on cette salle inférieure? La troisième salle?

– Si je me souviens bien, dit Malko, il y avait dans le coin sud-est de celle-ci un petit escalier qui faisait communiquer les trois salles. Mais il a peut-être été muré. C'était il y a cinq cents ans...

– Vite, allons voir, fit Anna-Maria. Ce serait fantastique.

Ils se mirent tous à courir vers le fond de la salle, tournant le dos aux Libyens. Comme Godfrey Borg n'arrivait pas à suivre, Gozzo le chargea sur ses épaules, rasant le mur pour se protéger.

Ils arrivèrent au mur du fond, essoufflés, et s'arrêtèrent. Une centaine de mètres les séparaient maintenant des Libyens, mais ils ne pouvaient aller plus loin. Malko balaya le sol avec sa torche électrique. Rien. Là où, selon ses souvenirs, aurait dû s'ouvrir l'escalier, il n'y avait qu'une étendue lisse, jaunâtre et poussiéreuse.

Comme il le craignait, l'escalier avait été muré.

Il ne voulait pas renoncer, pourtant, c'était leur seule chance. Il se tourna vers Gozzo :

– Donnez-moi votre Kalach...

Il prit l'arme et commença à sonder le sol à coups de crosse. Très vite, il y eut un son différent : le creux. Avec l'extrémité du canon, il se mit à gratter furieusement la poussière jaune. De vieilles planches apparurent. Gozzo se précipita et, sortant son croc de boucher, entreprit de les soulever. Peu à peu une ouverture noire apparut. L'entrée d'un escalier en partie éboulé ! Un gros rat fila sous les pieds de Malko, qui s'engagea dans l'ouverture.

Il glissa sur la terre glaise et fila d'un trait sur les vieilles marches. Gozzo sauta derrière lui. Avec précaution, ils parvinrent à descendre les marches effondrées, pour atterrir dans une salle plongée dans une obscurité totale. La seconde salle de l'hôpital des Chevaliers. Celle qui communiquait avec le port se trouvait juste en dessous. Gozzo, qui avait récupéré son Kalachnikow, creusait déjà furieusement le sol au même endroit. Le reste du groupe n'était pas encore arrivé qu'il avait déjà dégagé la seconde ouverture. Celle menant à la troisième salle ! Ils se mirent à creuser comme des taupes, dégageant le second escalier, encore plus effondré que le premier. Dès que cela fut possible, Malko s'y glissa et atterrit dans la troisième salle. Celle qui devait leur permettre de s'enfuir. Le silence était encore plus minéral. Les autres rejoignirent Malko. Il prit la lampe de Gozzo et commença à suivre le mur qui donnait sur l'extérieur.

Rien ne disait que cette ouverture, vieille de cinq siècles, existait encore... Son cœur battait de plus en plus, au fur et à mesure qu'il avançait. Un peu plus loin, le passage était barré : la route s'était effondrée. L'ouverture pouvait aussi se trouver de l'*autre* côté de l'éboulement... Soudain, un son inattendu fit sursauter Malko. Une sirène de bateau. Il faillit crier de joie. Cela venait du port, de l'extérieur ! Et n'aurait pu transpercer des murs épais de deux mètres !

Vingt mètres plus loin, le mur rectiligne fit place à un renfoncement. Malko s'immobilisa, balayant le renfoncement de sa torche électrique. Étouffant de joie. Une ouverture avait été creusée dans l'épaisseur du mur. Le sol en pente douce continuait à l'extérieur par une sorte de plate-forme surplombant l'eau du port d'un mètre environ. Le tout était caché à la vue de Irish Street par le surplomb du bastion St. Lazare. La joie de Malko tomba d'un coup. Séparant l'extérieur de la salle, il y avait une énorme grille de fer, scellée dans les murs épais de deux mètres.

CHAPITRE 14

Malko noua ses mains autour des barreaux rouillés et tenta de les secouer. En vain. Ils semblaient soudés au mur malgré le temps.

Il essuya la rouille de ses mains. C'était reculer pour mieux sauter. Les Libyens les retrouveraient là. C'était un autre cul-de-sac.

Gozzo écarta Malko et enfonça la pointe de son croc de boucher dans la pierre près d'un barreau. Il y disparut sur dix centimètres ! Cette muraille qui semblait si solide était en réalité pourrie, rongée par l'air marin... Sans un mot, le Maltais se mit au travail, creusant la pierre friable avec acharnement. Malheureusement, ils n'avaient qu'un seul outil pour creuser. Malko ramassa le Kalachnikow, prêt à déjouer toute surprise libyenne. Anna-Maria vint s'appuyer contre lui, le regard tourné vers les lumières du port, étrangement calme.

– Si nous nous en sortons, cela sera grâce à vous, dit-elle. Je n'avais jamais entendu parler de cette ouverture.

– Nous devrons notre vie aux galériens, dit Malko...

Pendant d'interminables minutes, on n'entendit plus que le grattement acharné du croc de boucher, creusant la pierre friable... Peu à peu, l'extrémité des barreaux se dégageait. Un autre Maltais avait pris position près de la trappe, prenant le fusil d'assaut des mains de Malko, afin d'éviter toute surprise. Dix minutes se passèrent. Gozzo se redressa enfin.

– Venez, il faut tirer.

Ils s'y mirent tous, même Anna-Maria Ximenes, arc-boutés sur le sol glissant, les mains accrochées aux barreaux. Et lentement la grille se mit à se plier vers l'intérieur, jusqu'à ce qu'il y ait un espace suffisant pour passer... Ils étaient trop épuisés pour crier de joie.

Au même moment, un bruit d'éboulement fit tourner la tête à Malko, venant du fond de la salle. Les Libyens. Il rafla le Kalachnikow posé contre le mur et se dirigea vers l'escalier tandis que les autres se faufilaient à l'extérieur, traînant Godfrey Borg qui ressemblait de plus en plus à un zombie.

Arrivé à un mètre de l'escalier, il distingua dans la lueur d'une lampe les jambes de quelqu'un en train de descendre. Levant le canon du fusil d'assaut, il lâcha une rafale très courte, volontairement en dessous des jambes. Lorsque l'écho des détonations se fut dissipé, il entendit un remue-ménage, des jurons arabes. Les Libyens avaient reflué dans la salle du dessus. Provisoirement.

Presque aussitôt, il y eut le « plouf » caractéristique du départ d'une grenade lacrymogène et un engin s'écrasa près de lui, lâchant sa fumée délétère.

Il battit en retraite, se faufila à son tour par la grille entrebâillée, sur le mini-quai glissant. Rejoignant le petit groupe. Le visage fouetté par la brise de la Méditerranée, il regarda les lumières du port, en face d'eux, et au-dessus de la paroi à pic du bastion St. Lazare. Aucun espoir de monter de ce côté-là. La plate-forme où ils se trouvaient mesurait une vingtaine de mètres carrés et affleurait l'eau. Des vaguelettes venaient s'y briser, leur arrosant les pieds. A deux cents mètres sur leur droite, on distinguait un petit bout de quai en bordure des Barraca Gardens.

Malko savait qu'ils ne disposaient que d'un répit de quelques minutes.

Il se tourna vers Anna-Maria Ximenes :

– Tout le monde sait nager ?

– Mais pourquoi ?

– Les Libyens sont derrière, dit Malko. Ils ont trouvé la trappe. Il faut y aller. Jusqu'à la pointe.

Donnant l'exemple, il se laissa glisser dans l'eau après avoir ôté sa veste. Elle était glaciale, pas plus de 16 degrés, et il crut suffoquer.

Elle lança une question en maltais à laquelle répondirent trois *Iva.*

– Je sais nager aussi, dit-elle à Malko.

Anna-Maria Ximenes ôta ses bottes et le suivit. Un par un, ils se retrouvèrent tous dans l'eau noire du port. Au bout de quelques secondes, les vêtements collaient au corps comme un suaire glacial, gênant considérablement les mouvements. Malko, nageant presque debout, se rapprocha d'Anna-Maria.

– Ça va ?

– Ça va, dit-elle d'une voix essoufflée. La plateforme par laquelle ils s'étaient évadés était presque invisible. Donc, ils se trouvaient en sécurité. Heureusement, le courant les entraînait dans la direction où ils voulaient aller. Suivant la ligne des rochers, écrasés par la masse noire du bastion, Gozzo et un des autres Maltais aidaient Godfrey Borg. Le voyage sembla durer une éternité. Enfin, ils approchèrent de la ligne sombre d'un môle où étaient amarrés des bateaux de pêche. Le quai était à peine surélevé de cinquante centimètres...

Malko d'un ultime effort se hissa le premier, claquant des dents, frigorifié dans ses vêtements collés à sa peau. Il aida Anna-Maria Ximenes et Godfrey Borg.

Ils se trouvaient sur un petit port jouxtant les Barraca Gardens, juste à la pointe extérieure fermant le grand port de La Valette. Silencieux, ils reprirent leur souffle, grelottant dans leurs vêtements trempés.

Godfrey Borg avait pratiquement perdu connaissance, mais Gozzo traînait toujours son Kalachnikow qui aurait besoin d'un sérieux nettoyage. Tels qu'ils étaient, sans chaussures, hagards de froid, ils ne risquaient pas de passer inaperçus. Or, les Libyens n'étaient pas loin.

Gozzo posa le Kalachnikow, dit quelque chose à Anna-Maria Ximenes et disparut dans l'obscurité.

– Il connaît un ami sûr qui habite dans St. Christopher Road, dit-elle. Il a une voiture.

En attendant, Malko ôta sa chemise et la tordit. Stoïquement, Anna-Maria avait conservé son pull trempé, au risque d'attraper une pneumonie. Gozzo resta absent près de vingt minutes. Ils n'en pouvaient plus, assis, serrés les uns contre les autres pour se réchauffer un peu. Lorsqu'il reparut, le Maltais était accompagné d'un autre homme, petit et trapu; les deux disparaissaient sous des paquets de couvertures.

Ils s'y enroulèrent et, à la queue leu leu, gagnèrent l'extrémité du quai où stationnait une grosse Fiat. Ils s'y entassèrent tant bien que mal en claquant des dents. La voiture regagna Irish Street, déserte, puis tourna dans Archbishop Street pour reprendre à gauche Republic Street. Lorsqu'ils émergèrent à City Gate, Malko poussa un soupir intérieur de soulagement. La Fiat tourna autour du rond-point et descendit la rampe menant à Floriana et à Sliema. Ils étaient sauvés. Anna-Maria posa la tête sur l'épaule de Malko et soupira :

– Je donnerais n'importe quoi pour un bain chaud.

*
* *

Malko reposa son verre de vodka sur la table d'un geste qu'il croyait bien assuré mais qui faillit rater son but. Si ses yeux ne le trompaient pas, la bouteille était aux trois quarts vide. Une bouteille de 75 centilitres... Il chercha le regard d'Anna-Maria Ximenes. Il était tout aussi flou que le sien... Après s'être vautrés dans l'eau chaude et pris soin de Godfrey Borg, ils s'étaient retrouvés tous les deux dans le fumoir. Le médecin ami qui avait examiné Godfrey Borg n'avait pu se prononcer tout de suite sur la nature de la drogue qu'on lui avait administrée. Il faudrait attendre le résultat de l'analyse de sang.

Anna-Maria était apparue avec une énorme boîte de caviar et la bouteille de Stolichnaya, drapée dans une robe de chambre de soie rouge.

Malko se sentait dans un état second, ayant dépassé sa fatigue, déconnecté de tout par l'alcool. Il fixa Anna-Maria, se rappelant brusquement qu'elle l'avait cravaché. Ce souvenir éveilla en lui un sentiment trouble, mélange de désir et d'instinct de domination.

– Qu'est-ce que vous avez? demanda la jeune femme.

Elle non plus n'était pas dans son état normal.

Malko eut un sourire ambigu.

– Levez-vous.

Elle obéit, tenant à peine debout.

– Approchez-vous.

Elle vint tout près de son fauteuil. Les pieds chaussés de hautes mules, vraisemblablement nue sous sa robe de chambre en soie.

– Je veux voir votre poitrine.

Une brusque rougeur envahit les joues d'Anna-Maria. Elle ne bougea pas, fixant Malko, la bouche entrouverte. Ce dernier se leva et alla prendre sur le bureau la cravache qui avait servi à le frapper. Il en donna un coup léger sur la soie de la robe de chambre.

– Là-bas, à l'hôpital, vous m'avez dit que vous feriez ce que je voudrais. Tenez votre promesse.

Un éclair trouble passa dans les yeux gris d'Anna-Maria.

– Vous êtes fou ! murmura-t-elle.

Ils demeurèrent quelques instants immobiles, l'un en face de l'autre. Puis, des deux mains, elle écarta les pans de soie rouge et, d'un gracieux mouvement d'épaule, les fit glisser le long de son buste. Elle semblait maintenant porter un long paréo écarlate. Ses seins étaient insolents de beauté, lourds, un peu tombants, avec de grandes aréoles brunes contrastant avec la peau très blanche. Inconsciemment, elle rejeta les épaules en arrière pour les faire saillir encore plus, les mains appuyées au bureau derrière elle.

Malko la contemplait, grisé de cette victoire facile, assailli brusquement de phantasmes inavouables...

– Cela suffit? demanda Anna-Maria Ximenes.

Il secoua la tête.

– Non.

Avec un luxe de détails volontairement crus, il lui expliqua ce qu'il attendait d'elle. Anna-Maria semblait ne pas l'entendre, statufiée, le regard ailleurs. Lorsqu'il eut fini, elle remonta sa robe de chambre d'un geste tout aussi gracieux et sortit de la pièce. Malko remarqua qu'elle titubait légèrement. Il se reversa un fond de vodka, repensant à ce qu'il venait de dire. Dans son état normal, il n'aurait jamais osé parler à Anna-Maria Ximenes de cette façon. Il consulta sa montre. Si elle n'était pas là dans une demi-heure, il irait cuver sa vodka, ses phantasmes sous le bras. Il venait de finir la dernière goutte de vodka lorsque la porte du fumoir grinça derrière lui. Il leva la tête.

Anna-Maria Ximenes se tenait dans l'embrasure, vêtue exactement comme il le lui avait demandé. Une furieuse vague de chaleur lui noua le ventre. On demandait d'habitude ce genre de fantaisie à une call-girl, pas à une créature comme Anna-Maria Ximenes.

Il se leva et lui tendit la main.

– Venez.

*
* *

Anna-Maria Ximenes avait emprisonné ses seins dans un soutien-gorge noir très échancré qui en offrait la plus grande partie à la vue de Malko. Par-dessus, elle ne portait qu'une veste de tailleur, noire elle aussi, ouverte, avec une jupe droite assortie. Ses cheveux étaient relevés en chignon, très haut sur l'arrière du crâne, ce qui accentuait son air altier. Un gardénia ornait la boutonnière de son tailleur. Par la fente latérale de la jupe, Malko aperçut une fine jarretelle maintenant les bas noirs si fins qu'ils semblaient coller à la peau. Les escarpins aux interminables talons-aiguille enserraient les chevilles d'une chaîne d'or.

Comme seul bijou, Anna-Maria Ximenes portait un fin collier d'or torsadé.

Elle s'approcha de Malko qui s'emplit les narines de son parfum.

– Alors, demanda-t-elle, d'une voix pâteuse, qu'attendez-vous de moi, maintenant?

Malko s'approcha du chevalet où était posée la superbe selle.

– Je vais vous seller, dit-elle.

Anna-Maria Ximenes ne sursauta pas. Comme si elle s'y était attendue.

– Vous voulez vraiment?

– Oui.

La démarche incertaine, elle se dirigea vers le canapé et s'y agenouilla docilement, tournant le dos à Malko, découvrant ses cuisses gainées de nylon noir. Elle frémit lorsque Malko posa délicatement la selle sur son dos, puis la fixa avec la sangle sous son ventre. La partie arrière arrivait à la hauteur des reins de la jeune femme. Celle-ci se laissait faire passivement, le regard fixant son image reflétée par une glace accrochée au mur.

– Je dois avoir l'air ridicule, dit soudain Anna-Maria Ximenes.

– Mais non, dit Malko.

Il prit place sur la selle, « enfourchant » la jeune femme, s'appuyant des deux pieds sur le canapé, enserrant les flancs d'Anna-Maria, comme il l'aurait fait d'une vraie monture. Il resta ainsi quelques instants, observant dans la glace le reflet du visage parfaitement maquillé. L'expression des yeux sombres était aussi insondable que le loch Ness. Puis il se laissa glisser en arrière et se libéra.

Ses mains épousèrent les hanches fermes. Anna-Maria avait baissé la tête, sa respiration s'était accélérée. Malko écarta le tissu de la jupe. Lorsqu'il effleura la bande de peau nue au-dessus des bas, la jeune femme frémit. Comme il le lui avait demandé, elle n'avait dessous que le mince porte-jarretelles tenant les bas. Il contempla longuement la croupe cambrée, ferme et très blanche, reculant jusqu'à l'extrémité le moment qui ne reviendrait plus, le sang battant dans ses tempes, l'alcool le plongeant dans une sorte de transe.

Il remonta doucement le long des bas, effleurant le nylon. Anna-Maria retenait son souffle. Il s'arrêta, ayant trouvé ce qu'il cherchait, puis, lentement, il s'enfonça en elle. Anna-Maria trembla de tous ses membres sous la brûlure de la pénétration, bien qu'ouverte de désir. Les mains accrochées dans ses hanches, Malko la « montait » à violents coups de reins, jouissant intensément de chaque pénétration.

Soudain, Anna-Maria poussa un grognement et, d'elle-même, défit la boucle devant son soutien-gorge, libérant ses seins. Ses traits semblèrent fondre, ses prunelles se dilatèrent. Il sentit ses muscles les plus secrets se resserrer autour de lui, ses reins se creuser. Elle l'acceptait, en dépit de sa position humiliante. Il accéléra son rythme, la prenant de plus en plus violemment, jusqu'à ce qu'il explose. Il se redressa, le souffle coupé, puis s'allongea sur la jeune femme, séparé de son dos par la selle, et emprisonna ses seins entre ses mains.

Il resta ainsi à se vider, la vue brouillée par le plaisir. Le chignon d'Anna-Maria s'était défait, un de ses bas avait filé et sa bouche semblait avoir doublé de volume...

Beaucoup plus tard, Malko se retira de son fourreau brûlant, il détacha la selle et la jeta par terre. Anna-Maria ne bougea pas, les reins découverts, les yeux clos, une jambe pendant du canapé.

Si immobile que Malko se demanda si elle ne s'était pas endormie.

Puis la jeune femme se redressa, pivota, lissa sa jupe, les yeux brillants. Ses seins nus se soulevaient encore tumultueusement, découverts par le soutien-gorge dégrafé.

Anna-Maria Ximenes le fixa longuement avant de dire :

– Si plus tard vous me décevez, je vous tuerai.

Puis, elle se leva et sortit de la pièce.

*
* *

Un ciel d'un bleu radieux éclairait le parc. On se serait cru en été. Malko se jeta sous sa douche, la bouche pâteuse et les reins meurtris. Des soirées comme celle de la veille lui faisaient creuser sa tombe avec une pelle à vapeur... La vision d'Anna-Maria muée en cheval flottait encore devant ses yeux et il avait une faim de loup. La maison était toujours aussi silencieuse. La journée allait être longue. Il s'habilla et descendit dans la salle à manger, après s'être aspergé de Jacques Bogart.

Vide. Un exemplaire du *Malta Times* était plié à sa place. Il le regarda rapidement. Bien entendu, aucune allusion à la bataille dans l'hôpital de l'Ordre de

Jérusalem. Les Libyens, étant donné leur réaction de la veille, n'avaient sûrement pas abandonné la partie. Or, Godfrey Borg dormait au-dessus de la tête de Malko. Ce dernier avait presque fini son café infâme, lorsqu'un bruit de pas lui fit lever la tête.

Anna-Maria Ximenes, défi ou inconscience, arborait des bottes de cuir noir, des jodhpurs et la veste de tailleur de la veille ! Cependant son visage n'était pas maquillé et elle portait un chemisier sous sa veste et un foulard cachait ses cheveux.

Elle tendit la main à Malko avec un sourire presque distant.

– Bonjour, vous avez bien dormi ?

– Très bien. (Il repoussa sa tasse.) Et Godfrey Borg ?

– Il va mieux. Ils l'avaient bourré de tranquillisants... Ses jours ne sont pas en danger... Il dort.

Malko ne retint pas plus longtemps la question qu'il avait sur les lèvres :

– Sait-on ce qui s'est passé pendant qu'il était aux mains des Libyens ? Ils ne l'ont quand même pas enlevé pour rien.

– Il a pu parler un peu ce matin, dit-elle. Ils ne l'ont pas vraiment torturé. Je crois que l'histoire John Fitzpatrick a fait trop de bruit. Ils lui ont administré des piqûres pour le faire parler. Il leur a dit que les documents étaient dans une banque suisse, mais ils ne l'ont pas cru... Lorsque nous l'avons récupéré, ils étaient en train d'essayer de vérifier. Ensuite, bien sûr, ils l'auraient tué... Maintenant, il est ici et nous allons le faire sortir de Malte. Avec votre aide.

On se retrouvait au point de départ... Malko avait hâte de se retrouver en face de Burt Holiday, pour lui dire ce qu'il pensait de ses analyses et de ses informations. Il était bel et bien tombé dans un guet-apens tendu par les « gentils » Libyens, aidés sournoisement par les Maltais du CID.

– Vous avez une idée ? demanda-t-il.

Anna-Maria Ximenes fumait pensivement une Rothmans en jouant avec son paquet. Elle devait en consommer deux par jour.

– Pas encore, dit-elle. Mais vous allez nous aider. Vous et vos amis américains.

Elle le regardait intensément et il eut l'impression qu'elle cherchait à lui rappeler sa conduite de la veille. Elle ne donnait décidément rien contre rien...

– Il faudrait en savoir plus sur ces documents fantômes, remarqua-t-il.

– Ils existent, affirma aussitôt la jeune femme. Je vous en donne ma parole. Il faut faire sortir Godfrey Borg de Malte. Par les moyens que vous voudrez. Dès qu'il sera rétabli. Pas par les voies ordinaires, comme l'avion ou les bateaux réguliers. Les Libyens veillent et ils le tueraient.

Malko se leva.

– Très bien, dit-il, je vais me renseigner. Tâchez de ne pas vous faire enlever.

Anna-Maria Ximenes eut un sourire froid.

– Ne craignez rien. Nous ne bougerons plus d'ici.

*
* *

– Ils veulent votre peau, avoua Burt Holiday à contrecœur. Ils sont fous furieux. Le mieux serait que vous quittiez Malte le plus vite possible. Le CID m'a dit qu'ils ne pouvaient pas assurer votre sécurité.

– Comment ça, ironisa Malko, vos « doux » Libyens sont devenus méchants?

– Pas méchants, enragés, corrigea le chef de station de la CIA.

– Les gens du CID sont de mèche avec eux, dit Malko. Ça crève les yeux. Moi parti, ils vont se déchaîner sur Godfrey Borg. Il ne peut pas indéfiniment rester caché. Comme ils bénéficient de la complicité passive de la police maltaise...

– Oh! quand même, fit Burt Holiday d'un ton choqué.

– Et le guet-apens d'hier soir ? fit amèrement Malko. Vous allez me faire croire que le CID ne savait pas que les Libyens venaient avec des armes, bien décidés à *tous* nous liquider après avoir récupéré leur major.

L'Américain ne répondit pas, sachant très bien que Malko avait raison. Celui-ci continua :

– Ils veulent me liquider parce qu'ils pensent que sans moi Godfrey Borg n'a aucune chance de sortir vivant de Malte. Donc de récupérer les documents. Ils savent que ces derniers ne se trouvent pas ici, sinon, ils seraient sortis depuis longtemps. Ils veulent passer le cap des élections.

» En plus, ils doivent connaître la nouvelle mentalité de la « Company ». S'il m'arrivait quelque chose, Langley hésiterait à expédier quelqu'un d'autre. Les pensions coûtent trop cher... Bon, excusez-moi. J'ai eu tort de m'énerver.

– Je vous en prie, fit Burt Holiday, passablement embarrassé. Je comprends votre position. Il est certain que si vous parveniez à faire sortir Godfrey Borg de Malte sans faire de vagues, ce serait très positif. Quant aux « cousins », il vaut mieux ne pas en parler. D'autre part, nous avons une position à préserver ici, vis-à-vis des Maltais comme des Libyens. Il faut penser en termes globaux, n'est-ce pas ?

C'est comme ça qu'on se faisait grignoter vivant. Malko comprenait à demi-mot. La CIA voulait bien qu'il continue, mais en douceur.

– Je vais penser en termes globaux, dit-il. Mais, dans la mesure où je reste à Malte, j'aurai besoin d'une arme. Je ne crois plus aux bonnes intentions des Libyens, ni à la protection du CID.

Burt Holiday secoua la tête, horrifié.

– Impossible, je ne peux pas prendre cette responsabilité. Les seules armes dont nous disposons ici sont celles des marines. En cas de coup dur, elles seraient facilement identifiables...

Malko pensa soudain à autre chose.

– Vos marines doivent avoir du Mace, dit-il. C'est une bonne arme de dissuasion. Je m'en contenterai, faute de mieux.

– C'est une meilleure idée, admit l'Américain. Je vais me renseigner.

Il sortit du bureau. Lorsqu'il revint dix minutes plus tard, il tenait à la main quelque chose qui ressemblait à un gros stylo-feutre, de couleur grise, avec une agrafe.

– Tenez, dit-il, c'est celui du sergent. Modèle anti-émeute, à forte concentration, 4 %. Cela vous étend un bonhomme en quatre secondes. Pour plusieurs minutes. Faites-en bon usage...

Malko empocha le Mace et enchaîna sur son idée fixe :

– Il doit bien exister un moyen de faire sortir Borg de Malte. Même à la nage.

– Sûrement, dit Burt Holiday presque chaleureusement. Mais je ne voudrais pas que *vous* vous en sortiez dans une boîte en bois. Soyez sur vos gardes...

Il raccompagna Malko jusqu'à l'ascenseur en dodelinant tristement de la tête.

Malko se retrouva dans l'ascenseur. Seul avec ses pensées. L'avenue principale de Floriana était toujours aussi calme. Il ne lui fallait pas plus de dix minutes pour gagner le *Hilton.* A peine était-il dans sa chambre qu'on frappa à la porte de communication. Malko alla débloquer le verrou.

C'était Tamra, plus spectaculaire que jamais, dans sa robe en fausse panthère. Elle s'avança, très chatte, passa ses bras autour de Malko et demanda d'un ton de reproche presque caricatural :

– Où étais-tu passé ? Tu m'as manqué.

– Chez des amis, dit Malko évasivement.

– Je fais un défilé ce soir, annonça la Libanaise. Au *BJ's,* dans Ball Street, tout à côté. Tu veux venir?

Elle l'observait, volontairement provocante, un peu déhanchée, avec une innocence totale. Tous les feux rouges s'étaient allumés dans le crâne de Malko. La réapparition de Tamra signifiait une chose : les Libyens remontaient à l'assaut. Mais, cette fois, il était prévenu.

– J'essaierai de venir, promit-il. A quelle heure ?

– Huit heures, précisa Tamra. Je t'attends. Tu m'as vraiment manqué, tu sais.

C'était presque convaincant... Elle l'embrassa légèrement et repassa sa « frontière ». Malko s'assit sur le lit et déplia une carte. Quatre-vingt-treize kilomètres jusqu'à la Sicile, cela devait être faisable.

CHAPITRE 15

Une vingtaine de gros yachts de tailles diverses étaient sagement ancrés le long du quai de Ta'xbiex, le quartier le plus résidentiel de Malte, en face de Lazzareto Creek. Presque tous battant pavillon panaméen. Malko qui avait garé sa Granada sur le quai s'approcha d'un marin en train de prendre le frais et lui tendit un billet de cinq livres maltaises.

– Je cherche un bateau pour une croisière.

Le marin empocha l'argent avant de montrer du doigt un gros yacht pansu, assez vieillot mais bien entretenu, d'environ quatre-vingt-dix pieds.

– Il y a bien celui-là, le *Dolce Vita.* Le propriétaire est en Italie. Il le loue. C'est cher. Sept cents livres par jour, je crois. Ou voulez-vous aller?

– Oh! pas très loin, dit Malko, remonter le long des côtes italiennes. Je peux voir le capitaine?

– Bien sûr.

Le marin grimpa sur le *Dolce Vita* et revint avec un vieux marin au visage buriné, sympathique, une pipe vissée à la bouche. Malko expliqua ses desiderata. Le capitaine approuva, ravi.

– On peut partir demain, si vous voulez, proposa-t-il. J'ai des vivres et du fuel. Vous êtes combien?

– Cinq ou six, dit Malko. Mais je voudrais essayer le bateau avant. Aujourd'hui. Je vous donne deux cents livres. Juste pour faire un tour, voir comment il tient la mer. Le capitaine faillit en avaler sa pipe. Son sang de Maltais ne pouvait refuser une offre pareille.

– C'est pas impossible. Quand voulez-vous appareiller ?

– Tout de suite, dit Malko. Comme ça nous serons revenus avant la nuit. Tenez.

Il tira des billets de sa poche et compta dix billets de vingt livres que le capitaine empocha.

– Montez à bord, proposa-t-il.

Malko le suivit et s'installa sur la dunette, à côté du poste de commandement. Il observa la manœuvre, le larguage de la passerelle et des amarres de quai. En cinq minutes, le capitaine avait ramené l'équipage. Les moteurs avaient démarré au quart de tour. Le gros yacht longea Manuel Island puis obliqua vers le nord pour sortir de la baie de Marsamxett à petite vitesse. La mer était d'huile. Malko respirait avidement la brise marine. C'était si simple ! Ils partiraient le lendemain à l'aube. Les hommes de Gozzo assureraient la sécurité jusqu'au *Dolce Vita.*

Il regarda sur sa droite défiler les remparts de La Valette avec au bout la grosse protubérance ocre du fort St. Elme. Puis le yacht prit de la vitesse, incurvant sa course vers le nord, s'éloignant de la côte. Ils devaient se trouver à deux milles des côtes lorsque Malko aperçut un point noir qui fonçait vers eux au ras des vagues.

Un hélicoptère.

Le capitaine sortit aussitôt de son poste de commandement et rejoignit Malko.

– Tiens, une patrouille, fit-il. Ils surveillent tout ce qui sort. A cause de ceux qui font du charter illégal.

L'hélicoptère se rapprochait. Une Alouette avec de gros flotteurs en caoutchouc. L'appareil monta un peu et se mit à tourner autour du yacht. Le radio sortit de la cabine et héla le capitaine :

– Ils demandent où nous allons et qui nous avons à bord.

– Dites-leur que je fais un essai de moteurs, fit le capitaine, sans passagers. (Il se tourna vers Malko.) Demain, faudra me donner les noms de tous les passagers, que je les déclare à la capitainerie avant le départ. Sinon, on peut être arraisonné par un de ces zozos. (Il baissa la voix.) Ce sont des équipages libyens, des sauvages. Ils ont déjà tiré sur des navires de pêcheurs qui n'obéissaient pas. Tout ça c'est la faute à Mintoff. On va suivre la côte, si vous voulez bien qu'ils ne nous emmerdent pas. Quand on sera par le travers de Ghallis Rocks, on fera demi-tour.

– Parfait, dit Malko qui avait cessé de s'intéresser à la promenade.

L'hélicoptère tournait toujours autour d'eux, à une centaine de mètres. Malko entra dans le poste de commandement et demanda d'un ton détaché :

– Qu'est-ce qui se serait passé si vous n'aviez pas répondu ?

Le capitaine ôta sa pipe en riant :

– Ils nous auraient signalés à une des frégates de la surveillance des côtes. Elles filent trente nœuds. Alors, avec nos douze nœuds...

Effectivement, l'hélicoptère ne les lâcha que beaucoup plus tard, lorsqu'ils eurent fait demi-tour.

Le capitaine, ravi de ses deux cents livres, avait complètement oublié l'incident.

– A quelle heure voulez-vous partir demain ? demanda-t-il à Malko. Faut que je prévienne l'équipage.

– Je vais demander à mes amis, dit évasivement Malko. Je passerai vous voir ce soir.

Tristement, il regarda les côtes de Malte se rapprocher. L'expérience était concluante. Ce n'était pas en louant un yacht qu'il ferait sortir Godfrey Borg de l'île. Il restait l'aéroport, encore plus facile à surveiller... Avec très peu de vols et absolument aucun avion privé.

Le piège.

Quand il retrouva le quai de Ta'xbiex, il n'avait pas résolu son problème. Par contre, une voiture bleue attendait sur le quai. Elle démarra en même temps que lui. Les Libyens avaient repris la filature. L'hélicoptère était bien en liaison avec eux. Ils n'avaient pas perdu de temps. Il reprit la direction de Sliema, cherchant désespérément un moyen de sortir de Malte avec Godfrey Borg. Et accessoirement Anna-Maria. Elle l'avait réconcilié avec la race chevaline.

En surface, Malte semblait toujours aussi calme, aussi endormie. Peu de piétons, de ridicules et vieilles petites voitures anglaises tombant en morceaux à cause du manque de pièces de rechange se hâtaient dignement à trente à l'heure sans un coup de klaxon. Mais derrière Malko il y avait la Cortina bleue avec deux hommes au teint basané.

*
* *

Un grand piano à queue occupait le centre du *BJ's*. En face d'une piste de danse, pour la circonstance cernée de projecteurs. La plupart des clients étaient moustachus et sombres de peau. Les Libyens de l'Institut technique voisin. On avait attribué à Malko une table de choix près de la piste et une bouteille de Dom Pérignon d'office. La première fille apparut dans le faisceau des projecteurs. Doris, l'amie de Tamra, drapée dans de la mousseline rose, virevolta gracieusement sous la lumière crue, montrant ses jambes jusqu'au ventre, et sortit dans le silence pesant. Les Libyens n'avaient jamais vu cela.

Ensuite, ce fut Tamra.

Sublime dans un taffetas jersey de soie mauve qui moulait ses formes luxuriantes, ses seins dansant sous le léger tissu avec insolence. Un des Libyens trempa distraitement sa cigarette dans son café. Dommage que la Libanaise soit un tel serpent... Malko continua à regarder défiler d'un œil froid, se demandant comment résoudre son problème. Il avait hésité à venir retrouver Tamra. Mais il n'était pas certain qu'elle sache bien qu'il savait... Donc cela lui donnait un léger avantage. Et de toute façon, si les Libyens voulaient ouvertement s'attaquer à lui, ils le feraient. Il doutait qu'ils se livrent à une action ouverte, craignant de déclencher des réactions de rejet auprès de la population maltaise. Il transpirait sous les projecteurs, pensant à Anna-Maria Ximenes et ses phantasmes, lorsque Tamra vint s'asseoir à côté de lui. Le défilé était terminé et la musique reprenait ses droits. Il y avait quelques filles, mais beaucoup plus d'hommes groupés un peu partout dans la pénombre.

Un couple évoluait sur la piste, une fille en pantalon de velours et un Libyen sérieux comme un ayatollah, dansant à un kilomètre l'un de l'autre...

Deux autres couples les rejoignirent. Tamra posa ses griffes rouges sur la main de Malko.

– Tu viens danser?

Tamra s'enroula autour de lui comme une liane chaude et souple et parfumée devant les regards exorbités des Libyens qui n'avaient jamais vu une telle provocation. Une allumette contre un frottoir. Ses lèvres se mirent à courir sur le cou de Malko comme de petites ventouses coquines.

Tandis qu'ils évoluaient en bordure de la piste, un des Libyens se leva et alla au bar chercher une consommation self-service. Lorsqu'il repassa près d'eux, Malko sentit Tamra sursauter.

– Le salaud! fit-elle, il m'a mis la main aux fesses.

Le Libyen se tenait debout au bord de la piste, une main paisiblement posée sur les reins cambrés de la jeune femme, défiant Malko du regard. Un jeune, hirsute, frisé comme un astrakan, musculeux. Situation embarrassante. Malko mesura la salle du regard. Une bonne vingtaine de Libyens. Qui n'attendaient qu'une occasion pour déchirer à belles dents le Blanc qui les défiait avec cette somptueuse créature. Malko s'arrêta de danser et poussa Tamra vers sa chaise.

– Je crois qu'il est temps de partir.

Le Libyen les suivit jusqu'à la table, jeta quelques mots dans sa langue à Malko, puis, sans crier gare, lui lança son verre en plein visage.

Malko demeura strictement immobile. Lentement, il sortit son mouchoir et s'essuya le visage. Dans le creux de sa main il tenait le container du Mace. L'autre attendait sa riposte, bien campé sur ses boots. Malko tendit le bras. Dans la pénombre, personne ne pouvait voir le container. Il y eut un « pshtt » léger. Le Libyen d'abord ne réagit pas, il tituba, se rattrapa à une colonne comme s'il était saoul. Puis il tomba en arrière d'un bloc; la bouche ouverte comme s'il étouffait. Plusieurs Libyens s'étaient levés, observant la bagarre. Lorsqu'ils virent leur camarade tomber, ils se ruèrent à travers les tables, bien décidés à le venger. Tamra s'accrochait au bras de Malko en poussant des cris aigus. Celui-ci la poussa en avant, fonçant vers la sortie. Ce n'était pas le moment de se faire prendre dans une bagarre stupide.

Du coin de l'œil, il vit des barmen se précipiter vers lui pour tenter d'arrêter le combat.

En même temps, il repéra un Libyen, les yeux dissimulés derrière des lunettes noires. Qui s'approchait, les mains dans les poches. Son estomac se contracta. Celui-là ne glapissait pas comme les autres. Malko comprit ce qui se passait en une fraction de seconde.

Il pivota brusquement pour faire face à l'homme aux lunettes noires, au moment où le garçon arrivait près de lui. Tout se passa en même temps. Le Libyen sortit la main droite de sa poche et la lança en avant. Malko aperçut un reflet métallique qui le glaça. Un rasoir. A son tour, il tendit le bras et appuya sur le déclencheur du Mace. Le gaz atteignit le Libyen en pleine action. Son bras balaya l'espace, visant la gorge de Malko.

Mais, à cause du gaz, son bras dévia. Entraîné par son élan, il ne put rattraper son geste mortel. Malko vit la lame du rasoir effleurer la gorge du garçon.

Le Libyen recula dans la pénombre, en titubant, lâchant son rasoir. Paralysé, le garçon, sentant une légère brûlure, porta la main à sa gorge. Une fraction de seconde plus tard, il jaillit un flot de sang, presque à l'horizontale, de sa carotide tranchée. Tamra poussa un hurlement, sincère celui-là. Le garçon oscillait sur place, les doigts crispés sur sa gorge, l'air ahuri, tentant d'arrêter le sang.

Malko se lança vers la porte. Aussitôt, les autres Libyens firent un mouvement pour lui interdire la sortie, bloquant le couloir menant à la porte. Malko fonça, brandissant son Mace, Tamra sur ses talons. Le gaz eut raison d'une demi-douzaine de Libyens, mais d'autres le frappèrent et le retinrent. Ceux-là n'étaient que des complices inconscients. Malko, à coups de poing et de pied, se fraya un passage jusqu'à Ball Street déserte.

Tamra sanglotait convulsivement. Malko avait l'impression d'avoir très chaud. Il lui prit le bras et l'entraîna vers sa voiture garée devant le « Club 54 ». Son container de Mace était vide et il ne se souciait pas de livrer une bataille rangée à vingt Libyens déchaînés.

Il réprimait une violente envie d'étrangler Tamra. Cette garce l'avait sciemment emmené au *BJ's* afin de pouvoir déclencher une bagarre où Malko se serait retrouvé la gorge ouverte « accidentellement ». Une façon sophistiquée et discrète de se débarrasser de quelqu'un. Même si l'assassin – un homme du major Dhofar – passait quelques mois en prison. Ce n'était plus une affaire politique, mais un fait divers.

La portière claquée brutalement sur Tamra, il démarra. Les Libyens voulaient vraiment sa peau. Mais discrètement. Ensuite, une fois les mains libres, ils prendraient tout leur temps pour assassiner Godfrey Borg... Tamra se coula contre son épaule et murmura :

– C'est horrible, je ne comprends pas. Cet homme avec son rasoir. Qu'est-ce que tu avais dans la main ?

Les Libyens n'avaient pas prévu le Mace. Ils devaient être tranquilles, sachant que Malko ne se promènerait pas avec une arme à feu à Malte.

– Oh ! ce n'est rien, dit-il. Un gadget que j'ai acheté aux États-Unis.

L'estomac crispé de rage, il tourna à gauche, vers les lumières du *Hilton.* A partir de maintenant, il jouait à la roulette russe avec sa vie. Il avait le choix entre deux solutions. Ou quitter Malte, abandonnant Godfrey Borg à son sort, ou attendre de pied ferme la prochaine tentative libyenne de l'éliminer.

CHAPITRE 16

C'était un court article en cinquième page du *Malta*. Une rixe entre les clients d'une boîte de St. Julian avait provoqué la mort d'un barman, blessé mortellement d'un coup de rasoir. L'assassin, un élève de l'Institut technique libyen, avait été arrêté sur les lieux en état d'ébriété. Les policiers du CID cherchaient à reconstituer les circonstances du drame. Simple fait divers.

Burt Holiday replia le journal et fixa Malko de son regard de veau triste.

– Ils réussiront la prochaine fois, dit-il. Je pense que vous pouvez vous replier sans perdre la face. D'ailleurs, les Libyens ont déjà presque gagné. Regardez.

Il relut le journal et montra un entrefilet annonçant qu'une firme maltaise avait reçu une importante commande d'uniformes de la Libye.

– Je me demande si Borg et ses amis nationalistes ne se battent pas contre des moulins à vent. Leurs compatriotes sont mûrs pour une nouvelle occupation arabe.

Malko parcourut l'article. Cela n'avait rien d'étonnant. Malte était pauvre. Mais les minorités agissantes avaient toujours pesé lourd dans les choix politiques.

– Même s'il n'y a qu'une chance sur mille, il faut la courir, dit-il. Malte est encore une démocratie. Si les adversaires de Mintoff ont des documents compromettants, ils peuvent renverser la majorité actuelle et prendre le pouvoir. Il n'y a que quatre sièges d'écart.

Burt Holiday dodelinait de la tête d'un air absent. Malko avait l'impression qu'il avait autre chose à lui dire.

– A propos, continua-t-il, je n'ai plus de Mace.

L'Américain sembla encore plus accablé.

– Pourtant, dit-il, vous risquez d'en avoir besoin. Il y a du nouveau. Un membre de l'ambassade d'Israël sort d'ici. Il m'a transmis un rapport de Mossad en provenance de Beyrouth. Les Libyens ont demandé aux Palestiniens du FPLP une équipe de tueurs pour venir liquider Godfrey Borg et vous... Ils sont arrivés.

Malko sourit. Avec fatalisme.

– Quand votre numéro doit sortir, dit-il, il sort. Je ne peux pas passer ma vie à fuir. Vous les avez identifiés?

Burt Holiday prit un dossier sur la table :

– Tout le CID ne travaille pas avec les Libyens, souligna-t-il. Notre ami israélien a complété son dossier ici. Il lut : Le chef du commando chargé de vous éliminer est un certain Abu Hassan. Il se fait appeler Peter Jacobson. Il est en possession d'un passeport britannique n° 260 896. Voici sa photo. A débarqué d'un vol de Genève. Installé au *Phœnicia.* On l'avait déjà repéré dans l'équipe Carlos. Ensuite, il y a une certaine Erika Candary, de nationalité britannique également... Arrivant de Londres. A déjà travaillé comme soutien avec les Palestiniens. Se fait passer pour artiste peintre. Elle a loué un petit studio à Ta'xbiex, pas très loin de chez moi.

Il leva la tête.

– Ce n'est pas tout; au *Hilton,* vous avez depuis ce matin un certain Toland Kolberg, sujet canadien. Professeur. Passeport n° DS 104 277. Il vient, paraît-il, faire une thèse sur les Chevaliers de Malte. Il a loué une Volkswagen. Les Américains l'ont déjà repéré du temps des Black Panthers et les Allemands le recherchent pour son aide à la bande à Baader.

Malko écoutait. Ce n'était pas la première fois qu'il se heurtait à des adversaires décidés. Cette fois, dans une île, c'était une sorte de champ clos. Un vrai duel.

Il eut un rire un peu nerveux, cherchant à dissiper le petit picotement qui lui contractait l'épigastre.

– Les Maltais qui voulaient du calme vont être servis. Il va falloir que vous me débloquiez autre chose qu'un mini-container de Mace...

A voir la tête de l'Américain, Malko comprit qu'il avait touché le point sensible.

– Il n'en est malheureusement pas question, avoua Burt Holiday. C'est pour cela que je vous conseille de décrocher. J'ai eu un échange de télex ce matin avec Londres dont nous dépendons. Ils sont très sensibles à votre acharnement, mais les ordres sont formels : aucune action qui pourrait donner lieu à des bavures. Vous n'êtes pas ici pour faire la guerre aux Libyens. Même si nous en mourons tous d'envie.

– Nous crèverons tous de charité chrétienne, soupira Malko. Les Libyens, eux, se moquent bien des bavures... Si je pars, tout rentrera dans l'ordre et Godfrey Borg se fera gentiment assassiner, dans un jour ou une semaine, par la joyeuse équipe qui vient d'arriver. C'est cela, votre idée de la détente?

Burt Holiday leva les bras en un geste d'impuissance :

– Vous connaissez la position de notre nouvelle administration. Pas de vagues. Nous ne pouvons pas refaire le monde et nous ne sommes plus les gendarmes de l'univers. Si les Libyens veulent investir ici, c'est normal. Ils sont tout près de chez eux. Nous ne voulons plus nous battre que pour les objectifs absolument prioritaires...

Malko bouillait.

– Je resterai à Malte, dit-il, et je vais même essayer

de remplir ma mission qui est de faire sortir Godfrey Borg de cette fichue île.

Il se leva sans serrer la main de l'Américain, sortit du bureau en claquant la porte. Il ne retrouva vraiment son calme qu'en roulant dans la paisible avenue de Floriana. Du calme, il allait en avoir besoin. Le fait que les Libyens aient fait appel à une aide extérieure, en dépit de leur orgueil, prouvait l'importance de l'affaire Borg. Les tueurs venus de l'extérieur étaient redoutables, d'autant qu'il ne connaissait pas leurs méthodes. Ce genre de commando frappait et filait ensuite. Seule Anna-Maria Ximenes pouvait l'aider.

Il n'avait pas eu de contact depuis la veille et elle devait ignorer l'incident du *BJ's*. L'arrivée du commando palestinien allait sûrement l'intéresser.

Les voitures se traînaient encore plus que d'habitude, lui sembla-t-il. C'était exaspérant d'aller de rond-point en rond-point, sans jamais pouvoir dépasser le trente à l'heure. En approchant de la propriété Ximenes, Malko repéra une voiture en stationnement, tout de suite après le petit cimetière au milieu de la route. Au passage, il aperçut deux casquettes. Des policiers en uniforme. Que faisaient-ils devant la propriété d'Anna-Maria?

*
* *

Gozzo, assis sur un pliant devant le perron, se leva vivement en voyant la voiture de Malko. Celui-ci aperçut deux hommes qui accouraient, dissimulant mal des fusils de chasse à canon scié.

Malko grimpait déjà les marches du perron.

– Miss Ximenes est dans son bureau, cria Gozzo.

Anna-Maria Ximenes semblait avoir vieilli de dix ans, pas maquillée, les cheveux en broussaille, vêtue d'un gros pull et de bottes.

– Vous avez vu? dit-elle. Maintenant, ils ne se cachent plus. Ils nous espionnent.

– Qui « ils »?

– Les gens de Mintoff. Ce sont des policiers de son parti. En réalité, ils travaillent pour les Libyens. Ici, à Mdina, il n'y avait que des nationalistes. Depuis quelque temps, ils ont tous été transférés à l'autre bout de l'île, soi-disant pour les besoins du service... Les autres sont arrivés. Ils notent tous les gens qui entrent et qui sortent.

Sa voix devenait franchement hystérique.

– Où est Godfrey Borg? demanda Malko.

– Pourquoi?

Tout de suite soupçonneuse.

– Pas pour l'enlever, dit Malko, agacé, j'ai besoin d'avoir une conversation sérieuse avec lui.

Anna-Maria Ximenes se leva.

– Venez.

Il la suivit à travers la grande maison vide... Frappa à une porte, un bureau donnant sur le parc. Godfrey Borg était en train de lire. A travers la porte-fenêtre, on apercevait les silhouettes massives de deux gardes du corps. Le financier maltais sourit à Malko et lui serra longuement la main.

– Je n'avais pas encore eu l'occasion de vous remercier...

– Vous le ferez quand nous serons à Zurich, dit Malko. Pour l'instant, nous sommes, vous et moi, en danger de mort. Avez-vous une idée pour sortir de cette situation? Les Libyens ont fait venir à Malte des tueurs professionnels. Alors, y a-t-il un moyen de déléguer votre signature pour récupérer ces documents? Lorsqu'ils seront publiés, vous ne risquerez plus rien.

Godfrey Borg secoua la tête tristement.

– Aucun. Je l'ai voulu ainsi. J'avais peur qu'on me kidnappe et qu'on envoie quelqu'un à ma place. Même si je donne une lettre autographe avec toutes les coordonnées du coffre, la banque dira qu'elle n'est au courant de rien. Je dois venir en personne et seul...

– Il n'y a pas de photocopies?

– Aucune.

– Donc, il faut que vous sortiez de Malte.

Anna-Maria Ximenes écoutait. Malko eut soudain une idée.

– S'il vous arrivait quelque chose, dit-il, vos héritiers auraient-ils le droit d'avoir accès à ces documents?

– Non, dit Godfrey Borg. Je l'ai précisé aussi. Ce serait trop dangereux pour eux. Si la banque a la preuve de ma mort, ils ont ordre de tout détruire.

C'était un cercle vicieux total. Malko s'assit, découragé. Godfrey Borg poussa vers lui un journal où il avait encadré quelque chose.

– Regardez, dit-il, ils préparent l'hallali.

Malko lut l'entrefilet annonçant une grève de tout le personnel au sol de l'aéroport de Luqa. A partir du lendemain. Aucun avion ne pourrait ni partir ni arriver. Malte allait être coupée du monde pour une période indéterminée.

– Leur syndicat, le *General Workers Union,* est très lié avec le Labour Party, expliqua Godfrey Borg. Je crois que tout est coordonné. Surtout après ce que vous venez de m'apprendre. Ils veulent mettre toutes les chances de leur côté et en même temps ils font plaisir aux syndicalistes.

Malko n'osa pas dire à Godfrey Borg qu'il se trompait. Étant donné l'attitude ambiguë des responsables maltais depuis le début de l'histoire, tout était possible.

– Mais je ne céderai pas, dit avec entêtement le Maltais. Je compte sur vous.

– C'est gentil, dit Malko, mais je ne suis pas Dieu le Père.

– L'Amérique est un pays puissant, soupira Godfrey Borg. Elle a des milliers d'hélicoptères. Il suffit d'un qui vienne de Sicile. Vingt minutes de vol.

– Bien sûr, dit Malko. Mais ce n'est pas aussi simple que cela.

Tout cela n'était pas drôle. Ils étaient dans l'impasse. Malko raconta son test avec le *Dolce Vita*. Anna-Maria l'interrompit tout de suite :

– On ne peut rien tenter par les moyens légaux. J'ai envoyé un ami à l'aéroport. Tout est surveillé par les Libyens. Ils ont payé les officiers de la douane. Ils savent tout. Et de toute façon, il n'y aura plus d'avions à partir de demain.

Malko avait du mal à croire qu'un tel déploiement de forces avait pour objet le petit homme frêle assis en face de lui. Pourtant, il y avait déjà une demi-douzaine de morts depuis le début de l'histoire.

– L'Institut technique est un nid d'espions libyens, dit Borg. Les Anglais s'en vont dans trois mois, il ne reste plus qu'eux. Même si nous sommes à cent kilomètres de la Sicile, ici, c'est déjà le monde arabe.

– Quelle est votre suggestion, alors? demanda Malko. Vous ne pouvez pas rester caché ici indéfiniment...

Godfrey Borg hocha la tête.

– Non, bien sûr. Mais je ne vois rien d'autre à faire. Il faudrait un bateau très rapide, filant quarante nœuds, et partir de nuit. Mais il n'y en a pas à Malte. En revanche, les Libyens possèdent six vedettes d'interception et avec leurs radars ils surveillent tout le trafic maritime... Si à la fin de la grève vous n'avez rien trouvé, je me présenterai à l'aéroport. Tant pis s'ils me tuent. La propriétaire du *Malta Times*, qui est une amie, possède une lettre de moi. Qu'elle publiera après ma mort. J'espère que cela servira à quelque chose.

– Cela ne servira à rien, dit Malko. Je vais encore réfléchir. Il y a sûrement un moyen de vous faire partir.

Il sortit du bureau, Anna-Maria à sa suite.

– La propriétaire du *Malta* ne fera rien du tout.

D'ailleurs, elle ne contrôle plus ce qu'écrit son journal. Godfrey rêve complètement...

Gozzo veillait toujours au pied du perron. Malko prit la main d'Anna-Maria et la baisa.

– A très bientôt, je ne vous oublie pas.

Il souriait, tentant de la rassurer. Godfrey Borg l'observait de sa porte-fenêtre. Il réalisa soudain qu'il était leur dernier espoir. Que le piège était en train de se refermer inexorablement sur eux. Il avait lu le désespoir dans les yeux d'Anna-Maria Ximenes en entrant dans le fumoir.

CHAPITRE 17

L'homme qui se faisait appeler Peter Jacobson acheva de ranger ses affaires. Personne n'aurait pu deviner que ce moustachu blond à la peau rose était un Arabe. C'était pourtant un Palestinien, né jadis à Jaffa. Nationaliste farouche, il avait consacré sa vie à la lutte contre Israël. Une des raisons pour lesquelles il avait volontiers accepté cette mission était son désir de retrouver Tamra. La Libanaise était sa maîtresse intermittente depuis longtemps. Il l'estimait à cause de son dévouement à la lutte armée palestinienne. Après son élection au titre de Miss Monde, elle aurait pu faire carrière dans le cinéma ou épouser un milliardaire. Elle avait choisi de vivre dans la semi-clandestinité avec un des chefs du terrorisme palestinien. Ce dernier transformé en chaleur et en lumière par les Israéliens, elle était devenue la maîtresse de celui qui se faisait appeler Peter Jacobson. Une seule chose l'excitait vraiment : le danger. Ceux qui connaissaient Jacobson le désignaient comme un fauve avec le quotient intellectuel d'Einstein. Redoutable, méticuleux, d'un courage physique absolu, il n'avait qu'un point faible : les femmes, qui lui rendaient bien l'intérêt qu'il leur portait.

Pourtant celles qui partageaient sa vie savaient qu'elles risquaient au mieux d'être veuves ou au pire de se retrouver mutilées ou mortes. Cela ne les arrêtait pas...

Peter Jacobson ouvrit sa valise et en sortit une série de photos qu'il étala sur le lit. Toutes représentaient le prince Malko Linge, à différentes époques, à plusieurs endroits, des gros plans au télé, des portraits isolés, en marche, tout. Il devait connaître son ennemi à fond. Ce qu'avait appris Tamra lui servirait également. Il avait besoin de connaître ses adversaires à fond. Ce qui lui manquait c'étaient des photos de Godfrey Borg.

On frappa à la porte.

Peter Jacobson s'approcha du battant et demanda en anglais sans ouvrir :

– Qui est là?

Une voix répondit en arabe, disant les mots qu'il attendait. Il ouvrit, maintenant quand même le battant avec son pied. Mais Mustapha Ryad était tout seul. Les deux hommes s'étreignirent violemment, comme deux amants qui se retrouvent. Ils se connaissaient depuis longtemps et s'estimaient. Puis, ils se mirent au travail. Mustapha Ryad résuma la situation respectueusement, passant sur les écarts sexuels de Tamra, nécessités par sa mission. Il savait que Peter était amoureux de la jeune femme.

Ce dernier notait les points principaux. Cherchant une idée. Si possible, discrète. On n'était pas à Beyrouth. Lorsqu'il eut fini ses explications, Mustapha lui ouvrit l'attaché-case qu'il avait apporté avec lui. Venu de Tripoli par la valise diplomatique. Tout ce qu'il fallait pour mener à bien sa mission. Un pistolet Walther 22 long rifle équipé d'un long silencieux, arme extrêmement précise, des petites grenades américaines rondes, défensives, dérobées dans un dépôt américain en Allemagne par la bande à Baader, trois pistolets mitrailleurs « Scorpio » encore entourés de leur papier huilé, avec des chargeurs, une carabine à lunette démontée avec sa lunette et de petits paquets qui ressemblaient à des quarts de beurre mais étaient en réalité de puissants explosifs brisants très faciles à manier.

– Et ça? demanda Peter.

C'était un tube noir de vingt centimètres, avec un renflement à une de ses extrémités.

– Une sarbacane à air comprimé, expliqua Mustapha. Elle tire des projectiles empoisonnés à la ricinine...

Peter Jacobson eut un hochement de tête approbateur. Sa mission était double. Éliminer à la fois l'agent de la CIA et surtout l'homme qui menaçait les intérêts libyens, Godfrey Borg. Avec une telle arme, il ne pouvait frapper qu'une fois et, ensuite, serait obligé de quitter l'île.

Il fallait trouver autre chose. Aussi reprit-il l'interrogatoire de Mustapha, cherchant une façon d'éliminer les deux hommes en même temps, et dès la première tentative.

Leur conversation dura longtemps. Finalement, Peter Jacobson trouva une idée. La petite plaisanterie israélienne qui avait coûté la vie à l'amant de Tamra. C'était justice de la retourner contre un ami des Israéliens.

– Mustapha, dit-il, je crois que j'ai trouvé la solution...

Il expliqua son idée. Contrairement à ce qu'il attendait, le Libyen ne parut pas enthousiasmé.

– Il va y avoir des « bavures », objecta-t-il. Le major ne va pas aimer cela. Déjà, nous ne sommes pas très populaires...

– Bon, dit Peter, dans ce cas, je vais déjà essayer le plan numéro un. Mais cela ne prend soin que de la moitié du problème.

Mustapha balaya l'objection.

– L'agent de la CIA éliminé, remarqua-t-il, nous nous chargerons de Borg. Il sera facile de lui tendre un piège et de le faire disparaître.

– Alors, au travail, dit Peter Jacobson. Voici ce qu'il me faut.

*
* *

La route de Qormi à Luqa était inhabituellement déserte. Malko n'eut aucun mal à trouver une place devant le bâtiment coquet de style arabe de l'aérogare. Il y régnait un silence insolite. A l'intérieur, personne. Deux ou trois employés flânaient derrière les comptoirs d'Air Malta et un Libyen lisait l'*Al Jamarya Times* sur un banc. Malko s'approcha :

– Il n'y a plus d'avions?

– Non, Sir, annonça une fille boulotte avec des seins énormes. C'est la grève.

– Jusqu'à quand?

L'employée eut un geste évasif.

– On ne sait pas, cela dépend de l'Union. Plusieurs jours, de toute façon.

– Il n'y a pas d'avions-taxis?

– De quoi?

Elle ignorait même jusqu'à l'existence des avions-taxis... De toute façon, il n'y avait rien. Ni avion ni hélicoptère. Par acquit de conscience, Malko monta au premier étage sur la petite terrasse jouxtant le restaurant et inspecta le tarmac. Cinq 707 arborant sur leur dérive la croix de Malte blanche sur fond bleu et rouge étaient sagement rangés le long des bâtiments, les réacteurs encapuchonnés.

Aucun autre appareil en vue, aussi loin que l'œil pouvait voir. Pour plus de sûreté, le personnel de l'aérogare avait mis un tracteur en travers de l'unique piste d'envol. L'aéroport était totalement bloqué... Malko redescendit, reprit sa voiture et continua vers le sud, Birzebbuga, le petit port près de l'ancienne base anglaise de Hal Far. Paysage désolé et plat coupé de murs de pierres sèches, de villages frileux. Au bout d'une demi-heure, il aperçut les barbelés de l'ancienne base anglaise de Hal Far. Les Anglais étaient partis mais il restait une piste d'envol.

Un chemin étroit contournait tout le périmètre de la base, d'où on pouvait apercevoir tous les piliers du système de signalisation et des bâtiments déserts. Malko dut monter jusqu'en haut de la colline pour apercevoir enfin la piste d'envol en contrebas, bordée de vieux hangars.

Là non plus, pas d'avions, à part deux vieux Curtiss « Commando » auxquels il manquait les moteurs et pas mal d'autres choses... Aucun appareil moderne en vue. La piste se gondolait sur un axe nord-sud, protégée par les barbelés. Évidemment, on pourrait y faire atterrir un avion. Il était facile de franchir les barbelés et d'attendre. Comme les Maltais n'avaient pas d'aviation de chasse, les risques de poursuite étaient nuls.

Pour un avion, les hélicoptères ne présentaient aucun danger. Il ne restait plus qu'à le trouver. Ainsi qu'un pilote. Seulement c'était le cercle vicieux. Parce qu'il fallait sortir de Malte. Ce n'était pas le genre de deal qu'on arrangeait par téléphone. Sauf si la « Company » voulait se mouiller. Il ne restait plus qu'à convaincre Burt Holiday. Après tout, le terrain de Hal Far était encore pour trois mois une base de l'OTAN. Malko reprit la route de La Valette, un peu ragaillardi. Il y avait une amorce de solution.

*
* *

Burt Holiday hocha la tête comme un vautour fatigué.

– Vous réalisez ce que vous me demandez? Cette piste est impraticable de nuit, à cause de l'absence de balisage. Un avion ne peut venir donc que de jour et de Sicile, qui est le point le plus rapproché. Il y a un puissant radar du côté de Mdina, au centre de l'île. Donc l'appareil ne passera pas inaperçu. De toute façon, pour des raisons de sécurité, il est obligé d'entrer en contact avec la tour de contrôle de Luqa qui lui demandera où il va. Sinon, il risque de se payer un hélicoptère... S'il se pose à Hal Far et redécolle pour le nord, ils vont immédiatement alerter les aéroports de Sicile et il se fera piquer à l'arrivée par les Italiens. Malte est un État souverain.

Il se noyait dans une goutte d'eau. Malko réprima sa rage.

– Envoyez quand même un télégramme « flash » avec ma suggestion, dit-il. Laissez à Londres le soin de prendre la décision. Pour ma part, je crois que c'est parfaitement réalisable...

L'Américain se ferma encore plus. Ils se serrèrent la main froidement. De plus en plus Malko avait l'impression que la CIA voulait laisser tomber cette affaire. Il se retrouva dans les rues calmes de Floriana, sous le ciel immuablement bleu. Machinalement, il prit la route de La Valette, passant en revue ses alliés possibles.

Au lieu d'entrer dans La Valette, Malko tourna à droite devant l'énorme masse du *Phœnicia* et redescendit la grande rampe longeant le port. Il s'arrêta et descendit de voiture. Admirant la vue. De l'autre côté s'élevait l'énorme dock flottant de 300 000 tonnes en cours de construction par la mission chinoise d'aide à Malte. Il y avait huit cents Chinois à Malte. Silencieux et efficaces. Ils avaient commencé par construire une usine de chocolat pour s'apercevoir un peu tard que les Maltais avaient horreur du chocolat... Eux seraient sûrement ravis de l'aider. Mais Burt Holiday était le seul à pouvoir lui donner le « contact » avec son homologue chinois. Et il ne le ferait certainement pas.

Il restait le MI 5 britannique. Mais leur jeu était si compliqué que Malko se sentait découragé d'avance. L'expérience avec Susan Herring n'avait pas été concluante... En dessous de Malko, le port était peu animé. Pendant l'hiver, Malte hivernait, privée de touristes. Il regagna sa voiture. Son inaction se prolongerait tant qu'il n'aurait pas le OK de la Centrale de Londres pour une évacuation clandestine de Godfrey Borg. Tout ce qui lui restait à faire c'était d'aller visiter la cathédrale Saint-Jean, église de l'Ordre, et de s'incliner devant le tombeau de son ancêtre. Il se sentait atteint de claustrophobie dans cette île minuscule.

*
* *

Lorsqu'il mit la clef dans sa serrure, Malko entendit un bruit léger dans sa chambre. Aussitôt, il s'immobilisa, le cœur battant. On l'attendait. Il regarda autour de lui, retira vivement la clef et revint sur ses pas. Près de l'ascenseur il croisa un garçon croulant sous un amas de plateaux. Malko lui adressa un sourire charmant.

– J'ai oublié ma clef, vous pouvez m'ouvrir?

Le garçon posa ses plateaux et le suivit. Par la porte grande ouverte, Malko aperçut la chambre vide et la porte de communication fermée. Il avait rêvé. Ses nerfs commençaient à le trahir... Soudain, ses narines identifièrent un très léger parfum. Au moment où on frappait un coup très léger à la porte de communication. Il ouvrit.

Tamra portait une sage jupe droite qui aurait été sage sur n'importe qui d'autre, provocante sur elle, et un chemisier opaque, les cheveux noirs relevés en chignon. Très petite fille, mais plus sublime que jamais.

– Je suis venue tout à l'heure, avoua-t-elle, je voulais te faire la surprise, mais on m'a appelée au téléphone. (Son visage se rembrunit.) J'ai une mauvaise nouvelle.

– Ah bon? Quoi? demanda Malko sur ses gardes.

– Je pars. Mon travail est terminé ici.

Malko ouvrit la bouche et la referma. Il n'y avait pas d'avions. Comment Tamra pouvait-elle quitter

Malte? Comme si elle avait deviné ce qu'il pensait, elle ajouta aussitôt :

– On vient nous chercher demain. De Sicile. Avec un bateau très rapide. Là-bas nous prendrons l'avion. Mais c'est ma dernière soirée ici. Je voudrais la passer avec toi.

– C'est gentil, dit Malko. Pensant exactement le contraire. Il y avait plusieurs possibilités. Ou Tamra mentait et elle ne partait pas. Ou elle s'en allait réellement et tentait d'entraîner Malko dans un piège. Selon la vieille règle des services, il fallait descendre dans le trou en sachant ce que c'était, quitte à tenter ensuite la remontée...

– Je voudrais dîner. A La Valette, que je puisse m'habiller un peu, proposa Tamra.

– Entendu, dit Malko. Je vais prendre une douche et me reposer.

Tamra lui paraissait nerveuse. Elle l'embrassa distraitement et se replia dans sa chambre.

Son container de Mace était épuisé. Il n'avait aucune arme. Mais, si les Libyens voulaient vraiment le liquider de façon brutale, il était tout aussi en danger dans sa chambre.

Il était sûr qu'ils tenteraient quelque chose de plus vicieux et de plus sournois. Style « accident ». Dans cette optique, dîner avec Tamra ne présentait pas plus de danger que de se baigner dans une mer infestée de requins. Il suffisait de bien regarder derrière soi.

Et puis, la tension nerveuse de savoir qu'on le guettait finissait par le rendre imprudent. Il souhaitait presque qu'il se passe quelque chose...

*
* *

Tamra portait un tailleur beige « bon chic, bon genre » contrastant avec des escarpins aux talons démesurés, sur un chemisier mauve transparent nettement moins sage. Arrosée de parfum, superbement maquillée, une fois de plus, la vie s'arrêta dans le hall du *Hilton.*

Devant l'hôtel, il y avait les habituels taxis et un Karozzu. Tamra tomba en arrêt devant.

– Oh ! s'écria-t-elle, si nous prenions cela au lieu d'une voiture? C'est tellement romantique.

Malko n'hésita pas. Dans un fiacre découvert se déplaçant à dix à l'heure, il faisait une cible de choix... Fermement, mais tendrement, il prit le bras de la Libanaise.

– Tu pourrais avoir froid, dit-il, plein de sollicitude. Ce soir, il y a un peu de vent. Et puis, nous allons à La Valette, c'est trop loin.

Tamra n'insista pas.

Il mourait d'envie de dire à Tamra qu'il savait qui elle était. Mais à quoi bon ! La jeune Libanaise avait posé une main sur sa cuisse. En apparence, plus amoureuse que jamais. Il fit de même, trouva le bas, avec un petit choc agréable. Tamra était une façon très sophistiquée et très agréable de mourir...

Pourtant, il avait fortement envie de rester vivant.

Ils ne dirent pas grand-chose jusqu'à La Valette. Malko gara facilement la Granada dans l'étroite rue déserte. Le *Papagalli* était presque vide et le patron les fit descendre tout de suite au sous-sol. Tamra parlait sans arrêt de son métier de mannequin, de ses espoirs de faire du cinéma. Elle était convoquée à Rome par un producteur... Elle semblait sincère. Malko soupira. Quel dommage que tout ceci ne soit pas vrai... Qu'ils ne soient pas un couple comme les autres, profitant de la vie. Le dîner passa vite. Il n'avait pas faim.

Deux costauds moustachus étaient venus s'installer à une table voisine. Des Maltais ou des Libyens? Curieusement, plus la soirée avançait, plus il sentait Tamra nerveuse. Pourquoi? Elle était capable de tout, sa participation au meurtre de la tromboniste l'avait prouvé...

Il paya et l'admira tandis qu'elle montait l'étroit

escalier devant lui. Qu'est-ce qui poussait une femme aussi belle à mener une telle vie? Tamra risquait elle aussi de finir mal... Dans la voiture, elle mit la tête sur son épaule.

– Je suis triste de te quitter, soupira-t-elle. Je crois que je suis tombée amoureuse de toi. Pourquoi ne viendrais-tu pas à Rome avec moi?

– Il n'y a pas d'avion, dit Malko, mais je peux te rejoindre, si tu me dis où tu es...

– Oh! oui, fit-elle, ce serait merveilleux. J'adore Rome.

Il s'était attendu toute la soirée à quelque chose, maintenant, ses nerfs se dénouaient... Il se dit qu'après tout ce ne serait pas désagréable de faire une dernière fois l'amour à Tamra.

La chambre était vide, la télé marchait encore. Tamra s'allongea sur le lit, tout habillée. La jupe de son tailleur s'écarta, découvrant la lisière des bas marron. Les jambes croisées, elle alluma une cigarette, consciente du regard de Malko posé sur elle. Il la contempla un long moment et, quand il se pencha, elle écrasa aussitôt sa bouche épaisse contre la sienne.

Elle l'attira, sans même se déshabiller. Lorsqu'il entra en elle, ses bras se nouèrent autour de sa nuque, à le broyer. Elle murmura, d'une voix passionnée:

– Oh! que c'est bon! J'adore faire l'amour avec toi.

Pourtant, Malko avait du mal à la pénétrer. Comme si son corps le refusait.

Lorsque Malko se répandit en elle, Tamra poussa un feulement rauque, son bassin se mit à se mouvoir d'avant en arrière. Ses yeux se révulsèrent... Froid comme un iceberg, Malko enregistra tous les signes extérieurs du plaisir. Hélas, ils n'étaient qu'extérieurs. Tamra n'avait pas éprouvé le plus petit orgasme... Immédiatement, il fut sur ses gardes.

Tamra continuait à l'étreindre avec passion. Il se rejeta sur le côté, son cerveau travaillant comme un ordinateur, cherchant d'où viendrait l'attaque.

La jupe en tire-bouchon, le chemisier ouvert, décoiffée, les yeux clos, Tamra semblait dormir. Malko se leva. Ses yeux tombèrent sur les pilules qu'il prenait chaque soir, posées sur la table de nuit. Pour être certain de ne pas les oublier, il prit la plaquette. Les pilules se trouvaient dans de petits alvéoles de papier métallisé. Il appuya du pouce sur le côté en relief pour faire sauter le cache de l'autre côté. La pilule lui tomba dans la main, aussitôt. Malko allait l'avaler lorsqu'il remarqua quelque chose d'insolite. D'habitude, le papier métallique se déchirait irrégulièrement. Là, il s'était ouvert selon un cercle pratiquement parfait... Il ramassa la rondelle de papier rouge et l'examina sous la lumière de la salle de bains.

Elle semblait avoir été découpée au rasoir, puis recollée ensuite! De façon à tenir avec le reste de la plaquette... Il regarda la pilule. En apparence, elle avait la même forme que les autres, mais c'est facile d'imiter une pilule grise... Au lieu de l'avaler, il la glissa dans sa poche et revint dans la chambre. Tamra ouvrit les yeux et il s'approcha d'elle.

– Je n'ai pas envie de te quitter, dit-il à son tour.

Elle se serra contre lui.

– Oh! c'est merveilleux...

Ils demeurèrent plusieurs minutes immobiles. Malko recommença à l'embrasser et murmura à son oreille :

– J'ai envie de te violer.

Elle rit.

– Tu sais bien que ce n'est pas possible...

– Mais si, dit-il, je vais t'attacher. Comme ça, j'aurai l'impression de te violer. Avec des foulards...

Sans attendre sa réponse, il alla prendre deux foulards dans sa valise. Doucement, il lia d'abord les jambes de Tamra à la hauteur des chevilles. Solidement. Puis il lui prit doucement les poignets et en fit de même. Elle le fixait, une ride au milieu du front, intriguée.

– Fais-moi l'amour maintenant, ordonna-t-elle, comme si elle avait hâte que ce soit fini.

D'elle-même, elle se mit à genoux, la tête dans le drap, la croupe haute. Malko s'assit près d'elle et la remit sur le côté, face à lui.

– Je vais te droguer aussi, fit-il en riant.

Il enregistra son sursaut.

– Qu'est-ce que tu veux dire?

La main de Malko plongea dans sa poche et ramena la pilule qu'il approcha du visage de Tamra.

– Que tu avales ça.

Tamra serra les lèvres, détourna la tête. C'est d'une voix dure, rauque, presque croassante qu'elle interpella Malko. Toute la passion s'était évaporée.

– A quoi joues-tu? Détache-moi.

Fermement, Malko approcha encore plus la pilule des lèvres de Tamra. Il souriait mais son cœur était glacé. Il aurait tant voulu qu'elle ne soit pas ce qu'elle était.

– Prends-la, c'est une des miennes, il n'y a rien à craindre, j'en prends deux par jour... Ça t'excitera...

Il se passa alors quelque chose d'inouï... La pilule grise effleura la bouche de Tamra. Celle-ci se rejeta en arrière comme si un serpent l'avait piquée, et poussa un véritable hurlement :

– Non, non!

Ses traits s'étaient déformés, son corps était arqué en arrière, ses narines palpitaient. Malko lui prit les cheveux et ramena lentement son visage vers la pilule.

– Prends-la, dit-il.

– Nooooon!

De toutes ses forces, elle se débattait, cherchant à lui échapper.

Calmement, Malko s'installa à califourchon sur elle.

– Je suis plus fort que toi, dit-il. La porte est fermée à clef. Personne ne viendra t'aider. Ou tu vas avaler cette pilule, ou tu vas me dire ce que c'est...

Tamra resta obstinément muette, ses yeux noirs

absolument dépourvus d'expression. Malko avança la main. Elle comprit qu'il allait mettre sa menace à exécution.

– Arrête, dit-elle. Ne bouge pas.

– Qu'est-ce que c'est?

– Du cyanure, dit-elle, d'une voix à peine audible.

Puis, d'un coup, elle se mit à pleurer, le visage déformé, laide. Ses pleurs cessèrent et, sans transition, les yeux injectés de sang, elle entreprit d'injurier Malko en arabe, avec des termes particulièrement choisis.

CHAPITRE 18

Malko affronta le regard de Tamra, noir de haine. Le masque était tombé d'un coup. De la bouche qui lui avait dispensé tant de plaisir sortaient des injures ordurières. Elle redressa la tête et cracha dans sa direction, de toutes ses forces.

– Ta mère était une truie engrossée par un chien, cria-t-elle. Mes amis te tueront. Tu ne sortiras jamais de Malte. Tu paieras ce que tu m'as fait subir...

Là, elle exagérait. Malko la laissa s'essouffler avant de répliquer :

– Tamra, je ne vous ai pas violée ! C'est vous qui avez tenté deux fois de me faire assassiner. Quant à ce que vous avez fait subir à cette malheureuse Susan Herring, c'est ignoble...

– C'est la guerre, coupa Tamra, au comble de la fureur. Les Israéliens torturent nos frères, ils les tuent, les maintiennent en prison.

Toujours la même rengaine. Malko regarda la pilule dans le creux de sa main. Le cyanure ne pardonnait pas. Quelques secondes et tout était fini... Tout à coup, Tamra ouvrit la bouche toute grande, et cria :

– Allez-y, tuez-moi ! Je n'ai pas peur de mourir.

Elle restait là, la bouche ouverte, comme si elle attendait la communion. Ridicule, pitoyable et hystérique aussi. Malko remit la pilule dans sa poche. Il y avait des choses qu'il ne ferait jamais. Il contempla pensivement Tamra. Que faire d'elle? Le pouvoir de décision ne lui appartenait pas... Ou il la tuait ou il la rendait à la liberté.

Voyant que Malko ne se décidait pas à lui administrer cette mortelle communion, Tamra referma la bouche, en gardant l'air aussi farouche. La jupe de son tailleur avait glissé, découvrant ses cuisses, et elle se tortilla furieusement pour tenter de les cacher, comme si Malko ignorait sa plastique. Ce dernier secoua la tête.

– Votre amie Doris travaille aussi avec vous? demanda-t-il.

Tamra cracha sa colère :

– Doris! Cette idiote qui ne pense qu'à faire plaisir aux hommes!

Au fond, quelle importance? Au point où elle en était, il pouvait aussi bien rendre sa liberté à la Libanaise. Cela ne changerait guère le rapport des forces. Il cherchait désespérément le moyen de lui donner une leçon, sans se salir les mains. Pas facile. Tamra était aussi facile à manier qu'une tigresse... Elle l'observait, un sourire venimeux aux lèvres.

– Vous avez peur, hein, dit-elle. Vous savez qu'ils me vengeront...

Elle avait définitivement abandonné le tutoiement amoureux.

Évidemment, il y avait la solution de l'enlever, d'appeler Gozzo et de l'emmener chez Anna-Maria Ximenes. Mais Malko en avait un peu assez de jouer au petit jeu des otages. De plus, les Libyens n'échangeraient pas Tamra contre grand-chose. Au contraire. Ils avaient besoin de martyrs et tenteraient d'exploiter sa mort éventuelle.

Cela n'aiderait pas à faire sortir Godfrey Borg de Malte...

Il s'approcha du lit et défit le foulard qui immobilisait ses jambes. Aussitôt, Tamra sauta sur ses pieds comme un chat, faisant face à Malko.

– Où m'emmenez-vous? demanda-t-elle.

Malgré tout, il y avait une lueur de panique dans ses grands yeux noirs. On peut tuer et torturer; quand c'est votre tour, les choses sont différentes. La douleur des autres est toujours plus facile à supporter. Même chez les très belles âmes.

– Nulle part, dit Malko. Vous êtes libre.

Il la fit pivoter et défit le second foulard, libérant ses poignets. Ils s'affrontèrent du regard quelques instants.

– C'est vous qui avez eu l'idée des pilules? demanda-t-il.

Elle ne répondit pas. Sans un mot, elle se rua vers la porte de communication, l'ouvrit et la claqua derrière elle. Malko demeura quelques instants à contempler pensivement le battant. Il y avait peu de chance qu'il se retrouve en face de Tamra. Ou alors ce serait dans des circonstances qu'il ne souhaitait pas. Il n'avait même pas envie de faire part à Anna-Maria ou à Burt Holiday de cette tentative de meurtre. A quoi bon?

Après avoir vérifié la porte-fenêtre du balcon et les deux autres portes, il se coucha. La pilule de cyanure était toujours dans sa poche.

Il s'endormit, un goût de cendres dans la bouche.

*
* *

Il y avait un bouchon sur Sliema Regional Road. Presque aussi beau que dans une vraie ville. Malko se retrouva en train de sinuer sur des chemins impossibles. Une fois de plus, il montait à l'assaut de Burt Holiday. Sans l'aide de la CIA, il ne pourrait jamais faire sortir Godfrey Borg de Malte. Il y avait trop de gens contre lui. Lorsqu'il était sorti de sa chambre, vers dix heures, des femmes de ménage étaient en train de faire celle de Tamra. Toutes ses affaires avaient disparu. La Libanaise s'était envolée.

Malko se gara devant l'immeuble de l'ambassade américaine, le cœur serré. Il fallait à tout prix faire bouger les choses. Le marine de garde le salua respectueusement, mais, lorsqu'il vit la tête du chef de station de la CIA, il se dit que les choses n'allaient pas être faciles. L'autre arborait une mine d'enterrement. Qu'est-ce que cela aurait été s'il avait proprement estourbi Tamra...

L'Américain le conduisit cérémonieusement dans son petit bureau nu et annonça d'une voix compassée :

– Je viens juste de recevoir un télex de Londres, concernant l'affaire Borg.

– Ah, dit Malko, retenant son souffle.

– Je crois que votre projet n'a pas été retenu, dit Burt Holiday, plein de diplomatie. Ils trouvent que le jeu n'en vaut pas la chandelle. Les services financiers du State Department ont fait une analyse du problème. Au cas où l'opération Borg aurait du succès et, donc, brouillerait les Libyens avec Malte, il faudrait trouver une solution alternative sur le plan financier. Donc vingt-huit millions de livres, c'est-à-dire soixante millions de dollars. Sinon, on retomberait dans les mêmes problèmes...

– Mais enfin, dit Malko, Malte a du pétrole, il suffit de l'aider à l'exploiter. Le gouvernement de Carter est bien prêt à reconnaître le gouvernement de l'ayatollah Khomeiny qui fusille à tour de bras ses anciens alliés. Dès qu'un excité avec un turban se manifeste, on le reçoit en grande pompe, mais vous ne pouvez pas donner quelques millions de dollars à un pays qui veut rester ce qu'il est...

Burt Holiday semblait se tasser sur lui-même.

– Je sais, avoua-t-il piteusement, mais le Congrès ne votera jamais de crédits pour Malte. Ils ne savent même pas où cela se trouve.

– Le Vietnam non plus, ils ne savaient pas où c'était, remarqua Malko. Ils ont appris la géographie, depuis. Ce sont des économies de bouts de chandelles. Autrement dit, on me retire la mission.

– Non, non, pas du tout, se hâta de corriger le chef de station de la CIA. Simplement, ce n'est plus une priorité A. De toute façon, la « Company » ne souhaite pas une confrontation directe avec les Libyens. Pour des raisons qui nous dépassent vous et moi. Une grande partie du fuel consommé par la VIe Flotte vient de raffineries grecques qui sont alimentées par le pétrole brut libyen.

Un ange passa, visqueux de pétrole. Malko bouillait.

– Je n'ai plus qu'à donner rendez-vous à Godfrey Borg à Zurich, dit-il. Un rendez-vous auquel il ne viendra jamais. Nous l'avons acculé au suicide pour rien.

Burt Holiday sembla se décider d'un coup.

– Écoutez, Mr. Linge, dit-il, considérez que cette mission est terminée. Je ne veux pas que vous risquiez votre vie pour rien. Dès que la grève sera terminée, vous prendrez le premier avion. En attendant, vous décrochez. Je vais faire un rapport sur cette affaire et croyez qu'il sera flatteur pour vous. Tout a été tenté et imaginé. Ce n'est pas de votre faute si la politique de Washington a changé entre-temps.

Malko se leva.

– Je comprends, dit-il. On vous fait faire le sale boulot, ce n'est pas de votre faute. Je vais suivre votre conseil. Tant pis si les Libyens et leurs amis palestiniens me liquident quand même. Ils ne savent pas, eux, que tout a changé...

– Ils vont le savoir très vite, affirma l'Américain. Faites-moi confiance.

– J'ai du mal, avoua Malko.

*
* *

Le major Abu Dhofar écoutait, le visage fermé, assis sur un coin de table pour paraître moins petit, l'exposé de celui qui se faisait appeler Peter Jacobson. Deux gardes veillaient dans le couloir menant à la salle de conférences du Centre Culturel Libyen, en plein cœur de La Valette.

Peter Jacobson termina son exposé et un lourd silence tomba sur la petite réunion. Ils étaient tous d'accord avec sa proposition, sur le plan pratique. Seulement il y avait l'aspect politique. Tous se tournèrent vers le major Dhofar. Il était le responsable le plus haut placé.

– Je vais téléphoner à Tripoli, dit-il. C'est une décision que je ne peux pas prendre moi-même.

Ce genre de décision appartenait à Abd El Muneïm El Huni, patron des services libyens. Le Centre Culturel comportait un matériel de transmission ultramoderne, avec brouilleur automatique, qui le reliait à Tripoli. Droit comme un I, pour ne pas perdre un millimètre de sa taille, le major Dhofar sortit. Ceux qui restaient allumèrent des cigarettes pour tromper leur attente. Tous trouvaient le plan génial. Le major Dhofar resta absent près de vingt minutes. Lorsqu'il réapparut, il était impossible de lire sur ses traits impassibles la réponse de Tripoli. Il s'arrêta en face de Peter Jacobson qui le dominait d'une bonne tête et dit d'un ton volontairement neutre :

– Prenez les dispositions pour intervenir. J'aurai la réponse définitive demain matin. Tout doit être prêt si nous avons le feu vert. Le major m'a demandé un délai de vingt-quatre heures afin de bien peser les conséquences politiques de notre action. *Allah Maâna*(1).

– *Allah Maâna*, répétèrent tous les assistants, avant de se lever et de quitter la pièce.

(1) Dieu est avec nous.

*
* *

Malko conduisait lentement sur la route de Mdina. Sa rage tombée, il se sentait envahi par le découragement. Cette fois, il était totalement dans l'impasse. Sa croisade tournait court à cause de la lâcheté de l'administration américaine... Pratiquement sa mission était stoppée.

Machinalement, il avait pris la direction de la propriété d'Anna-Maria Ximenes. Il n'avait pas envie d'aller au *Hilton.* Une voiture le doubla à toute vitesse et se rabattit. Automatiquement, il donna un violent coup de volant, tandis qu'un flot d'adrénaline envahissait ses artères... Mais ce n'était qu'un conducteur pressé. Il aurait pu recevoir une rafale de mitraillette et mourir sans même avoir le temps d'avoir peur... Dix minutes plus tard, il apercevait le cimetière au milieu de la route. La grille de la propriété était grande ouverte, ce qui l'étonna. Est-ce qu'Anna-Maria avait trouvé le moyen de partir?

Pourtant la Mercedes noire de Gozzo était garée devant le perron. Il descendit, salué par les gardes du corps, sonna à la porte. Anna-Maria lui ouvrit. Radieuse comme il ne l'avait jamais vue, les yeux noirs pétillant d'une joie enfantine. Sans un mot, elle l'étreignit.

– Nous sommes sauvés, annonça-t-elle.

Malko tombait des nues.

– Que se passe-t-il?

Anna-Maria Ximenes l'entraîna à l'intérieur et le fit asseoir dans le fumoir où trônait toujours la selle de cheval, complice de leurs turpitudes communes.

– Je viens de recevoir la visite d'un membre du CID. Le numéro deux de la Special Branch, annonça la jeune femme. Il m'a promis qu'après-demain la police maltaise nous escorterait jusqu'à un vol spécial pour la destination de notre choix, Godfrey Borg et moi. Il a également mentionné votre présence, me laissant entendre que les Maltais seraient heureux de vous voir prendre le même chemin.

Malko n'en croyait pas ses oreilles.

– Vous voulez dire qu'ils vont vous protéger et vous faire échapper aux Libyens?

– Ce n'est pas exactement cela, corrigea Anna-Maria Ximenes. D'après cette personne, les Libyens ont décidé de ne plus s'opposer au départ de Godfrey Borg. Il semble que les autorités maltaises leur aient demandé de cesser leur petite guerre. Ils ont peur que de nouvelles violences aient un impact négatif sur la population.

C'était trop beau pour être vrai. Tout le monde, il était beau et gentil. Les Libyens touchés par la charité chrétienne, cela ne pouvait qu'être un miracle du nouveau pape.

– Mais enfin, objecta-t-il, les Libyens savent très bien que Godfrey Borg va révéler des secrets désastreux pour le gouvernement actuel.. Que cela risque de le renverser et de remettre en question le problème du pétrole ! Ce n'est pas possible. On vous tend un piège.

Anna-Maria Ximenes ne semblait pas ébranlée par l'argumentation de Malko.

– Je ne sais pas pourquoi ils agissent ainsi, mais je ne vois pas le risque. Il est d'accord pour que nous soyons accompagnés par nos propres gardes du corps armés jusque dans l'avion. Deux voitures de la police maltaise nous escorteront. Nous établirons le parcours à l'avance et le leur communiquerons.

– Godfrey Borg et vous comptez faire vos révélations par la suite?

– Bien sûr, fit Anna-Maria. Pourquoi croyez-vous que nous nous soyons battus?

– Et ils le savent?

– Je pense que oui.

Malko secoua la tête.

– Je ne voudrais pas être oiseau de mauvais augure, mais il y a un loup. Ils ne *peuvent* pas lâcher prise ainsi. C'est trop grave pour eux...

Le visage d'Anna-Maria Ximenes se ferma.

– Vous vous trompez. Notre obstination et votre présence ont eu raison des Libyens. Ils ont compris qu'ils ne viendraient pas à bout de nous.

– Dieu vous entende, dit Malko.

Il n'aimait pas les optimistes. Les cimetières en étaient peuplés. Il se leva. Il avait besoin de réfléchir.

– Je vais au *Hilton*, dit-il. Faites-moi savoir dès que quelque chose sera décidé. Mais méfiez-vous.

Anna-Maria le raccompagna. Il reprit la route, l'estomac contracté par l'anxiété. Les Libyens n'avaient pas envoyé à Malte un commando de tueurs pour lâcher prise brusquement. D'une part, en politique, le suicide n'existait pas... Le gouvernement savait que les révélations de Godfrey Borg étaient explosives pour lui. L'hypothèse la plus vraisemblable était qu'ils aient convaincu les Libyens de liquider Godfrey Borg hors de Malte.

Tout en conduisant sur la route sinueuse, Malko se dit qu'il était maintenant à l'heure de vérité. S'il ne trouvait pas la solution, ni lui ni Godfrey Borg n'arriveraient vivants à l'avion complaisamment mis à leur disposition par leurs ennemis de la veille.

Dans ce domaine, il n'y avait pas de miracle.

Il gara sa voiture dans le parking du *Hilton* et pénétra dans le hall sans appréhension. Quelque chose lui disait qu'il n'était plus en danger pour le moment. Les Libyens devaient avoir trouvé une astuce diabolique pour se débarrasser d'un coup de tous leurs ennemis...

Donc, la machine infernale cliquetait. Il lui restait moins de quarante-huit heures pour découvrir ce qu'ils avaient mis au point.

CHAPITRE 19

Burt Holiday était en train de mâchonner tristement un sandwich de salade et d'œuf quand Malko fit irruption dans son bureau. La bouche encore pleine, l'Américain gesticula avec animation, visiblement radieux. Malko dut attendre qu'il soit venu à bout de sa mie de pain pour connaître la raison de sa joie.

– Tout est réglé, claironna le chef de station de la CIA. Heureusement que vous n'avez pas donné suite à votre projet. Le responsable du CID sort de ce bureau.

Sa joie était telle qu'il en oubliait de branler du chef. Malko s'assit sur le bord d'un fauteuil.

– Qu'est-ce qui est réglé?

L'Américain s'essuya les doigts à un mouchoir à carreaux.

– La raison pour laquelle les Libyens ont décidé de ne plus s'opposer au départ de Mr. Borg. Tout simplement il n'y a dans les soi-disant dossiers de Mr. Godfrey Borg rien de compromettant pour le gouvernement actuel. Tout cela est un bluff gigantesque, une manœuvre d'intoxication dans laquelle nous avons failli nous faire entraîner. Les relations entre Libyens et le Labour Party sont normales et motivées par des considérations purement commerciales.

» Monsieur Godfrey Borg a failli nous entraîner dans une aventure très désagréable.

Malko ne répondit pas. Curieux que personne ne se

soit avisé de ce bluff plus tôt. Il y avait quand même eu trois morts... C'était émouvant, cette fin bleu et rose. De toute façon, on saurait très vite ce qu'il en était puisque Godfrey Borg allait pouvoir récupérer ses documents. Tout cela était trop beau pour être vrai. Mais il préférait garder ses réflexions pour lui et se força à sourire.

– Bien, je vais faire du tourisme en attendant mon départ.

Rassuré, Burt Holiday se remit à branler du chef.

Malko ne chercha pas à le convaincre. Il quitta l'ambassade certain d'une chose : il était désormais tout seul. Pour des raisons différentes, tous ceux qui auraient pu l'aider s'éliminaient. Il fila d'abord au *Phœnicia* et s'arrêta au desk.

– Monsieur Peter Jacobson est toujours à l'hôtel? demanda-t-il.

L'employé consulta son registre.

– Oui, Sir. Jusqu'à la fin de la semaine.

Décidément, tout le monde prenait des vacances... Il retraversa l'immense hall sinistre et prit la route de Sliema. Jusqu'à ce qu'il trouve la petite pension de famille où était descendue la fausse Britannique travaillant pour les Palestiniens. D'un café voisin il composa le numéro et la demanda. La standardiste n'hésita pas.

– Elle est sortie, dit-elle. Il y a un message?

– Non, merci, répondit Malko.

Il ressortit du café de plus en plus anxieux. Les membres du commando palestinien étaient toujours en place. Pourtant ce n'était pas l'habitude des services spéciaux de laisser les gens à ne rien faire. Il enfila lentement Tower Road, passant devant l'ambassade de Libye. Au *Hilton,* il acheta le *Malta Times* et le parcourut rapidement sans rien voir d'intéressant qu'un fait divers. On avait volé un corbillard de la ville de Birkirkara. Le *Times* pensait qu'il s'agissait de gens cherchant des pièces de rechange, Mintoff ayant bloqué toutes les importations en provenance d'Angleterre. A quelle extrémité les pauvres Maltais étaient-ils réduits... Le téléphone sonna. C'était Anna-Maria Ximenes. Euphorique et mystérieuse.

– Pouvez-vous venir tout de suite? demanda-t-elle.

– J'arrive, dit Malko.

*
* *

L'homme en bleu était assis très droit sur sa chaise à haut dossier, les mains croisées sur une serviette de cuir. Gozzo avait introduit Malko dans un grand salon qui sentait le renfermé. Anna-Maria Ximenes vint l'accueillir et lui désigna son visiteur.

– Mr. Holmes, du Police Head Quarter de la commune : Sa Maison. Je connais Mr. Holmes depuis longtemps, ajouta-t-elle, c'est un parfait honnête homme.

Il en avait l'air. Malko lui serra la main. Anna-Maria se rassit.

– Mr. Holmes est venu mettre au point avec moi les détails de notre départ, demain. Il nous a réquisitionné quatre places sur un vol spécial qui quittera Malte à destination de Londres à quatorze heures. Il a également prévu une escorte de police jusqu'à Luqa.

Mr. Holmes leva la main en un geste rassurant.

– Je suis sûr que cela sera complètement inutile, assura-t-il d'une voix douce en parfait anglais. Je me suis entretenu avec un des responsables libyens à ce sujet. Il m'a assuré que les Libyens n'avaient jamais eu l'intention d'attenter aux jours de Mr. Borg. Qu'il s'agissait d'une regrettable bavure due au zèle intempestif de certains subordonnés renvoyés depuis en Libye. Jamais les Libyens n'ont eu l'intention d'empêcher Mr. Borg de quitter l'île. De toute façon, il n'y a rien à cacher des rapports gouvernementaux avec des pays amis. Mr. Borg a dû être abusé par de fausses rumeurs.

Embrassons-nous, Folleville... Malko scruta le visage du vieux haut fonctionnaire. Il était de toute évidence sincère. Tout cela était de plus en plus étrange.

– C'est excellent, dit-il. Je suis heureux d'un tel dénouement.

Mr. Holmes se leva et s'inclina sur la main d'Anna-Maria Ximenes.

– La voiture de police sera là à midi, annonça-t-il, afin que nous n'ayons pas à nous presser.

Lorsque Anna-Maria revint dans le salon, Malko était toujours aussi perplexe.

– Godfrey Borg se serait donc trompé? demanda-t-il. Ses documents n'ont pas de valeur?

Elle secoua la tête négativement.

– Pas du tout, affirma-t-elle. Certains sont accablants. Et ce ne sont pas des faux.

– Alors, comment expliquez-vous le revirement des Libyens et du gouvernement?

Elle n'hésita pas :

– Ils ont peur du scandale si Godfrey est assassiné. Ils préfèrent encore affronter une campagne de presse. Les Libyens sont déjà très impopulaires ici. En le laissant partir, ils pensent se dédouaner. Et puis, je pense que certains membres du Labour Party qui ne sont pas au courant de ce qu'il y a réellement dans ces documents ont trouvé choquant que les Libyens fassent la loi chez nous. Les autres ont été obligés de céder...

Un ange passa, drapé dans une toge éblouissante de blancheur. Cela faisait beaucoup de beaux sentiments, tout cela. Mais Malko sentit qu'il ne convaincrait pas plus Anna-Maria Ximenes qu'il n'avait convaincu Burt Holiday. Il n'y a pire sourd que celui qui ne veut pas entendre...

– Quel est le parcours? demanda-t-il.

– Le voilà.

Elle lui tendit une feuille de papier. C'était simple. La route Naxxar-Gzira. Ensuite Ta'xbiex, Pieta Marsa et Luqa.

– Je peux le garder?

– Bien sûr, dit Anna-Maria. Vous repartez?

– Oui, dit Malko.

– Vous voulez venir dîner? proposa-t-elle presque timidement.

– Avec plaisir, dit Malko.

Il empocha le plan, baisa la main de la jeune femme et monta dans sa Granada. Il emprunta l'itinéraire prévu à très petite vitesse. Sans rien découvrir de spécial ou d'inquiétant. Bien sûr, ils passaient devant le chantier d'une future mosquée financée par les Libyens, mais ce n'était pas grave. Il s'arrêta et alla inspecter les lieux. Rien, sauf des ouvriers maltais. Il arriva ainsi jusqu'à l'aéroport sans rien avoir vu de suspect, puis fit demi-tour.

Perplexe. Il était sûr que quelque chose se tramait. C'était impensable que les Libyens laissent partir Borg, après tout ce qu'ils avaient inventé pour l'éliminer. Quant à la version des « bavures », il connaissait trop la discipline dans les services pour y croire une seconde. John Fitzpatrick, Susan Herring et les tentatives contre lui-même, cela faisait beaucoup. Quelqu'un chez les Libyens, quelqu'un de l'autre côté avait décidé de reprendre le problème à zéro. C'était une lutte entre son intelligence et celle des Libyens. Revenu au *Hilton,* il prit un bain et se prépara à passer une soirée agréable.

*
* *

Pour changer, Anna-Maria Ximenes s'était maquillée les yeux outrageusement, ce qui lui donnait un air encore plus altier. Elle portait son tailleur gris avec des bas assortis et des escarpins. Lorsque Malko la rejoignit dans le fumoir, il la trouva en face d'une bouteille de Dom Pérignon largement entamée.

Godfrey Borg buvait avec elle, taciturne, mais détendu lui aussi. Volontairement, le dîner se passa sans la moindre allusion aux problèmes brûlants. Tout de suite après le café, Godfrey Borg s'excusa et disparut, laissant Anna-Maria en tête à tête avec Malko. La jeune femme alluma un cigare et croisa les jambes, enfoncée dans son fauteuil, dans une attitude sensuelle qui ne lui était pas habituelle. Malko, lui aussi, avait chassé les préoccupations de son esprit.

– Vous savez de quoi j'ai envie? demanda-t-il à brûle-pourpoint.

Anna-Maria sourit :

– De m'arracher du plaisir, n'est-ce pas? Vous avez tous envie de la même chose. Eh bien, qu'est-ce qui vous en empêche?

Elle le défiait du regard, une chaussure battant l'air, les jambes croisées.

Sans un mot, Malko s'approcha d'elle. Il lui prit son cigare et le posa dans le cendrier. Puis, il la mit debout. Anna-Maria Ximenes se laissa faire avec un sourire ironique. Il la fit pivoter et l'appuya à la selle. Il fallait trouver l'équilibre exact entre la soumission et la domination. Sa main disparut sous la jupe grise. Anna-Maria resta de glace.

– Vous n'avez pas la douceur d'une femme, remarqua-t-elle.

Malko s'entêta. Jusqu'au moment où il réalisa qu'elle était sincère. Sa caresse ne lui procurait qu'un plaisir relatif. Anna-Maria avait repris son cigare et continuait à fumer.

– Consolez-vous, dit-elle, les hommes ne savent généralement pas faire ce genre de chose.

Exaspéré, Malko continua sa caresse sans même débarrasser Anna-Maria de son slip. C'est lui qui était au bord de l'orgasme. Presque brutalement, il fléchit les jambes et pénétra la jeune femme d'une longue poussée rectiligne qui les amena corps à corps. Elle ferma les yeux quelques instants puis les rouvrit.

– C'est bon, dit-elle d'une voix égale. J'aime qu'un homme me désire.

Il l'aurait giflée. Sa voix était totalement contrôlée. Il demeura immobile en elle, reprenant son souffle pour ne pas exploser immédiatement. Tout à coup, il ne put plus supporter le regard moqueur des yeux noirs. Il la força à se retourner, la coucha sur le bureau, écrasant sa poitrine sur les dossiers. Et il la reprit. Mais avec plus de douceur.

Ils firent ainsi l'amour un moment, sans beaucoup plus de résultats. Malko cherchait à violer le cerveau de sa partenaire, à trouver le déclenchement. En vain. Il se retira. Et ils se défièrent encore une fois, face à face. Anna-Maria haletait. Elle sourit :

– Vous n'avez quand même pas osé me sodomiser, dit-elle, vous êtes un homme bien élevé.

Il y avait une telle ironie dans sa voix que Malko comprit d'un coup ce qu'elle avait attendu. Mais c'était trop tard... Sans un mot, il pesa sur ses épaules. Elle se laissa faire, s'agenouilla sur la moquette. Sa bouche se referma sur Malko.

Celui-ci avait renoncé à lui arracher un orgasme. Il se laissait faire. Soudain Anna-Maria s'interrompit et dit d'une voix changée :

– *I like it. Kneeling* (1).

Puis, elle replongea sur lui. Quelques secondes plus tard il explosait dans sa bouche, violemment. Il observa alors un léger frémissement de ses épaules, comme si elle avait froid. Puis, sans un mot, Anna-Maria se releva.

Deux grands cernes bistres soulignaient ses yeux. Elle sortit du bureau, d'une démarche d'automate, claquant la porte derrière elle.

*
* *

Il faisait un froid sec et un soleil brillant. Quelque chose bloquait la gorge de Malko, malgré tout ce qu'il avait pu se répéter pour se rassurer. Gozzo venait de

(1) J'aime ça. A genoux.

mettre les valises dans le coffre de la vieille Rolls-Royce Phantom V d'Anna-Maria Ximenes. Godfrey Borg était déjà installé à l'arrière. La Mercedes de Gozzo débordait de mines patibulaires qui dissimulaient mal un armement hétéroclite mais impressionnant...

Anna-Maria apparut à son tour, avec son tailleur gris, ses longs gants noirs et ses bottes collantes. Elle se tourna vers Malko :

– Vous voulez conduire?

Il regarda l'heure à sa Seiko-quartz : midi, puis se glissa derrière le volant, mit en route, humant la merveilleuse odeur du vieux cuir. Sans direction assistée, c'était dur. La vieille Rolls glissa majestueusement hors du parc. Dehors, deux Austin Princess bleues de la police attendaient. L'une prit la tête du convoi, l'autre se glissa derrière la Rolls. La Mercedes de Gozzo s'inséra entre la première voiture de police et la Rolls. Ils étaient bien protégés. Anna-Maria était montée à côté de Malko et semblait parfaitement rassurée.

Ils parcoururent à quarante à l'heure les deux tiers du trajet jusqu'à Gzira. Peu de circulation. Les quatre véhicules maintenaient environ dix mètres d'écart entre eux. Malko commença à se dire qu'il s'était fait des idées. Même chez les barbouzes, il pouvait y avoir des miracles.

Ils entraient dans Ta'xbiex, avec ses belles villas calmes et sa marina. La voiture de police s'engagea en contrebas, le long du quai abritant les yachts. A cet endroit, la route devenait sens unique et les deux voies étaient séparées par un haut mur. La route tournait un peu vers la droite.

La Princess, puis la Mercedes disparurent dans le virage. Cinq secondes plus tard, Malko franchit la courbe à son tour. Il y avait un véhicule arrêté sur le côté de la route.

Un corbillard noir.

Instantanément, il revit l'entrefilet du *Malta Times*.

Vingt mètres le séparaient encore du corbillard. De toutes ses forces, sans dire un mot, il freina, à passer le pied à travers le plancher. La vieille Rolls gémit de toute sa structure, se mit en travers de la route, puis stoppa sur trois ou quatre mètres. Il y eut un choc violent à l'arrière : la Princess de la police venait de les percuter. Anna-Maria Ximenes cria, projetée contre le pare-brise. Godfrey Borg s'écrasa contre le dossier du siège de Malko. La Mercedes de Gozzo arrivait à la hauteur du corbillard.

Malko n'eut même pas le temps de crier. Le corbillard noir venait de se transformer en une énorme boule de fumée et de flammes engloutissant deux passants ainsi que la Mercedes de Gozzo. Le pare-brise de la Rolls vola en éclats, bien qu'elle fût à plus de quinze mètres, et la voiture elle-même recula, enchevêtrée à la Princess, comme repoussée par une main géante.

CHAPITRE 20

Les deux voitures accrochées l'une à l'autre s'écrasèrent contre le mur d'enceinte d'une villa dans un effroyable bruit de tôles broyées. L'onde de choc de l'explosion souffla toutes les vitres dans un rayon de cent mètres. Puis, le calme retomba.

Pendant quelques secondes, il ne se passa rien. Choqués par l'explosion, les trois occupants de la Rolls gisaient dans les débris de la voiture dévastée. Malko se redressa le premier, encore assourdi par l'explosion, les oreilles bourdonnantes, la tête vide. Il avait eu le réflexe de se baisser et, à part un choc douloureux de sa tête contre le tableau de bord, se sentait indemne. Il regarda le siège à côté de lui et sentit son sang se glacer. Anna-Maria Ximenes était coincée entre le siège et le plancher, le visage couvert de sang; un morceau de sa joue pendait au-dessous de son œil, comme un bout de papier déchiré.

Malko essaya d'ouvrir sa portière, mais elle était bloquée. Il dut ramper sur le capot à travers l'encadrement du pare-brise volatilisé. Il se remit sur ses pieds et regarda autour de lui.

Un des policiers de la Princess titubait non loin de lui, sonné, hébété. La Mercedes de Gozzo avait disparu. Du corbillard, il ne restait qu'une carcasse noircie. Les corps des deux passants gisaient sur le sol, disloqués. Malko fit le tour de la Rolls et parvint à ouvrir la portière avant droite. Il tira dehors le corps d'Anna-Maria et l'étendit sur le sol. Sa blessure au visage n'arrêtait pas de saigner. Il aperçut Godfrey Borg tassé à l'arrière sur le plancher, inerte. Un autre policier sortit de la Princess, vit le visage sanglant d'Anna-Maria Ximenes et poussa une exclamation horrifiée. Malko essaya de tamponner le sang avec son mouchoir, conscient de son impuissance.

Godfrey Borg émergea à quatre pattes de la Rolls, hébété par le choc. Il se redressa et s'appuya à la carrosserie, ne semblant pas voir ce qui se passait autour de lui.

Des voitures s'arrêtèrent, des gens en descendirent, accoururent. La carrosserie de la Rolls était criblée d'éclats comme si elle avait subi un bombardement. Malko s'assit sur le trottoir, cherchant à lutter contre le vertige. Godfrey Borg sortit enfin de sa léthargie et se précipita vers Anna-Maria Ximenes. Un des policiers jeta sa veste sur un des corps étendus sur le trottoir. Les curieux commençaient à affluer, des maisons voisines et des voitures stoppées. Après un délai qui parut interminable à Malko, une ambulance et une voiture de police se frayèrent un chemin à travers les débris. Une nouvelle explosion le fit sursauter. Il s'avança jusqu'au parapet séparant la route du quai en contrebas : la Mercedes, les quatre roues en l'air, venait de se désintégrer. On distinguait à peine les corps carbonisés, déformés. Gozzo et les gardes du corps avaient été déchiquetés, brûlés, tués sur le coup par l'explosion.

Le corbillard volé avait dû être bourré d'une puissante charge explosive déclenchée à distance. Malko revint vers la Rolls, s'étonnant de n'avoir aucune blessure, à part la commotion sur le côté de sa tête. Une seconde ambulance arriva. Maintenant, cela grouillait de badauds. Un infirmier le prit par le bras, essaya de l'emmener vers l'ambulance, il se dégagea.

– *Sir, are you all right* (1)?

Il hocha la tête, incapable de parler. L'explosion continuait de résonner dans sa tête.

On avait étendu Anna-Maria Ximenes sur une civière, un pansement de linges sur le visage. Godfrey Borg errait autour des voitures, perdu.

La foule grossissait autour d'eux, des policiers armés d'extincteurs à main tentaient d'éteindre l'incendie de la Mercedes. Au milieu de tout ce désarroi, une seule pensée surnageait dans la tête de Malko : les Libyens avaient échoué dans leur plan.

Un policier s'assit au bord du trottoir et se mit à pleurer, en pleine crise de nerfs. Un autre s'approcha de Malko.

– Sir, nous allons vous emmener à l'hôpital St. Luke.

Personne ne semblait vraiment comprendre ce qui s'était passé. Malko entendit deux badauds parler d'explosion de gaz. La vérité était trop horrible pour être soupçonnée par ces gens simples. Malko se dit qu'il fallait réagir, profiter du sursis venant de l'échec de l'attentat.

Surtout, ne pas aller à l'hôpital. S'isoler, réfléchir. Il vit les portes de l'ambulance se refermer sur Anna-Maria. Des pompiers étaient enfin arrivés et arrosaient de mousse carbonique la carcasse du corbillard et la Mercedes. Les corps de Gozzo et de ses amis ressemblaient à des pantins grotesques, charbonneux, des nains d'une autre espèce. Si Malko n'avait pas lu le *Malta Times*, la veille, il ne serait plus lui aussi qu'une dépouille carbonisée qu'on cacherait sous un drap blanc... La circulation avait été interrompue, les gens des villas et les équipages des yachts de la marina venaient aux nouvelles. Malko pensa à Burt Holiday. Sans joie. Il aurait préféré avoir tort. Maintenant, il fallait agir vite. La Rolls était inutilisable, Anna-Maria gravement blessée et Godfrey Borg dans un état second,

(1) Monsieur, vous allez bien?

incapable de réagir. Si Malko ne prenait pas la situation en main rapidement, les Libyens auraient le temps de frapper une seconde fois. Il se demanda s'ils avaient laissé un observateur pour connaître le résultat de l'attentat. Le ballet des ambulances et des pompiers s'intensifiait. Il y avait au moins sept morts, y compris les deux malheureux passants, plus les blessés de la voiture de police.

Malko parvint à ouvrir le coffre de la Rolls, y récupéra sa valise, son attaché-case et celui de Godfrey Borg. Alors qu'il cherchait un moyen de transport, il réalisa qu'ils se trouvaient à cent mètres de la villa de Burt Holiday ! Celle-ci se dressait un peu plus haut, dominant la route où avait eu lieu l'attentat. On commençait à moins s'occuper d'eux. L'ambulance démarra, emmenant Anna-Maria. Pour l'instant, elle n'était plus en danger. Malko repéra Godfrey Borg au milieu d'un groupe de policiers, essayant de répondre à leurs questions. Gentiment, il alla le prendre par le bras.

– Venez, dit-il. Il ne faut pas rester ici.

Godfrey Borg se laissa faire et prit même son attaché-case. Malko le poussa hors du groupe et ils se dirigèrent vers la route du haut. Godfrey Borg se retournait sans cesse vers la scène du drame.

– Où allons-nous? demanda-t-il. Où est Anna-Maria?

– Elle est en sûreté à l'hôpital, assura Malko. Nous allons nous reposer et réfléchir. Parce que nous ne sommes pas sortis d'affaire.

Le Maltais secoua la tête.

– C'est horrible, je n'aurais jamais cru qu'ils oseraient une chose pareille.

Il se retourna une dernière fois. Les véhicules enchevêtrés barraient la route, mêlés aux voitures de police et de pompiers. La carcasse du corbillard achevait de s'éteindre. La villa de Holiday se trouvait à cent mètres, en face d'un terrain vague. Malko monta le perron et appuya sur la sonnette. La vieille bonne toute noire apparut, surprise par l'irruption des deux hommes.

– Nous avons eu un accident de voiture, dit Malko. Vous vous souvenez de moi. Je suis un ami de Mr. Holiday. Il faut que je lui téléphone à l'ambassade.

Subjuguée, elle les laissa entrer. Malko composa le numéro de la ligne directe du « conseiller spécial ».

– Alors, demanda jovialement l'Américain, vous me téléphonez pour me dire au revoir? Vous êtes à l'aéroport?

– Non, je suis chez vous, dit Malko.

Au fur et à mesure de son récit, l'Américain balbutiait des exclamations décousues. Malko termina en disant :

– Je vous conseille vivement de venir ici. Les Libyens ont montré de quoi ils étaient capables. Ils ne vont pas s'arrêter là. Maintenant, nous savons qu'ils sont prêts à tout pour tuer Borg. J'aimerais les en empêcher. Avant de couvrir Malte de cadavres...

– J'arrive, balbutia Burt Holiday. J'avais un meeting avec l'ambassadeur, mais je le décommande.

– C'est une initiative qui vous honore, fit froidement Malko. En attendant, je vais prendre un bain.

Il raccrocha. Godfrey Borg, écroulé sur une chaise, pleurait comme une Madeleine.

– C'est horrible, gémit-il, tous ces gens qui sont morts à cause de moi. J'aurais dû leur donner mes documents. Tout cela ne vaut pas une vie humaine.

– Venez, dit Malko, prenez un bain, cela vous fera du bien.

C'était tout le problème de la guerre. Il s'agissait de gagner la dernière bataille. Les oreilles encore bourdonnantes de l'explosion, Malko cherchait déjà un moyen de déjouer les Libyens et de sortir de Malte.

*
* *

Burt Holiday évitait de regarder Malko en face. L'Américain venait d'arriver de l'ambassade, décomposé.

– Vous ne savez pas ce que je viens d'apprendre ! dit-il. De toute façon, vous ne seriez pas partis. Le syndicat unique, le GWU, s'opposait au départ de votre vol spécial...

– Vous avez eu le temps d'avoir des réactions officielles à ce qui vient de se passer? demanda Malko.

Burt Holiday secoua la tête.

– Officielles, non. Mais officieuses. Les Maltais sont sonnés, ne peuvent pas y croire. Bien entendu, les Libyens nient farouchement être pour quoi que ce soit dans cet attentat.

Godfrey Borg se reposait en haut, après avoir pris des nouvelles d'Anna-Maria à l'hôpital St. Luke. On l'avait recousue et elle dormait.

– Ils accusent les Israéliens, continua l'Américain. Pour pousser Mintoff à expulser l'ambassadeur d'Israël. Ce qu'ils souhaitent depuis toujours.

– Donc, les gens du CID ne vont prendre aucune mesure contre les Libyens?

– Je le crains, avoua l'Américain.

– Il n'y a toujours pas d'avions.

– Non, et la grève se durcit. Ça va durer une semaine. Pas de bateaux non plus.

– Je sens que Godfrey Borg va craquer, dit Malko. Il est capable de n'importe quoi. Y compris de se suicider. Ce serait vraiment idiot après tout ce qui s'est passé. Je vais aller à l'aéroport pour essayer d'avoir des informations sur la grève. Il me faut une voiture.

– Prenez la mienne, proposa Burt Holiday. Je prendrai un taxi pour retourner à l'ambassade.

– Merci, dit Malko.

– Je ne peux pas vous dire à quel point je suis désolé, dit timidement l'Américain. Nous nous sommes complètement trompés. Les Libyens nous ont intoxiqués. Je vais télexer à Londres ce qui s'est passé.

– S'ils pouvaient nous envoyer un porte-avions! soupira Malko. Quand on pense qu'il y a toute la VIe Flotte en Méditerranée... A propos, avez-vous une arme?

Sans un mot, Burt Holiday ouvrit un tiroir et en sortit un Smith & Wesson automatique « 38 » dans un étui de cuir blanc. Il le tendit à Malko.

– Tenez. Ça appartient à un marine en permission. Il faudra me le rendre.

Il devenait nettement moins formaliste... Malko ôta le pistolet de son étui, le glissa entre sa ceinture et sa chemise et mit un chargeur de rechange dans sa poche. Cela valait mieux que rien.

– Je pense que l'attitude de Londres va être différente après cet attentat, dit le chef de station. Il est certain maintenant que Godfrey Borg a une grande importance.

– Dommage qu'on ne s'en soit pas rendu compte plus tôt, remarqua Malko; cela aurait épargné quelques morts. Vous avez les clefs de votre voiture?

Subjugué, l'Américain lui tendit ses clefs. Malko les empocha. Ses yeux dorés étaient striés de vert. La mollesse de ses « employeurs » le déroutait autant que la férocité des Libyens. Eux avaient au moins le mérite d'être logiques avec eux-mêmes.

– Ne dites à personne que Borg est ici, recommanda-t-il. Je vais essayer de trouver un moyen de sortir de Malte. Je vous contacterai à l'ambassade.

Il partit en claquant la porte. La Chevrolet grise de l'Américain était garée devant la villa. Il prit la direction de Luqa, presque machinalement, comptant un peu sur le miracle. Il était certain que les Libyens tenteraient encore d'assassiner Godfrey

Borg. Et que la CIA réagirait trop lentement. Si elle réagissait...

La solution, si elle existait, était entre ses mains à lui. Les Maltais étaient incapables de le protéger.

Le parking devant la petite aérogare était désert. Mauvais signe. Il pénétra dans le petit hall. Deux Libyens jouaient aux échecs au comptoir des Libyan Airlines, une fille lisait à celui des Malta Airlines. Malko s'approcha d'elle.

– Toujours en grève?

– Toujours, dit-elle, avec un sourire. Même la tour de contrôle. Revenez demain.

Au moment où Malko ressortait, un grondement sourd ébranla l'aérogare. Il leva la tête et vit un énorme Boeing 747 en train de décoller, aux couleurs italiennes! Ventre à terre, il rentra dans le hall et fonça à Air Malta.

– Qu'est-ce que c'est que le 747 qui vient de décoller?

La jeune femme sourit.

– Un appareil d'entraînement. Il ne prend pas de passagers.

Malko n'insista pas, mais monta sur la terrasse d'observation. Le 747 prit de la hauteur, disparut à l'horizon et réapparut quelques minutes plus tard pour se poser. Le temps d'aller en bout de piste, il fit demi-tour et décolla de nouveau.

Le grondement du Jumbo ébranlait de nouveau le ciel lorsque Malko se remit au volant de la Chevrolet. Il avait peut-être trouvé la solution de ses problèmes.

Dix minutes plus tard, il débarquait dans le bureau de Burt Holiday, à Floriana.

– J'ai trouvé un moyen de quitter Malte, avec tout le monde, annonça Malko. Et, qui plus est, sans massacrer personne... Mais cela peut coûter assez cher.

– Combien? demanda immédiatement le chef de station.

– Pas plus de cinquante mille dollars, mais je ne peux pas vous le dire exactement dès maintenant.

L'Américain fit la grimace.

– Pour une somme pareille, vous savez bien que je dois demander une *clearance* à Langley, mais, étant donné les circonstances, je pense qu'ils me l'accorderont. De quoi s'agit-il?

– La compagnie Alitalia a ici un Jumbo 747 qui fait de l'entraînement. Il décolle et se pose toute la journée. Ils ont sûrement assez de fuel pour aller jusqu'en Sicile et revenir ici.

– Vous voulez hi-jacker cet appareil? demanda Burt Holiday, horrifié d'avance.

– Non, dit Malko, le louer.

– Mais ils n'accepteront jamais, fit l'Américain.

– Je vais faire agir l'Ordre de Malte auquel j'appartiens, dit Malko. Il y a une représentation diplomatique ici. L'ambassadeur s'appelle Dino Zampetti. Il est sûrement en très bons termes avec son homologue italien. Il s'agit d'une mission humanitaire. Évacuer d'urgence une blessée, Anna-Maria Ximenes. Grièvement atteinte dans l'explosion d'une voiture piégée. Elle sera accompagnée par deux personnes, Godfrey Borg et moi-même. Les Libyens ne peuvent pas prévoir cela. Nous serons loin lorsqu'ils réaliseront...

Burt Holiday sourit, soulagé.

– *Terrific!* Je vous couvre financièrement même si nous n'avons pas la réponse de Langley à temps.

*
* *

L'ambassadeur de l'Ordre de Malte, Dino Zampetti, était un vieux monsieur charmant, disert et merveilleusement bien élevé qui avait écouté le récit de Malko, plein de sympathie. Anna-Maria Ximenes était devenue une « amie très chère ». Malko avait excipé de ses qualités, s'était fait reconnaître et aussitôt son interlocuteur avait manifesté une volonté très nette de l'aider. D'ailleurs, le fait qu'Anna-Maria fût la descendante d'un Grand Maître de l'Ordre pesait lourd dans la balance. Il ne restait plus qu'à transformer les intentions en actes...

– Pensez-vous pouvoir m'obtenir cette faveur d'Alitalia? demanda Malko. En conclusion, il faudrait une intervention chirurgicale urgente qu'on ne peut pratiquer ici...

– L'ambassadeur d'Italie est un de mes bons amis, affirma aussitôt Dino Zampetti. Je vais lui demander moi-même d'intervenir auprès de la direction de la compagnie. De plus, il s'agit d'une action dans la ligne de notre Ordre. Un sauvetage, en quelque sorte.

Il ne savait pas à quel point c'était vrai... Malko l'observa décrocher son téléphone pour appeler l'ambassade d'Italie. Il eut rapidement l'ambassadeur en ligne et lui expliqua le problème. Mettant en avant le fait qu'il s'agissait d'un Chevalier de Malte et d'une « dame ». Malko écoutait, le cœur battant. Dino Zampetti mit la main sur l'écouteur.

– Il dit que c'est possible.

Il l'aurait embrassé! Pour tromper son impatience, il se plongea dans la contemplation des blasons de tous les Grands Maîtres de l'Ordre depuis 1530. Le déclic du téléphone raccroché le ramena à la réalité. L'ambassadeur de l'Ordre de Malte souriait.

– Je crois que cela va s'arranger, dit-il. L'ambassadeur d'Italie téléphone immédiatement au chef d'escale d'Alitalia. Celui-ci doit se mettre en rapport avec Rome. Mais il pense que ce ne sera qu'une formalité. Bien entendu, cela risque de coûter une somme assez importante. Il m'a parlé de plusieurs milliers de livres. Je ne sais...

– Aucune importance, coupa Malko. Quand aurons-nous une réponse?

– Dans une heure au plus, le temps de recevoir la réponse au télex. Où puis-je vous joindre?

– Je vais chez un ami, dit Malko.

Il donna le numéro personnel de Burt Holiday et prit congé du vieux monsieur.

Jamais il n'aurait pensé que son appartenance à l'Ordre Souverain de Malte lui sauverait un jour la vie... Un peu moins angoissé, il reprit la direction de Ta'xbiex. A part les carcasses noircies de la Mercedes et du corbillard, il ne restait plus trace de l'attentat. La villa baignait dans le calme. Godfrey Borg dormait en chien de fusil sur le lit de Burt Holiday, tout habillé. Malko redescendit au rez-de-chaussée, posa le « 38 » sur la table basse devant lui et attendit que le téléphone sonne.

*
* *

Le major Dhofar sortit de l'ascenseur et entra directement dans le hall d'*Al Jamarya Times,* l'hebdomadaire libyen publié en anglais à Malte. Ses bureaux se trouvaient juste en face de la direction générale d'Alitalia, à La Valette. Dhofar venait de recevoir un message urgent de son contact au magazine lui demandant de passer.

L'officier libyen était préoccupé. Il n'avait pas encore eu de réactions officielles maltaises après l'explosion de la voiture piégée, mais savait qu'elles ne tarderaient pas. L'enquête risquait de révéler des choses gênantes. Il regrettait de ne pas y avoir mis son veto. L'attentat, même très sophistiqué, était trop risqué pour un pays comme Malte. A Beyrouth, ce genre d'incident ne bouleversait pas la population. Sept morts à Malte, et des Maltais, c'était une autre histoire. Surtout si on arrivait à lier les Libyens au massacre.

De plus, l'attentat avait échoué. La seule façon de

se « couvrir » vis-à-vis de son chef était de réussir. A tout prix.

Son correspondant se leva respectueusement en le voyant. C'était un jeune Libyen d'une trentaine d'années, tout frais émoulu d'une école militaire.

– J'ai de bonnes nouvelles, annonça-t-il.

Dhofar en avait besoin. Il s'assit et écouta ce que l'autre avait à lui dire. C'étaient en effet de très bonnes nouvelles. Ou plutôt, cela pouvait le devenir.

– Est-ce que le secret a été bien gardé ? demanda-t-il.

– Absolument.

– Bien, dit-il. Dites à ceux du *Phœnicia* de me rejoindre au Centre Culturel. Nous n'avons pas beaucoup de temps.

*
* *

Malko ne laissa même pas la première sonnerie s'achever avant de décrocher. Une heure et demie s'était écoulée depuis sa visite à l'ambassadeur de l'Ordre de Malte. Le soleil brillait et Godfrey Borg dormait encore.

La voix de Dino Zampetti était chaleureuse et encourageante.

– C'est arrangé ! annonça-t-il. Ils sont d'accord sur le principe. Il ne reste plus qu'à mettre les détails au point. Quand seriez-vous prêts à partir ?

– Immédiatement, dit Malko. Le temps de demander une ambulance à l'hôpital St. Luke et de nous rendre à Luqa. Disons deux heures au maximum.

Son cœur battait la chamade. Cette fois, il était vraiment sur le point de réussir. Sans l'aide de la CIA...

– Bien, dit l'ambassadeur. Il est trois heures et quart. Je vais leur demander de déposer leur plan de vol pour un décollage à six heures. Vous les rejoindrez directement en bout de piste, puisqu'ils ne s'approchent pas des bâtiments de l'aérogare. Un employé d'Alitalia vous attendra à l'aérogare pour vous faire signer les papiers nécessaires. Je me suis porté garant de vous en ce qui concerne le paiement. Cela fera environ douze mille dollars l'heure.

– Je vous en remercie, dit Malko. Sincèrement touché.

Mais de nouveau l'anxiété lui crispait l'estomac.

– Ils sont obligés d'aviser les autorités maltaises? demanda-t-il.

– Oui, dit l'ambassadeur. Ce sont les règlements internationaux. Pour éviter les risques de collision aérienne. Mais c'est une simple formalité qui ne prendra pas de temps. Voulez-vous que nous nous retrouvions en face de l'ambassade dans une heure au Cavalier St. Jean? J'irai avec vous à l'aéroport.

– Parfait, dit Malko.

Il raccrocha et monta dans la chambre secouer Godfrey Borg. Ce dernier se dressa en sursaut, les yeux gonflés, le regard affolé.

– Nous quittons Malte dans deux heures, annonça Malko, il faut aller chercher Anna-Maria à St. Luke.

– Mais nous partons où et comment?

– En Sicile, par un avion spécial, dit Malko, venez, nous allons à l'hôpital, je vous expliquerai en route.

*
* *

L'homme qui se faisait appeler Peter Jacobson fit jouer la gâche d'un coup sec et pénétra dans la chambre vide. Il alla droit à la penderie et découvrit aussitôt ce qu'il cherchait. Deux minutes plus tard, il était hors de la chambre avec un sac de linge sale.

Il avait un sérieux compte à régler avec l'agent de la CIA. Dans son métier, les échecs professionnels ne pardonnaient pas. Surtout quand il y avait quelques cadavres.

*
* *

Les deux brancardiers enfilèrent la civière dans l'ambulance avec des précautions infinies. Un mât métallique relié au bâti supportait un flacon de goutte-à-goutte dont l'aiguille était enfoncée dans le bras gauche d'Anna-Maria Ximenes. Celle-ci était inconsciente, tout son visage dissimulé par un énorme pansement.

Malko lui avait serré la main à plusieurs reprises sans obtenir de réaction. Godfrey Borg était déjà installé à l'avant de l'ambulance. Un des policiers qui veillait sur la chambre de la blessée s'approcha.

– Sir, voulez-vous que nous vous escortions jusqu'à Luqa? Étant donné ce qui s'est produit...

– Avec plaisir, dit Malko. Mais nous nous arrêtons d'abord à La Valette, au Cavalier St. Jean.

A son tour, il monta dans l'ambulance après avoir conseillé à Godfrey Borg de se mettre à l'intérieur près de la civière. On ne pouvait l'apercevoir de l'extérieur, ce qui éliminait un risque supplémentaire. De toute façon, c'est lui qui déterminait l'itinéraire. On ne lui ferait pas deux fois le coup de la bombe. Il n'arrivait pas à croire qu'il était en route pour Luqa. La Chevrolet de Burt Holiday était restée à l'hôpital St. Luke.

Dix minutes plus tard, ils atteignaient La Valette. L'ambassadeur de l'Ordre attendait sur le trottoir à côté d'une Daimler qui avait certainement son âge. Malko alla lui serrer la main. Le vieux monsieur rayonnait.

– Venez dans ma voiture, proposa-t-il.

Le petit convoi reprit sa route. Luqa était à un quart d'heure environ. Au lieu de se diriger vers l'aérogare, ils filèrent sur la droite et stoppèrent en face de la grille interdisant la piste, gardée par deux policiers en uniforme.

Un grondement se fit entendre : le gros 747 passa au-dessus de leur tête pour aller virer beaucoup plus loin et commencer sa descente. Malko aperçut très loin, au milieu du terrain, un camion-passerelle qui attendait en bout de piste. C'est lui vraisemblablement qui devait venir les chercher.

Laissant l'ambulance sur place, il alla à pied jusqu'à l'aérogare. Le hall était absolument vide, y compris le stand d'Alitalia. Malko appela et un énorme Maltais huileux fit son apparition. Il lui expliqua qui il était.

– Ah oui, fit l'autre, nous avons reçu le télex de Rome. Venez par ici, il y a des tas de papiers à vous faire signer.

Malko fit le tour, s'enferma avec lui dans le bureau et s'attaqua aux papiers d'assurance, aux décharges, aux notes de frais.

Puis, ils retraversèrent le hall désert et le Maltais prit son véhicule de service, une petite Austin. A la grille, tout se passa bien. L'ambassadeur de l'Ordre sortit de sa Daimler et serra longuement la main de Malko.

– J'espère que votre amie se rétablira rapidement, dit-il, et que vous reviendrez à Malte dans de meilleures circonstances. Bonne chance.

Malko regarda avec nostalgie la grosse Daimler s'éloigner. Dino Zampetti avait été son seul véritable ami sur cette île pelée. Il remonta dans l'ambulance et, précédés de la voiture de police, ils franchirent la grille, puis empruntèrent la piste cimentée coupant le terrain en deux. Le 747 s'était posé et roulait doucement. Ils stoppèrent en bout de piste, là où stationnait la camionnette-passerelle d'Alitalia. Trois pilotes faisaient les cent pas, attendant leur tour. L'employé les mit au courant.

Malko regardait l'énorme 747 s'approcher dans un grondement de tonnerre, le cœur battant. Il regarda autour de lui : le terrain était complètement vide. D'où ils se trouvaient, on distinguait à peine la terrasse de l'aérogare. Le 747 n'était plus qu'à une cinquantaine de mètres, monstre bruyant, majestueux et lent. Le policier s'approcha, hurlant pour dominer le grondement des réacteurs.

– Sir, je crois que je vais vous laisser. Vous ne craignez plus rien ici.

Malko lui serra la main.

– Merci d'être venu.

Maintenant, ils étaient tranquilles. Les policiers de la grille ne laissaient entrer personne sur le terrain. Plus personne ne pouvait s'opposer à leur départ.

Le 747 fit demi-tour en bout de piste, dans un grincement effroyable de freins, et s'immobilisa près d'eux. Un immeuble de trois étages... Les réacteurs continuaient à tourner. Là-haut, le cockpit semblait minuscule. La porte avant de l'appareil s'ouvrit sur une silhouette en uniforme.

La camionnette-passerelle vint se coller contre le nez du monstre. Malko, accompagné de l'employé d'Alitalia, l'escalada. Le commandant de bord, prévenu par radio, l'attendait à la coupée. Les infirmiers étaient déjà en train de sortir la civière de l'ambulance. Godfrey Borg l'escortait avec un soin jaloux.

– Quand pouvons-nous décoller? demanda Malko.

– Dès que tout le monde sera à bord, dit le commandant. En ce moment, nous consommons du kérosène pour rien.

On installa la civière d'Anna-Maria dans le compartiment des premières. A même le sol. Il y avait une demi-douzaine de navigants à bord, répartis un peu partout. Godfrey Borg s'écroula dans un fauteuil.

On ferma la porte. Malko s'installa à son tour dans un des sièges. Au bout de quelques minutes, sa nervosité le reprit : les réacteurs tournaient toujours, mais le 747 ne bougeait pas... Il se rua dans l'escalier menant au pont supérieur et poussa la porte du poste de pilotage. Le commandant de bord se retourna en l'entendant entrer.

– La tour ne nous donne pas l'autorisation de décoller.

Malko eut l'impression qu'une main géante lui broyait la poitrine.

CHAPITRE 21

Malko parvint à dissimuler son angoisse. Il n'y avait pourtant aucune raison apparente à ce délai : l'aéroport était totalement vide et il y avait la grève !

– Pourquoi ne vous donnent-ils pas l'autorisation de décoller? demanda-t-il.

Le commandant de bord eut un geste fataliste.

– Oh ! avec les Maltais, on ne sait jamais. Il y a peut-être des hélicoptères qui se baladent dans le coin. De toute façon, je suis obligé d'obéir...

Cela, Malko le savait. Il resta debout derrière le commandant de bord, observant les centaines de cadrans constellant le plafond du cockpit. Le pilote s'était remis à parler dans la languette micro fixée à son casque. Il se retourna vers Malko.

– Ça y est, j'ai l'explication ! Notre direction générale a téléphoné au contrôle pour demander de retarder le décollage. Nous allons emmener un pilote de chez nous coincé ici par la grève. Il est en route. Un peu de patience.

Malko ne répondit pas, pris d'un brusque pressentiment. Il n'aimait pas du tout ce retardataire... Et pourtant, il ne voyait pas comment les Libyens pourraient s'infiltrer dans son dispositif.

Il redescendit dans le compartiment des premières.

Les autres navigants, par discrétion, avaient été s'installer à l'arrière où la place ne manquait pas. Le goutte-à-goutte d'Anna-Maria se dévidait régulièrement et Godfrey Borg dormait à poings fermés. Discrètement, Malko sortit le « 38 » automatique de sa ceinture et fit monter une balle dans le canon, puis il le remit en place, cette fois juste sous sa boucle, afin de pouvoir le sortir plus facilement.

Mieux valait être prêt à tout.

Il alla se coller contre la porte avant, observant le terrain et l'aérogare par le petit hublot rond. Le gros 747 tremblait toujours sous la poussée des réacteurs au ralenti. Quelques minutes plus tard, Malko vit un véhicule franchir la barrière interdisant le tarmac. Lorsqu'il se rapprocha, il reconnut l'Austin de service de la compagnie. Elle s'arrêta près du camion-passerelle et il en descendit un homme en uniforme de navigant. Ce dernier adressa un signe au chauffeur du camion-passerelle et commença à grimper les marches métalliques. Le chauffeur mit en route pour se rapprocher du 747. Le pilote avait achevé de grimper les marches et attendait sur la plate-forme supérieure, après avoir posé sa valise à côté de lui. Ses lunettes noires et sa casquette empêchaient de distinguer les traits de son visage.

Malko recula et manœuvra le levier commandant l'ouverture de la porte. Celle-ci se décolla du fuselage et, sous sa poussée, pivota facilement pour se rabattre contre l'appareil. La plate-forme n'était plus qu'à quelques mètres. La porte ouverte, le ronflement des réacteurs était assourdissant.

Le pilote attendait, souriant, les mains dans les poches, un long fume-cigarette à la bouche. La plate-forme avançait très lentement vers le flanc de l'énorme appareil. Malko avait reculé dans l'ombre, examinant le nouveau venu. Des cheveux blonds s'échappaient de la casquette.

Le rebord de caoutchouc toucha le fuselage et la

plate-forme s'arrêta. Malko fit un pas en avant au moment où le pilote se baissait pour ramasser sa valise. Au stade où il en était, il ne voulait plus prendre de risques. D'un geste précis et rapide, il arracha les lunettes noires de l'homme en uniforme d'Alitalia. Ce dernier se redressa, une expression furieuse sur son visage mat.

Malko eut l'impression de geler vivant. Le visage qu'il avait vu devant lui était un de ceux qu'il avait vus chez Burt Holiday. Un des tueurs palestiniens. Celui qui se faisait appeler Peter Jacobson. Son nez recourbé pouvait le faire passer pour un Juif, mais c'était un Arabe à 150 pour cent... Peter Jacobson sentait qu'il était reconnu. Ses traits se crispèrent. Malko vit ses joues se gonfler et fit un brusque écart de côté, tout en plongeant la main dans sa ceinture. Certain que le fume-cigarette était une arme discrète et mortelle.

Le Smith & Wesson à peine arraché de sa ceinture, il commença à tirer, le bras tendu, à moins de deux mètres. Le hurlement des réacteurs étouffait le claquement des coups de feu. Peter Jacobson se plia brusquement en deux, les deux mains à son bas-ventre. Malko continuait à vider son chargeur. Comme l'arme se relevait, certaines de ses balles se logèrent dans la poitrine du Palestinien et la dernière lui fit sauter la pommette. Le percuteur du « 38 » claqua à vide et la culasse se bloqua en position ouverte.

Au moment où Peter Jacobson achevait de s'effondrer, Malko sentit la plate-forme bouger sous ses pieds. Croyant le « pilote » à bord, le chauffeur du camion-passerelle reculait afin de permettre le décollage du 747. A cause des hauts rebords de la plate-forme, il ne pouvait voir ce qui s'y passait. Le fume-cigarette était tombé par terre, mais Malko n'avait pas le temps de le ramasser. Sans lâcher l'automatique, il franchit d'un bond l'espace vide, plongeant dans la cabine du 747.

Il crut que son cœur allait s'arrêter. Godfrey Borg,

appuyé au galley avant, le fixait, les yeux déjà vitreux, livide, comprimant sa poitrine à deux mains.

Malko poussa un cri avalé par le grondement des réacteurs :

– Godfrey !

*
* *

Passant un bras autour de lui, il mena le Maltais jusqu'à la première rangée de fauteuils, le fit asseoir. Godfrey Borg murmura :

– J'ai entendu du bruit, j'ai cru que nous étions arrivés... Qu'est-ce qui se passe? Je ne me sens pas bien, j'étouffe... Oh ! j'ai mal.

La voix métallique du commandant de bord retentit brusquement dans les haut-parleurs :

– PNC aux portes, s'il vous plaît.

Malko abandonna Godfrey Borg quelques instants, bondit à la porte et la rabattit dans son alvéole. La dernière vision qu'il eut du terrain fut le camion-passerelle roulant vers l'aérogare, brinquebalant le corps inerte du Palestinien appelé Peter Jacobson. Il verrouilla la sécurité de la porte et se précipita vers Godfrey Borg.

Le Maltais avait la tête rejetée en arrière, la bouche ouverte, il ne respirait plus. Malko n'eut pas besoin de le toucher pour savoir qu'il était mort. Pour la première fois, il remarqua une toute petite tache de sang sur son cou, entre le col de la chemise et le menton. Comme une piqûre de moustique. Machinalement, il l'essuya du bout de l'index et cela fit une petite traînée sur la peau blanche.

C'est là qu'avait frappé le projectile envoyé par le fume-cigarette-sarbacane.

D'un coup de pied furieux, il envoya le « 38 » vide sous un siège. Le bruit des roues du 747 diminua brusquement, le plancher s'inclina sous les pieds de Malko, l'énorme Jumbo se cabra. Ils décollaient. Malko dut s'accrocher à un fauteuil pour ne pas tomber. En un éclair il vit défiler la croix blanche à huit pointes, symbole de l'Ordre Souverain de Malte, peinte sur la dérive d'un 707. Il se laissa tomber dans un fauteuil, un goût de cendres dans la bouche.

Ne manquez pas de suivre la croisade meurtrière de Mack Bolan, surnommé

L'EXECUTEUR

Parce que sa mère, son père et sa sœur ont été victimes de la Mafia, l'Exécuteur, poussé par une haine qui jamais ne s'éteindra, lui déclare une guerre implacable. Sa vengeance est simple et féroce. Tuer, tuer, tuer... Mais la puissante organisation riposte sans merci.

Titres déjà parus :

GUERRE A LA MAFIA
MASSACRE A BEVERLY HILLS
LE MASQUE DE COMBAT
TYPHON SUR MIAMI
OPERATION RIVIERA
ASSAUT SUR SOHO
CAUCHEMAR A NEW YORK
CARNAGE A CHICAGO
VIOLENCE A VEGAS
CHATIMENT AUX CARAIBES
FUSILLADE A SAN FRANCISCO
LE BLITZ DE BOSTON
LA PRISE DE WASHINGTON
LE SIEGE DE SAN DIEGO
PANIQUE A PHILADELPHIE
LE TOCSIN SICILIEN
LE SANG APPELLE LE SANG
TEMPETE AU TEXAS
DEBACLE A DETROIT
LE NIVELLEMENT DE NEW-ORLEANS
SURVIE A SEATTLE
L'ENFER HAWAIIEN
LE SAC DE SAINT LOUIS

LES ANTI-GANGS

Les Anti-gangs, une équipe d'hommes durs et implacables qui tuent et se font tuer dans un combat sans merci.

DÉJÀ PARUS :

AUGUSTE LEBRETON :

N° 1 : L'AS DES ANTIGANGS
N° 2 : L'AS ET BELLES CHAUSSURES
N° 3 : L'AS ET LE CASSE DU SIÈCLE
N° 4 : L'AS ET LA MARQUISE
N° 5 : L'AS ET L'ENNEMI PUBLIC
N° 6 : L'AS ET LES TERRORISTES
N° 7 : L'AS AU SÉNÉGAL
N° 8 : L'AS ET LES MALFRATS

GEORGES PIERQUIN :

N° 9 : LE PLUS SALAUD DES TROIS

IMPRIMÉ EN FRANCE PAR BRODARD ET TAUPIN
7, bd Romain-Rolland - Montrouge.
Usine de La Flèche, le 12-04-1979.
1957-5 - N° d'Editeur 10519, 2e trimestre 1979.